长河

三三 著

上海文艺出版社

长河
1

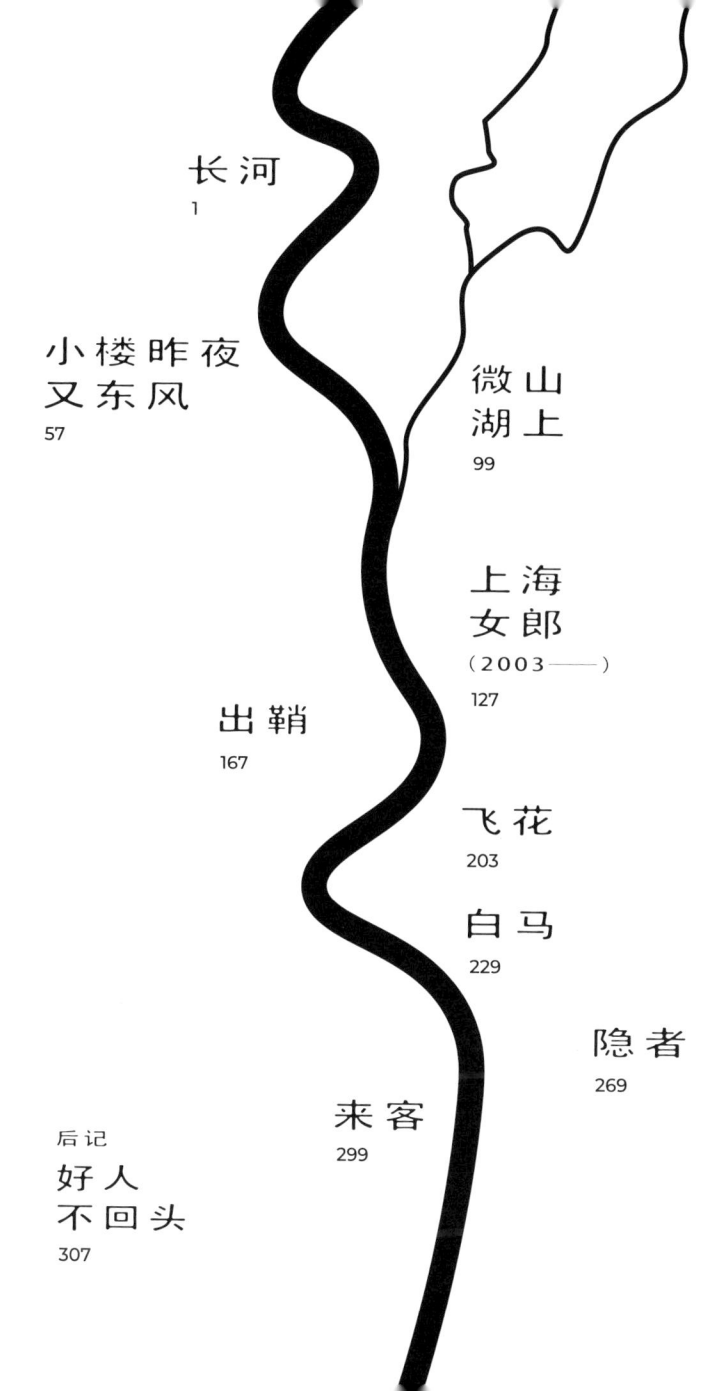

小楼昨夜又东风
57

微山湖上
99

上海女郎
(2003——)
127

出鞘
167

飞花
203

白马
229

隐者
269

来客
299

后记
好人不回头
307

长　　河

艮其背，不获其身。

——《周易·艮卦》第五十二

　　一九九七年夏天，我在一辆巴士汽车里醒来。刚落过雨，云影阴沉，天色还未从一片幽暗里恢复过来。我用手指弹一下车窗，水珠大幅度地在玻璃上斜行起来。外面是高速公路，植物迎合时令，已然绿意深深。车厢里空调温度很低，我觉得冷，就把双手塞进前排座位的椅套。

　　我们的目的地是一处叫"太阳岛"的露营中心，驱车三小时，穿过一带湿地便可抵达。"太阳岛"完工于上世纪八十年代末，或因地势郊僻，即便逢旺季，游客量也只是差强人意。有一年，露营中心的市场部门灵光一现，与诸多学校谈成了夏令营合作计划。自此，一到暑假，源源不断的中小学生来到这里，踉踉跄跄下了大巴，跳进为期一周的集体户外生活。在那个年代，露营属于相当先锋的概念，大部分人只在外国电影里见过一些相关场景。我的父母当时还年轻，有能力为幻想承受一定的代价，所以学校下达通知时，他们第一时间替我报了名。

巴士开进"太阳岛"的停车场，热浪袭面，天气竟已完全复晴。我低头看一眼手表，十一点不到，几个工作人员正在前方的空地上等候。按照抽签结果，参加露营的学生被分为七组，我们组一共十九人。只有四个男孩，其中数我年龄最小，开学也不过刚升三年级。我们的领队是一位女老师，皮肤白得剔透，满脸汗渍使她的笑容显得很费力。她伸手做出围拢的动作，向我们作自我介绍——她姓陈，我们可以叫她 Miss Chen。她发"Ch"的音节时混着一种翻译的腔调，别扭而动听，我们忍不住哄堂大笑。并且，伴随更意味深长的窃笑，背地里，那些高年级的男孩叫她"细腰"。

"细腰"把我们领到休息处。那是一座搭得很草率的棚屋，或许为追求乡野风情，刻意配了一顶茅檐。我们的队伍蜂拥进去，到处嬉闹，不时传出几声兴奋的尖叫。我环顾四周，一片嘈嘈切切中几乎无人落单。我们组里有些人本就是朋友，另一些也在漫长的车程中寻到了友谊。唯独我怔怔坐着,拨弄手表外层的橡胶制托马斯火车头。

"他们真无聊。"忽然,一个女孩坐到我旁边。

"谁?"我有些惊讶。

女孩比我略矮一点,梳着一对麻花辫,神情却露出一种意外的成熟。她的双眼异常清亮,聚焦于任何一处,看起来都别有深意。她对我下意识的提问视若无睹,转而说道:"刚才我坐你前面,你一直动我的椅子。"

"对不起。"我顿觉面部烧红,想解释是因为怕冷,又担心她因此小看我,不由得更窘迫。我磕磕绊绊地说:"回去路上,我一定会注意的。"

"算了。"她冷淡地说。

"你是哪个学校的?"我问。

"我们学校很烂,不说了。"她摆摆手。

"我听以前来过的人说,营地的北边有一个高尔夫球场。即使在半夜,照灯也会全开,整个草坪亮得失真。解散以后,我们可以去找找看……"我说。

她仿佛并不在意我说的话,没有直接回答,但察觉到我的目光正落在她身上。

"你看什么?"她瞥了我一眼。

"……你这边辫子松了。"我迟疑着告诉她。

她抬臂一摸，把一撮逸出来的发卷抓在手里。又站起来，往附近张望一番。烈日生烟，刺得她微微眯起眼睛。她大约想找镜子一类的东西，但终无所获，于是坐回了我旁边。

"我故意这样梳的。"她慢慢松开手。

入营第一餐，订在休闲区的一家酒店。我们跟着"细腰"走进大堂，只见十几台铺了绸缎桌布的圆桌，上面已摆好凉菜。四盏巨型宴会灯高悬在头顶，光线穿透琳琅的水晶装饰片，一道人造虹影被折射到白墙上。我望得出神，想指给那个女孩看，但没见到她。等我们开了饭，她才匆匆地跑进来，在旁边一桌入座。我一边狼吞虎咽，一边打量那个女孩。她的身形很瘦小，坐在位子上，像围栏中因朽蚀而下陷的一根松木。她几乎不动筷子，也不参与周围人的话题。多数时候，她低着头，剥手上的肉刺。她的头发重新梳过一遍，此时，两条辫子齐整、干净，非常均匀地箍在粉色皮筋里。只是不经意地，她会伸手去摸原来松散的地方，反复确认这些发丝已改邪归正，全然听从了她的心意。与我不同，她似乎无意观察外界。然而，当我吃完准备离开时，她跟了上来。

我就是这样认识文英儿的。凑巧的是，夏令营第一天，营地安排我们住别墅，我和文英儿因同组而分到了一起。别墅房间以全球国家命名,我们所住之处叫"土耳其",而我幸运地入住了唯一的单人间。

"我有个叔叔在土耳其。"文英儿说。

"真的吗,他去那里干吗?"我正收拾行李,饶有兴致地停下来。

"做生意呀,赚钱。"她一副怪我没见识的样子。

"赚到了吗?"我问。

"当然,土耳其人特别喜欢中国人。他赚了很多钱,打算在当地买一座小镇。"她说。

"太厉害了,他会接你们去玩吗?"我半信半疑,那种生活过于遥远。

"会吧……会的。"她站起身,在我蓝色的床铺上留了一道褶皱。午后,室内外的温差大,窗玻璃上有一层细小的水珠。文英儿用手掌小心地擦拭,一片清晰的视野从中浮现。我们可以望见远处的树林,千万张绿叶当空细闪,容留暖风赋形。低处遍布着不知名的野花,是夏日了,一切色彩的灵韵在蒸腾中被唤醒。再往后,就是那块即将扎满帐篷的空地,我们的露营也会随之真正地开始。

到了下午,我懒散地踱到游泳馆。"细腰"已经等在门口,递给我一份储物柜的号码牌。小黄鸭造型,翅膀上刻着一个暂时属于我的数字,在我手心轻轻发烫。

泳池是露天的，周围以人工沙滩造景，外圈还种了一些绿植。我认不出具体的种类，只是模糊地想到，它们在热带也许是常见的。为了吹起救生圈，我不得不长久地蹲在岸边。许多人从我身旁经过，沙滩上的足迹被一遍遍重置。其中也包括"细腰"的，她穿了一件印满草莓的连体泳衣，快步跳入水中。我有些晕眩，好在救生圈差不多吹成，于是堵上了橡胶塞。

泳池很大，靠一点想象力的弥补，它就能成为真实的海。我的泳裤是去年买的，穿在身上却已有点紧。稍划一下水，下肢绷得窒息，就停在了池中。有生以来头一次，我感到自己像一座小型岛屿，迟钝地浮在水上，承纳落下的光线、灰尘与寂静。就在这时，文英儿抓住了我的救生圈。水淹到她的下巴，可能蹚过来的途中呛了水，她咳嗽了一阵才开口。

"我想用一下你的救生圈。"她说。

"我这个气吹得不够，你问问别人……"我很为难地说。

"没关系，让我试试。"她说。

"可是我不会游泳，离开救生圈不行。"我几近嗫嚅。

"你又没在游。"她不仅没退让，反而变得更加蛮横。

"我刚休息好,马上就游了。"我说。逃离灾难似的,我避开她的注视。

文英儿不再说话。咳嗽再度泛起时,她用一只手捂住口,另一只手死死抓着救生圈的一侧。我们僵持不下,我只好凭蛮力游动,以为她会被迫放开。谁知我一蹬腿,她抓得更紧了,整个人扑在救生圈的后方。没游几步,她仿佛发现了某种诀窍,也跟着我的节奏蹬——她搭上便车,把救生圈的一部分用作了浮板。见这样行得通,她大笑起来,喉咙里发出细钢丝拉扯般的嘶嘶余音。来露营中心小半天,我还没见过文英儿如此高兴。那层阴沉的面罩从她脸部化去,紧接着破壳而出的,是一张鲜亮的少女面孔。

我们不知疲倦地往前游。渐渐地,人更少了,日光把空气晒出一种微弱的咸味。突然,文英儿一失神,从救生圈上翻落下去。水面很快吞噬了她的身体,呼吸释放出的泡沫、双手扑腾时打出的水花纷纷涌起,向外扩散出无望的涟漪。我这才意识到,原来我们早已游进了深水区。近处没有一个救生员。我极力探出身子,往水下捞那具瘦弱的身形。有一两次,我似乎触碰到文英儿,但电光石火,根本来不及拉起她。我的眼睛胀痛,泪水快溢出来了。文英儿竭尽所能地挣扎,水的棱镜使她身姿更扭曲。某一瞬间,她终于攥住了我的裤腿边缘，继而是腰、上衣。知道她的位置后，我又一次伸出手，一把将她拎了上来。

一场小小的劫后余生，反倒让我们放松了很多。回去路上，经过一家小卖部，文英儿要请我喝汽水。

"我们现在是生死之交了。"她眨了眨眼，说，"这样吧，我们可以交换一个秘密。"

"我没什么秘密。"我想了想说。

"不可能，每个人都有秘密，也许有很多个。"她说。

"那你先说一个？"我开玩笑说。

"晚上告诉你。"她说。

我们挑了瓶装的美年达。结账时，文英儿从挎包里掏出一把硬币。面值都很小，甚至有不少1分、2分的。她数了半天，后面排起长队。我等得焦急，从口袋里摸出一张十元纸币，但文英儿并不领情，坚持数出了相应的数目。

作为过渡，夏令营的第一天没有任何任务。晚上，由高年级的学生主导，我们一行十个人，在别墅里玩"你画我猜"的游戏。有一轮，文英儿抽到的词语是"欢乐"，轮到文英儿作画时，别人很快猜中了，她还马不停蹄地继续画着——在那个欢乐的人周围补上海鸥、礁石、发亮的藻类。文英儿画得很好，丝毫不比少年宫里参加美术比赛的选手逊色。然而，已经知晓答案的猜谜者们却不耐烦了。屡说不止，一个初二的女孩干脆夺走文英儿的铅笔，往沙发下丢去。由于两人身形悬殊，大女孩完全可以把这一切做得轻描淡写。至于文英儿，则被迫以虚弱的凶狠来回击——她抓起桌上的白纸，拼命撕扯，送葬仪式似的纸屑洒在她们头上。

"季小鹏，我们走。"她对我发出一道昂扬的指令。

可当我们回到我位于三楼的房间时，她的气焰迅速耗散了。她蜷缩在我床头，像一堆再无复燃可能的炭火。我们不开灯，半敞窗帘，往外借一些零星的光。她没有哭，至少没发出声音，房间里一片寂静。不一会儿，有人踩上楼梯，我们不禁屏住呼吸。所幸，他们不是往三楼来的。

"他们都回房间了。"我小声说。

"随便，关我什么事。"她哑了，话音落在空气里，一把生锈的锯子。

"你饿吗？我带了泡面。"我忽然想到。

我蹑手蹑脚地下楼，好不容易找到热水瓶，里面滴水不剩。为了不让文英儿失望，我提起空瓶出门打水。一打开门，猛地看见许多陌生人聚集在外面。

冰冷的红蓝灯光下，两辆警车如喘气的野兽。"细腰"正与警察交涉，他们在我十米开外，听不清具体说什么。在警察身后，有一对苍老的男女。女人面部狰狞，好像要打"细腰"，被两个警察协力架住。男人则截然相反，始终不语。一件白色T恤罩住他佝偻的身躯，领口、袖口布满小破洞。鬼使神差地，一种诡异的预知力量从我身上焕发——这些人的出现都和文英儿有关。

我吓得连忙锁上门，当时是夜里十点半。

"你是说，当年，孟云娇就是这样被警察带走的？"李贞瞪着眼睛。指间的烟烧出很长一截灰，她浑然不觉。经风一吹，尘烬落满她的手背。

"文英儿……她本名叫文英儿。"我说。

"他们凭什么带走她？"对于我的纠正，李贞置若罔闻，只顾追问。

"她偷了家里的钱，私自报名参加夏令营。父母根本不知道她去了哪里，到傍晚还不见人影，报警才找到露营中心。"我说。

我想象警车在公路上驱驰，夏季的黄昏空前辽阔，云火燎原。文英儿的父母坐后座，光流自下而上涤荡他们的身体，循环往复，像一种抽象的洁具——但没有什么被清洁或改变，唯一可以确定的是，黑夜将至。

"不过她只偷了两百，"我向李贞解释说，"夏令营的费用是两百七。就是说，有一部分钱是她自己存下来的。"

"嗯，她是个不错的女孩。"李贞敏锐地察觉到我的态度，故意说。

"也不能这么说……"我说。

"你们后来有联系吗?"她问。

"她被带走前，塞给我一张字条。当时太混乱了，她远远地用唇语对我说，'给我写信'。字条里是她的地址，字迹很模糊。"我说。

"你写了吗?"

"没有。"事实比较复杂，但这个回答大体上是正确的。我说："又过了七八年，应该是我念高中的时候。有一年暑假，学校组织社会实践。每人拿着红十字会的袋子，去各个路口为小儿麻痹症患者募捐。我负责的路口靠近文庙，结束后闲逛，突然想到那里离文英儿家很近。我是说，她过去的家。那条弄堂早就动迁了，但房子还没拆完，拆到一半项目暂止了。残破的房屋定格在那个瞬间，有的被穿破墙垣，有的甚至被劈出了一个横截面。满地都是发黄的雨水沟，很脏。没走多深，我就想回头了。然而，转身看到的却是类似的画面。在我反应过来之前，我已经站在废墟里了。这时我想到文英儿，一个很有意思的想法跳出来：她留给我一片废墟——当然，那时候我也小，容易沉浸在恢宏的想象里，不怎么明白废墟的真正含义。"

在我讲话的过程中，李贞不时微微仰头，像要从高空中检寻某种神秘的信号。等我停下，她关掉录音笔，抱歉地一笑："要下雨了，今天先到这里吧。"

我快速喝完剩余的咖啡，让李贞在露天卡座稍等，我去停车场取车。十分钟后，我驾车回到原地，大雨从空中暗黄的裂缝间灌下来了。李贞匆匆跑来，坐进副驾时，灰色西装已沾上墨点般的雨迹。她压低了喘息声。

"一起吃晚饭吗？"我问。

"今天不了，孩子最近住家里。"她说。

我和李贞相识于两年前的圣诞夜。那是一场艺术从业者的集会，四处散布着奇形怪状的自由，人人亟待酒精与狂欢的重铸。我天性羞涩，对那些被幻觉浸泡过度的自我展示一贯警觉，反而注意到一夜缄默的李贞。当时，李贞刚离婚，但丝毫不曾受困于婚姻的崩塌。她有一个刚念小学的女儿，因工作缠身，由她父母代为抚养。

我们很快见了第二次，李贞来我家。她做了饭，重新叠好床边的衣服，把杂乱堆放的物品全部归类。接着是性，如此自然地发生，甚至罕有色情的意味。李贞比我大几岁，好像一个熟识已久的姐姐。她深谙我的诸种需求，慷慨地一并打理，而做这些似乎费不了她多少精力。自此以后，李贞大约两周来一次。相处日益长久，我逐渐察觉李贞的独特之处。她的性格中有一种硬朗，使她永远望向前方，奔跑的每一刻都令她安心。正是基于此，没有什么精神困境能羁绊住她，她也很少向我袒露私事。

不久前，市里彻底破获一起陈年旧案。罪犯疑有两名，是一对情侣。男嫌疑人于十五年前被捕，执行了死刑。女嫌疑人孟云娇一直在逃，隐姓埋名，终于在一次集体血液采集中暴露行踪。到处都在谈论这件案子，从早到晚，电视里轮播着昔日凶案的各种细节。

有一天下午，新闻里恰好放到孟云娇在看守所的录像。出逃多年的嫌疑人，吊足了观众的胃口，我不由得抬头看了一眼。孟云娇长相很美，艳丽、娇柔，让人看一眼便血脉偾张。让我惊讶的是，孟云娇的表情很特别，我好像从前在哪里见过。我盯着屏幕良久，神经元怦然跳动，脑颅涌起一阵轻微的疼痛。我意识到一个惊心动魄的事实：这个被媒体传为"蛇蝎美人"的孟云娇，就是当年的文英儿。我把这件事告诉李贞，出乎我的预料，她大为振奋。原来李贞早有计划，要将孟云娇的故事拍成电影，参投日本东京国际电影节。既然我与孟云娇有过交集，无疑是一座可开掘的灵感矿山。而我也是那天才得知，李贞在戏剧学院任教职，已拍摄过两部独立电影。

雨刮器重复擦着车窗，像一对鞘翅目动物的触角。晚高峰期间，我们移动得很慢，车灯、街灯、交通灯在水迹中晕开。雨势丝毫没有减弱。一片模糊之中，夜晚的信号不动声色地显现。李贞抱着双臂，尚在回味关于孟云娇的往事。

"你们后来见过面吗？"李贞问。

"没有。"我回想罢说，"其实有不少机会，好几次差点约见，但最终没成行。"

"哪一年的事情？"

"读本科时，我和文英儿再次联系上，她找到工作了。当年在营地，我一直以为她比我低一两级。她长得非常瘦小，看上去就像刚升小学——可后来我倒推出来，她那时已经念五年级了。"我说。

"难怪她表现得那么早熟。"李贞若有所思。

"她的外表太有迷惑性了。"我笑了，想到文英儿言行举止里卖弄的成分。时过境迁，那些已变得不再重要。在漫长的追忆中，事情表面的翳层脱落，我终于能看见更真实的一切。

"照你说的那样，文英儿谎言连篇，嘴里没有一句真话。"李贞说。

"也不全是，有一些东西是真的。"我说。

"比如？"李贞挑眉问。

"我说不清楚。"

不知为何，我心中恍如升起一障水雾，难以名状。待它缓缓散去，我几乎触摸到那个时常抑遏着我的暗穴洞口。

李贞没有追问下去。我打开广播，一首叫不上名字的粤语老歌响起来。中途，李贞接了一个电话，是她的孩子打来的。她的语气异常柔和，假如不是亲耳听到，我甚至无法相信她有这样一面。我蓦地发现，一夜又一夜的激情，并未使我们更了解彼此——性是一条缠绕着幻景的虚线。临告别前，李贞想起什么似的，特意转身问我。

"对了，她晚上告诉你秘密了吗？"

"说了。"

"是什么？"

"她说……"话到喉咙口，我才感到说出来很费劲，"她说，她和邻居模仿过大人做爱。邻居和她差不多大，不知道是男孩还是女孩。当时我怔住了，没有细问。"

实际上，我给文英儿写过信。

经年累月，尝试了很多次，但没有一封是写完的。

如今回想起来，人生中的每一个阶段，我都萌生过给文英儿写信的想法。有时是突发奇想，有时构思再三，一个念头在脑中盘旋数日，等静下心来才付诸文字。为防止父母窥看，那些写到一半的信都被我撕了。即使后来用电子文档写，情绪过后，我通常也会删除。前几年，我去健身馆练习壁球。小小一颗黑球，与墙壁撞击后又弹回我的拍下，不断循环。当我大汗淋漓，蹲在一旁喘息时，忽然明白，从来没有真的收到过信的文英儿，就是那面墙。

有一回，我在一个中学时代常用的 USB 盘里，找到半封写给文英儿的信。在不同的信件里，出于一种儿童的游戏心理，我曾随意地为文英儿取昵称。而这封信的顶格，却赫然写了文英儿的全名。

文英儿：

　　好久不见。这是我们认识的第六年。我现在在光明初级中学念书，初二了，成绩还算过得去。不知道你怎么样了？回望容易让人误解，以为时间是瞬息而逝的。然而，切实地去度过一天又一天，就会发现六年非常漫长。我仿佛坐在一条小船上，每一秒都离你更远一些，而那种距离是永远不可能挽回的。

最近，我们地理老师在课上讲到了"太阳岛"。你能相信吗，原来有一座真实存在的"太阳岛"，就在哈尔滨松花江的北岸。据说，那里有很多异国风情的别墅，是二十世纪初搭中东铁路进来的外国侨民兴建的。我们老师还放了一首颂扬"太阳岛"的歌曲，歌词里有"带着露营的帐篷，我们来到了太阳岛上，小伙们背上六弦琴，姑娘们换好了游泳装"——这和我们初次见面的露营中心多像啊！可六年前我们见面的地方，是一个仿造的假"太阳岛"。我为此难过了好几天，你知道吗？我现在还能想起很多当时的细节。傍晚走在路上闻到洗发香波的气味、那间别墅木制楼梯扶手上的划痕，还有你走了以后，我们一群男孩去踢足球，草从小腿上划过的微刺的感受。怎么能说，那个"太阳岛"是假的呢？

这六年来，我更加明白你所说的那个秘密。当年你告诉我时，我其实有点害怕，而且要到几年后才愿意承认这一点。或许在潜意识里，我隐隐感觉有一种神秘的力量罩在上面。它让我皮肤发痒，以至于六年以后，我仍然会经常想起你的秘密。希望你不要为此生气。至于我拖欠你的秘密，我现在想出来一个了。我要告诉你的是：我从小就有一种非

> 常强烈的恐惧！我觉得我们最终会失去所有东西，
> 越在意的，失去得越快……

在重新读到信时，我对事物的看法已经改变了。对于"非常强烈的恐惧"，我不仅无法与当时的自己共情，反将其归结为少年时代易犯的一种幼稚病。

我关闭电子文档，把 USB 盘从电脑上拔下来，放进一个黑色的小木盒里。

那一年，我考入一所政法大学。学校位于郊区，往东南步行四十分钟，就能抵达一片叫"望仙园"的墓地。而联结墓地与学校所在小镇的，是无尽的荒田。闲暇时，我沿着单车道宽的小路散步。偶尔遇到住在附近的农民，他们往往穿着随意，皮肤因长期紫外线晒蚀而布满褶皱。他们身上有一种特殊的气味，混合了焦炙与汗水。不经意地，我总会想起遥远的露营生活。

我就读的专业是国际经济法，隶属于法学院。第一学期，基本上教的都是一些通识课。全专业的学生坐在阶梯教室里，听老师在讲台前大谈《萨利克法典》中继承问题的缺陷，或是《十二铜表法》允许父亲两次出售儿子的法理性。我听了几节，始终无法摆脱困意，很快便确认自己对法律并不感兴趣。不出两个月，我干脆放弃了课堂，将大学时光馈赠的自由全部付与玩乐。我和一群朋友天天出校，通宵流连于网吧、KTV、棋牌室。那是我人生中最放浪形骸的一段日子，也是与人交往最频繁的时期。后来回想起来，简直难以置信，我的性情中竟隐藏着这样一个陌生人。冬天来临时，我在学校附近的网吧找了一份管理员的兼职。由于是男孩，老板安排我隔天值夜班，工作时间为晚十一点至早七点。

我的兼职内容不算复杂，只需坐在前台，负责当晚顾客的开卡、结账、零食消费。除了周末以外，来包夜的人不多，但随时可能有事叫我，即使小憩我也睡不安稳。为打发彻夜的空闲时间，我找了很多在线小游戏。有时厌倦了，另寻消遣，就上一些学习网站，做修改病句的测试题。那些词句中无关紧要的意境，像许多块关于外部世界的小巧拼图，使我着迷。

我至今还记得其中的一例病句：在平原地区看到松鼠是很少的。

有一回雨夜，顾客寥寥无几。我连续玩了几个小时《反恐精英》，流血图像和旋转的视角令我头昏脑胀。被迫从游戏里抽身，大约是凌晨三点出头，我打开一个叫"Loster"的网页，是那几年高校学生常用的社交网站。通过搜索姓名，我与很多昔日的同学、旧友重又联络上了。那天半夜，我盯着搜索栏发呆，大脑一片空白。忽然，我手指不自觉地动起来，接着"文英儿"的名字出现在搜索栏里。搜索结果跳了出来,一共有三个"文英儿"。其中两个账号信息全无,一看就是随机生成的虚拟僵尸号。唯一一个可能是她的账号,用了一张卡通头像,性别没有注明。

我点进主页,发现账号的主人很少更新生活状态,只有零星几条。最近一条发布于去年六月,是一行"干杯"的表情。还有一条更早些,在一个春天的黎明时分,内容非常简短:"还有人没睡吗……"有意思的是,根本没人会看见这条消息,这个账号连一个好友都没有。除此以外,账号的主人上传了很多照片。我急于寻找人像,快速通览了一遍相册。有一个专辑收录旅行时拍的风景照,多为江浙一带,最远到过黄果树瀑布。在一张背衬山林的照片中,摄影师本人露出一个"V"字的手势,可以看出她的指甲很长,深红色的指甲油平添一股女巫的气息。

我等不及再作细究,在留言栏里用悄悄话功能写道:你好,冒昧打扰,你很像我很多年前的一位朋友。当时近凌晨四点,雨停歇多时,天空吐出一层微带荧光的褐红。南方的冬天湿冷,我起来把过道上的窗关紧。待我回到座位,网页提醒有一条新消息,点开赫然显示着:季小鹏,原来是你,你怎么现在才来找我!我完全没料到,她回复得那么快。望着屏幕,我有些不知所措。紧接着,文英儿又发来了消息。

文英儿:挺会熬夜的嘛。

我:明天没课,打完游戏晚了。

文英儿:你应该还在读书吧,是念了大学吗?

我:对。

文英儿:还是读书好。就知道你是好学生,我不会看错人的。

我:一转眼,我们都快十年没见了。

文英儿:你记得我当时给你留过地址吗?没过多久,我就搬家了。本想等稳定下来,再想办法联系你,但飘飘荡荡,时间也就过去了。

我:其实我经常想起你,是真的。

文英儿:你有女朋友了吗?

我:嗯,隔壁班的同学。

文英儿:真好。

我不想和文英儿详谈女朋友,便转开话题,说起学校后面连绵不绝的荒田。到了冬季,树丛因凋敝而显得灰暗,大堆枯草在风中翻腾。远远观望的人根本弄不明白,植物的那些逎躁舞动究竟是在召唤,还是在挥别。我告诉她,等开春以后,请她来我们学校玩,那时我们可以看到新生的田野。我打了一堆字,但自"真好"以后,文英儿不再回复我。她像天空中一粒忽然不知所终的行星。

　　孟云娇的案件一审采取公开审理的形式。法院通过互联网进行直播，一时观众云集。庭审当日，我刚好参讲一期工作相关的论坛，理所当然地避过了观看。尽管难以承认，但仅仅是想象这场审判，我都痛苦不堪——那种痛苦没有具体的指向性，就像一道刺眼的强光，使人想移躲。只是这件案子的声势盛极一时，庭审结束后，诸多细节在媒体间广为流传。在二次发酵的过程中，我也陆续看了一些。

　　七月将尽的一日，李贞来我家小坐。自从她全心投入孟云娇的电影，我们每次都有烦琐的具体事务要谈，不觉已很久没有做爱。不过，通过性开辟出的亲密，竟能长久地留存于彼此之间。李贞喜欢那张墨绿色的麻布沙发，我们一起瘫卧其中。久之，我产生一种错觉，好像我们是一对相处了数十年的夫妻。

　　在李贞点开的一条庭审视频中，孟云娇端正地站在镜头中央。她的身后是两位高大的法警，衬得她薄薄一片。孟云娇时年三十七岁，看起来比实际年龄憔悴得多，但苍老丝毫没有影响她的魅力。大厅中央，肃白的光线洒下来。一种明亮禁锢着她，令她惶然。

　　对于法庭提出的所有问题，孟云娇都答非所问，逻辑混乱。当被问及与另一个罪犯帅正雄的关系时，孟云娇的眼中充盈起泪水。她说话很轻，发声介于吐字与喘气之间，又带有港台式的甜美。孟云娇说，他是我的男朋友。他有点好莱坞黑帮的风范，杀人的时候冷酷、利落，但他相信，最终他会死在他儿子手里。他最对不起那个孩子。问到是否在帅正雄绑架杀人时予以协助，孟云娇一口否认。孟云娇说，我是正经家庭教育出来的，从来都与人为善，踩死一只蚂蚁都要心疼很久，怎么可能做这种事呢？就像忽然体察到眼泪的好处似的，孟云娇一发不可收拾。此后不论答什么，都伴随哭腔。主审法官与检察官轮流盘问孟云娇，孟云娇只是啼哭不停，一度出现情绪崩溃，被当庭叫停数次。

在另一条截取的视频中，孟云娇似乎平静了很多。根据她的陈述，可以大致推断她回应的问题是：她为什么不回应警方的传唤，而要隐藏身份潜逃十五年？视频下方不少人评论，认为这是整场庭审最具戏剧性的一幕。

孟云娇说，我没有逃跑。我只是想挣脱过去，重新开始生活。当时我年纪还小，才会被帅正雄骗，过这种亡命天涯的日子。前两年我去一座山里，碰到一个算命的道士。我问他我的命怎样，他不肯回答，却讲了《聊斋志异》里的一个故事，叫《叶生》（法庭阻止与本案无关的交流，但孟云娇坚称这一部分很重要），讲的是一个落魄的书生到了绝境，突然走运，逐渐当上大官。多年以后，他回到老家，发现自己的棺材停在房中央，因为家里穷而始终没入葬。他这才想起来，原来自己早就死了，所谓的走运只是亡魂的一场大梦。那个道士说，从我离家那天起，就已经成了一个亡魂。

听审团传出窃窃私语，法庭不得不维持秩序。孟云娇捂脸恸哭，但这次没发出声音。镜头忽切至一个近景，透过指缝，孟云娇狰狞的面部暴露在观众眼前。她的脸色泛红，细纹如刃。她的嘴开阖不停，似在把某种剧烈却无形之物吐出口。

"我不想看了。"我说着，关掉视频。

"她身上有一种张力，确实很迷人。"李贞说。

"她表演得太拙劣了，却不自知……"我还没说完，李贞打断了我。实际上，这种拙劣所唤起的是我的于心不忍。

"表演，你认为她是在表演吗？"李贞问。

"大家都这么想吧，"我一迟疑，"你说呢？"

"我不知道。"李贞笑起来。为了抽烟，她把窗户推开一条缝。回头望向我：她已恢复平日里冷静的模样。"但法庭这个场景不好，太沉重了，让她显得很别扭——我是说，拍电影的话，我肯定不会拍到庭审这一步。"

"你打算正面拍凶杀案吗?"我问。

"正面?"李贞重复了重音。

"就是重现十五年前的场景。"我说。

帅正雄被捕后不久,报纸曾刊登过一张现场的照片。拍摄时,尸体已处理,原所在地用白色粉笔画出一个人形。椅子是当年常见的款式,仿皮质,以合成金属作为支架,在近肩膀的位置有一小块靠垫。报纸滤去了色彩,但从那个时代生活过来的人,都知道这种椅子是红色的——和地上尚未擦洗干净的血迹同色。餐桌与尸体呈一条直线,从照片里只能看出小半张桌子。桌面上摊得很乱,有一支笔、一瓶看不清名称的药、一副金耳环。在这些东西的后方,摆着一只花瓶,里面的玫瑰干枯已久,残瓣垂落。

那几年,帅正雄与孟云娇混迹于长三角地区。两人一路游荡,靠绑架勒索获取路费,再挥霍一空。被捕时,帅正雄作案七例,其中两例绑架致人死亡。最后这一件案子中,被绑架者的亲属联合警方提前部署。帅正雄前往台球厅取钱时,警察一拥而上。根据帅正雄与孟云娇往常的合作方式,假如他十二点未归,就由孟云娇实施撕票。等警方前往帅正雄的租处,死者已矣,房间内别无他人。帅正雄坚称自己独来独往,一口顶下所有罪行，但孟云娇的身份仍然很快被锁定。根据推断，最后一位死者应当死于孟云娇之手，不过并无直接证据。

我们讲到报纸上的黑白照片。李贞抿紧嘴唇，烟从她的鼻翼里轻轻溢出。天色向晚，交杂的彩焰在视野尽头闪烁。夏日的风吹入窗，热气腾腾，我闻到一股草茎燃烧的味道。

"不，我想把重心放在她逃亡后的日子。从一路化名隐藏身份，到忘乎所以，以为自己是一个全新的人，她的心理变化很值得探索。最后终于引起公安的注意时，她的回忆以一种破釜沉舟的形式复苏了。真正击溃她的，正是这种醒悟。不过，我还没想好电影的结局。"李贞说。

"现在拍多少了？"我问。

"剪辑以后，至少有二十分钟吧。"李贞关上窗户，重新坐到我身边。她打开电脑，突然燃起兴致似的问我："你想随便看看吗？"

我点头，李贞点开桌面上的一个片段试剪版本。影片从深红色椅套下的一只手形开始，镜头慢慢拉远，逐渐释放出大巴车的整体空间。一个男孩斜倚着玻璃，湿绿的外景映在他脸上。他的性格被那副表情所象征：犹豫、容易疲惫，终其一生将受困于内心幽暗的火苗……

"忘记告诉你了，在这部电影里，你是男主角。"李贞说。

"我？我一个普通人，拍得出什么？"我说。

"不，你很重要。"李贞一笑，略作停顿，"而且，我觉得恰恰相反。在你的讲述中，我常常感到一种隐蔽的激情。你对孟云娇，好像怀有一种非同寻常的感情。"

我心中一凛，手心竟在炎炎夏日之际发凉。电脑屏幕里，电影还在自动播放。学生们涌向各自的队伍，我依稀认出"细腰"，四肢白皙发光，胸部在奶黄色的T恤下高高隆起。演员的眼睛很大，顾盼生辉。虽然李贞在选角时，采纳了我对"细腰"外形的描述，但她似乎刻意把"细腰"拍得过于性感——无论是她的造型，还是她投向孩子们的充满讨好意味的眼光。我还没来得及说这一点，李贞按下暂停键。

"你看，这个就是孟云娇。"李贞用指尖圈出一个瘦小的女孩。

女孩出现在画面边缘，梳着熟悉的双马尾。外圈镜头畸变，将一种不自然的弧度置入她的形象。某一瞬间，她的眼睛紧盯着摄像机，一具捕猎前唤醒全身感官的鹰隼。但那一帧很快过去，女孩向遥远的队伍扬起笑脸，我不禁怀疑此前只是一种错觉。

有一些日子，我如同失忆者一般醒来，分不清自己正处在时间轴的哪个位置。恍惚间,我总以为自己还在念大学。那扇由石狮子与重雕铁栏守护的校门无异于一道魔闸,顷刻之间,初成年的我们获得了超额的自由,并多少为此失措——但至少,爱、性、异性之间的夜行变得可以谈论。不再有幼稚的试探,也无需将欺凌女孩作为泄欲的替代渠道。我很快明白过来,作为"独立"的诸多效应之一,成人世界也意味着欲望的合理化。我把大量时间花在娱乐上,不计后果地日夜颠倒生活。那些夜晚,球灯转动着银鳞,四面喧哗。在光影芜杂的房间里,我一个接一个地,靠近逐渐变烫的女孩们。有时她们也会有所反馈,明示或暗示。然而,我从来没有真正跨出那一步。当我意识到一切即将成真时,肉体便自充胀中返回,在周围的环境里辨认出蛇的原形。

除了这些夜场的冒险,我还交过一个女朋友。刚开学时,我们同上好几节公共课。她坐在前排靠边,摊着厚厚的笔记本。无论老师讲什么,她都埋头记录,脖子后微微露出一粒椎棘突。有一次我经过她身旁,无意中发现她并不是在做笔记,而是在素描。这时,我才注意到她的模样。她的头发很长,一副厚重的黑框眼镜架在鼻梁上,使她的五官比实际显得小。当时我对她并无追求的意图,只是觉得亲切。直到我不上课以后,她作为组长,指导我写课程论文,我们才熟悉起来。她是隔壁班的班长，尽管课上不务正业，依然属于标准的好学生。我们关系的渐进，几乎都是她推动的，我颇有几分受宠若惊。

那阵子，我在网吧兼职夜班，女友偶尔来陪我通宵。她不打游戏，为了消磨夜晚，便一部又一部地看电影。实在困倦，她就趴在座位上入睡。

"明天还要上课，回寝室睡吧。"我伸手摸她的额角，柔软，像一块绒布。

"现在叫阿姨起来开门，会被骂的，还是明天直接去吧。"她歪着头说。

我的QQ响起来，一个兔子的头像在角落里闪动。犹豫之下，我还是点开了，是文英儿。我们已互相加过好友，她知道我习惯于彻夜不睡，经常与我聊几句。女友凑过来，把消息小声念了一遍："今天上班运气不好，袜子都刮破了。"

"她上什么班？"女友不屑地问。

"一个护士朋友，值夜班。"我说。

"你们怎么认识的？她连这个都跟你说。"女友不放过追问。

"我们小时候参加过一个夏令营，最近刚加上好友，连面都没见过。也许她生活中朋友不多，才来找我聊的。"我尽可能回答得周全。

女友狐疑地望着我，显然言辞已无意义，无法改变她对文英儿的不满。自此以后，她旁敲侧击，不时打探文英儿和我的关系。出于某种戒备之心，我并未将与文英儿的往事全盘托出。稍微具体一些的问题，我只推说忘了——毕竟十多年过去，所有边界理应为时间的渗透而模糊。女友似乎对文英儿充满兴趣，甚至要我约文英儿，三人见一次面。我一贯不懂女孩的心思，只觉得匪夷所思。但在她多番提议下，我不禁也对文英儿的现状好奇起来。细想之下，那不过是一场旧友的小聚，也算合理。

我小心翼翼地对文英儿说起这件事，没想到她一口应承下来。她说，她在外地的医院工作，不过定期返乡，下次回来就约我。我在聊天框里删减数次，最后还是打了出去：我女朋友想见你，她也会来。文英儿很快回了消息，大方地说也想见她，看看我如今的品位。她的用词非常热情，仿佛一直在等我邀她见面。尽管如此，数月瞬逝，文英儿从未真的约见我。当我再次问起她，已至盛夏。学校后方的田地中，野草患有热病似的疯长。我从深幽之中穿过，浑身弥漫着一种咸。到夜晚，我才收到文英儿的回复：最近实在太忙了，有机会回来一定叫你。我对着巨大的显示屏发愣，总觉得这是病句，却挑不出语法错误。

那时，我和女友已有过性体验。事实上，我们尝试了近半年才成功。最后，不再有烛光、花瓣之类的氛围营造，也省略了从网上学到的预热前戏——那些都是可笑的，我越遵循指导，越感到自己的无能。所有灯都关了，一片漆黑之中，我抵住女友的身躯。我忽然明白过来，能通向那条潮湿甬道的唯一途径，就是粗暴。必须勇往直前，不要回头，否则就会被那凝视着我的恐惧所吞噬。在艰难的跋涉之间，我近乎绝望。疼痛、挣扎、无法抑制地呼救，都是对暴力的诱惑。只有克服一切软弱，才能完成救赎。结束以后，我们并排躺着，一言不发。我闻到避孕套淡淡橡胶的气味。做爱过程中积攒的痛苦，消解在无尽的虚无之中。我听见文英儿在我耳边说话，轻声地，半带吹气。"其实……"她的眼中有蓝色的光，"我和邻居模仿过大人……"接着是一个轻盈的词语："做爱。"好多年来，这道声音回荡在我颅内，锯齿拉扯。它让我变得虚弱，每一声回响都更无望。文英儿提前掌握了一种黑暗的力量，不论是否故意，都操控了我往后的人生。其中有一点悖论在于，当我的认知随年龄增长，我对那个伪装成"秘密"的陷阱也会有更深邃的理解，这让我永远无法逃脱它。

"你在想什么？"女友问我。

"放空。"我说。

我感觉像仰躺在海面上，缓慢地被淹没。我想的是文英儿。此刻她在做什么，这些年她经历了什么，是否过得幸福。我已经长大，能接纳更深层的恐惧，有能力承担她更多的信任了。

往后的一周里，我和女友又开了三次房。我们迅速地娴熟起来，一发不可收拾。我尽量从脑中剔除了文英儿的影子，开始学会享乐，心无旁骛地。做爱所抵达的快感，超越任何形式范畴。越过巅峰之后，肉体缓慢地松懈下来，像沙滩上一条再无反抗之力的鱼。但那只和劳累有关，一种精神力量的耗散。除非一两帧出神的时刻，否则不会再像初夜那样紧绷，不再和暴力、死亡紧密相连。

女友仍然常提起文英儿，好像她是我们失散的共同老友，又或者是一个在我们儿时就逝世的远房表亲。有时我们一同坐在操场上，星丛吞吐着微弱的光，背后的金属网格递来一种虚幻的冷意。女友什么都没说，但我知道她想着文英儿，正在计算一场童年的夏令营究竟对我而言意味着什么。可无论女友如何探问，关于文英儿的事，我没有再回应过她。

大三刚开学，隔壁寝室一个兄弟请我们参加他的生日会。二十岁，越过成人的过渡期，是接受真正加冕的年龄。这位朋友一贯阔绰，订了学校附近最奢侈的餐厅。我们也不好意思寒酸，凑钱买了一个双层蛋糕、一双时下热门的 Air Jordan 球鞋。宴饮将尽，灯光忽暗，服务员推着插满小烟花棒的蛋糕进来。欢呼之下，生日会被推向高潮。我们扫完盘中蛋糕，徒留一堆狼藉。还觉得不过瘾，有人突发奇想，说一起去三千米外那家"金丽豪皇宫"开个包厢。原本只是一个玩笑，却因为起哄和寿星的应承，变成了一种关于勇气的试炼。朋友仗义，当即允诺费用由他承担，我们只要尽情玩乐。

"金丽豪皇宫"是本地一家会所，远近闻名。某年夏日，我和女友曾在对面的馄饨店吃夜宵。短短半小时，各色男女进出不断。女孩多浓妆艳抹，一眼看不出年龄，身体曲线尽露于穿着之间。

那天夜晚，我们打了两辆出租车，兴冲冲赶往"金丽豪皇宫"。两侧门卫西装笔挺，戴白手套，替我们拉开门。一座欧式喷泉立在室内，上有玉石制的裸体女神，剔透光滑。迎宾的女孩领我们往深处走，通道回转，到处都是镜子。这是我第一次来会所，有些本能的紧张。好在我们人多，吵吵闹闹，多少藏住了怯意。跟着迎宾，我们走进一处宽敞的房间。不久，一列打扮各异的女郎鱼贯而入。有穿空姐制服的，有女白领风格的，有走清纯路线的学生——和我们在学校见到的那些不同，她对自己展示的形象是有掌控意识的，这反而使

"清纯"具备了一种低级、直率的性魅力。换了几批，我都没选人留下。本想推脱，做东的朋友非要我留一个，我只好硬着头皮看下去。这时，新进门的一批里，有一个护士装扮的女孩。她毫无扬招之意，乍看显得冷淡，在一群女孩中分外出挑。我霎时注意到她，不由得心里一动。

夜场迅速暖起来，骰子声和音乐越来越响。我身旁的女孩说话很少，知道我们是学生后，她心领神会地一笑。

"现在学生出来玩也很多。"她说。她的衣服边挂着编号：18号。

"你想去点歌吗？"我问。

她摇了摇头，垂落的睫毛像一把羽扇，也许不是天然的。她给我倒了酒，气泡从玻璃杯底部往上冒。她说："如果你想，我可以陪你。"

我顺从地拿起杯子，却并不想喝酒，只好悬于胸前。隔着玻璃，冰液体在我手掌心里凝结起一层水翳。那时我还处在漫长的恋情之中，久不出入夜场。此时在会所里，坐立不安。良久，18号有所觉察，从沙发上探起身，轻轻地把手搭在我的背部。

"别紧张，就是喝喝酒，把外面不开心的事情都忘了。"18号说。

"我知道。"我说。

我小小抿了一口,接着一饮而尽。那已无关乎酒,好像是寻求一种液态燃料,以便尽快驶向一片忘我的空间。18号陪我喝了几杯后,神色显然开朗了不少。她说起老家在皖北,家里还有两个妹妹。不管信息真假,我们迅速变得熟络。

"你让我想起一个朋友。"我说。这时,我已喝得头脑沉重,闭眼时顿感神经酥麻。周围的朋友也疯癫起来,有人正和一个女郎接吻。环视一周,世界有些失真。我继续说:"不过,她是一个真正的护士,不是穿护士制服而已。"

18号起初没听懂。我又说了一遍,她笑起来,可以看见粉色的牙龈。她说:"一定是很重要的朋友,你可以把我当成她。"

那晚我喝得几乎断片,一片昏天黑地后,只记得黎明时在路边呕吐。天空黢黑一团,路灯把我的身影裁成细长条,孤零零地贴在混凝土路面上。我浑身无力,肢体前所未有地虚空,仿佛血肉早已被蛀空。同行的朋友们不知去了哪里,我不关心,唯独非常想念文英儿。我胡乱翻出手机,拨了她留给我的手机号码,一心想着接通后该如何开口。很快,一个机械的女声响起:"对不起,您所拨打的号码是空号。"——她的道歉毫无意义。

东南沿岸的冬季相对潮湿,到十二月底才凝结出第一场雪。适逢周末,我清早起来,开车往郊外的一处湖滨公园。前几日,李贞在湖边取景,因初雪降临,心血来潮想多留两天。我到李贞住的酒店时,她还游荡在专属于休假的漫长睡眠中。

外面雪下得不算密,不像任何一场新闻频道里播出的暴风雪。我戴起羽绒服的帽子,独自环湖散步。空气的透光率因为雪而增加了,愈发澈亮,半空中如注满极度细小的银箔。在这样的上午,沿着湖慢慢行走,让人身心舒展。

我们上一回见面,是在李贞生日。我提前订了餐厅和酒店,以几乎逾越关系的方式安排了一切。我们带着酒气相互亲吻,故意撞倒台灯,滚上柔软的床面。外套、毛衣、内衣,一件件落地。我竭力想做得更好,却全然无济于事。我没法勃起。试了近一个小时,我们都由内而外地感到疲倦。我向李贞道歉,她反而坦言,她也没什么感觉。李贞说,不知道为什么,我们之间有什么东西被《长河》消解了,没有性爱的刺激了。我问,《长河》是什么?李贞问,我没告诉过你吗?我说,没有。但我说完就明白了,是那部关于孟云娇的电影。我问,为什么叫这个名字?李贞仰头思量,她的下颌线很美，并未因年龄而松弛。她笑时喉咙外部轻轻晃动，像一座浓缩上亿倍的即将喷发的小火山。李贞说，我以前听到过一种说法。我们都在一条很长的河里飘荡，河没有尽头，人到了临终那天就能上岸。我不太能理解。怎么说呢，这种世界观非常斯堪的纳维亚，对我们来说太梦幻了。但等我亲眼见到那样的河流，两岸辽阔，河水有时汹涌，有时有条不紊地向前流，我忽然什么都知道了。我说，是啊，日以继夜，夜以继日。李贞说，那种持续而平静的感觉，和海洋、溪水都不一样。我点头，但实际上我说的并不只是河流。

李贞打我电话时，我正往回走。公园附近没什么商铺，这种清寂倒也符合人心意，我们就在酒店三楼的餐厅随意用了午餐。李贞没怎么打扮，却别有神韵。我向她说起上午湖边散步的经历。早在大学时代，我就养成了散步的习惯。唯有在机械的步履运动中，我才能重新整理、收纳自己，不被当时放荡的生活所吞噬。李贞则提供了脑科学相关的一条佐证：据说散步时，人的眼球左右移动，会带来一种"前进"的感受——当然，这更多渗透到精神层面。回房间的路上，李贞挽着我的手。这种亲近并非基于需要，反倒是互相无所求，彼此纯粹的存在才发生了交汇，分外迷人。

客房的户型普遍偏大，典型的欧洲度假风格。李贞住的是套房，有一间明亮的客厅。墙上挂了一块波希米亚式方毯，针脚松弛，鲜艳的撞色几乎要跳溢出边界。另一侧还有一个装饰壁炉，里面的安全木柴正燃烧着，可以听到木料"哔啵"崩裂的声音。水烧开了，滚烫的液泡翻滚上来。一触茶叶，汤色中迅速淌出一股深红。我们靠窗坐着，看着这意义索然的一切发生，有时也望向窗外的雪。

"我以前最喜欢冬天，尤其是少数下雪的日子。中学里有一天，我逃课去操场上堆了一个雪人。两个小时后再去看，雪人竟然不见了。"李贞搅拌着茶，一边说。

"不是被校工清理了吧。"我说。

"也许是。不过我当时很傻，一心以为雪人是被偷了。好几天都在想，那人是谁，为什么要偷雪人，雪人融化后他又怎样继续生活。第二年，我们在劳技课上学会用录像机，我就拍了一段偷雪人的故事。"李贞说。

"现在还能看到吗？题材听起来很浪漫。"我说。

"不，简直一团糟。"李贞摇头，毫不迟疑，"那只是一种情绪性的幻想，没什么更深的意义。过了好多年，总算认清了这一点。"

"艺术家很容易悔其少作。"我半开玩笑地说。

"也不完全是那样。时间会让事物露出更清晰的面相，一时看见的'真'是有限的。比如我对偷雪人者的形象的塑造,全然基于一个女学生的想象,拍成片子很难不做作。相比之下,丢失雪人的失落感却是真实的,是与我切身相关的。我一度那么难过,就像胸口积着一块冲不散的金属。当然,现在已经不重要了,但还是会莫名其妙地常想起这件事。"李贞轻轻噘起嘴,似在道出一种世界的奥秘,"诀窍在于:回望,反复观看。过去不明白的事,再次看到时,一定会知道更多一些。"

"就像我在几年后才知道,真正的'太阳岛'在哈尔滨。"我说。在晦暗的青春期,每次给文英儿写信,就像划亮一根安徒生童话中的火柴。

"没有什么'真正'。"李贞停顿后说,"南马尔代夫也有一座'太阳岛',在我们不知道的其他地方也会有。万物在概念中流动,没有百分百的准确。也许过不了几年,你原本熟悉之物就面目全非了。如果想轻松一点,只有忍受你已经看到的,然后继续去看。尽可能从人生这一连串毫无逻辑的独白中,选出你所在意之物。归根结底,就是那样一场接受与选择。"

"忍受。你说得对。"我低下头。想起刚毕业那一年的隆冬,夜晚阴寒,我从一家酒吧前路过。一群 cosplay 风格的男女从玻璃门中出来,他们看上去饮酒过量,一位眩晕的女孩险些倒在我身上。惊醒之际,我看到她破洞的丝袜。接着,一个虚晃的念头猛然跃入我脑中:文英儿根本不是护士,她的生活延续了童年的模式,不过是连环的谎言。过往的种种细节蓦地泛起碎光,我开始深信,她当时应该也在某个夜总会坐台,穿着流行一时的护士服——但这只是一种揣测,并无证据。

"不仅如此。忍受之外,也有更广阔的东西……雪看着要停了,这个钟点太阳或许还会出来,我们去外面走走吧。"李贞边说,边行动起来。

于是,我们重新钻进外套,走向冰雪与日光均未确凿的室外。仍是那条沿湖的小路,却似有无尽的风光可观览。芦苇滑荡间,水波吞吐着整个世界的倒影。树木正值休眠期,其果叶早就掉落,朝天空竖起枝梢,徒生一种清净的氛围。随着我的走动,这些景象被吸纳,逐渐根植于我体内的某一处。这个过程分外美妙。

"文英儿"的名字始终悬在口边。我很想与李贞谈论她,说一些我已重复过许多遍的往事,如同在一个绒球上寻找未曾发现的线头。或者说一说,我对她究竟怀有怎样的情感。为什么从儿时分别那天起,每想到她,我就感到一种强烈的情绪。起初,恐惧居多,后来则是遗憾。她仿佛从我身上剪去一块,随我慢慢成长,缺口变得不可忽视,使我带着一种隐秘的残疾往激流暗处而去。文英儿——蓝色烟雾中行将隐没的晚星,遥远塔楼中不安的灯火;是她让我体验到,默诵一个名字即一次法术施展。我一度想象，在文艺片或者小说里，我对文英儿的感情会被处理成一种爱，但在现实世界里要复杂得多。我不能说，我巧妙穿过时间的线性结构，爱上那个留在过去的女孩。事实上，正如我已经说过的，那只是一种无来由的、深不见底的遗憾，并返照在我自身的命运之中。然而，我最终没有和李贞提起文英儿。

尽管如此，留宿酒店的夜晚，我重新梦见了文英儿。我在水上，她在水中。为了浮出水面，她拼命想抓住我。她的手掌触碰到我的身体，使劲、轻揉，逐渐演变成一场抚摸。罪恶的快感涌起，令我一时全身麻痹。但出乎我意料的是，当她终于挣脱水的束缚，从一片湿漉漉中扬起脸，我才发现水下的人竟是"细腰"。

自始至终，我都没把这场梦告诉李贞。一来，多少有些羞于启齿。更何况，即使我开口，也无法完整地将我所想传递给李贞。不过，当我们三个月后在咖啡馆再见面时，我对她说了另外一件事。

"其实，文英儿约过我见面。那时我应该已经念大四了，她失联大半年，忽然给我打了个电话。她让我去浙江的一个临海小岛，说要和我见最后一面。"我说。

"你们居然通过话，你之前都没有说。"李贞很惊讶。

"那通电话来自一个虚拟号码，数字很古怪，乍看还以为是广告。但我一听到声音，就知道是她。当然，她的声音和小时候比变化很大。更娇气了，混杂着鼻音，而且有点紧张。"我仔细地回忆着。

"你怎么理解'最后一面'？"李贞问。

"我没想太多。在那时候，只要她开口，我都会去的。"我照实说。尽管我和女友分手，还要在这次旅途之后。

"所以你去了。"李贞说。

"是的。"我说。

"你们怎么见的？"李贞问。

"我们没见上面。在电话里，她告诉我：岛上有一条著名的步行街叫七七路，路口有一家很大的肯德基。三天以后，晚上八点，她会穿着黑色连衣裙，在店招下等我。她特意叮嘱我，不要叫她文英儿，她的新名字是李美菱。"我说。

李贞叹了口气，不知该如何评价，只示意我继续说。

"第二天，我启程出发。地铁尽头换轮船，到岛上天已经黑了。我放下行李，兴冲冲地去踩点，很快就发现了问题。七七路的两头，各有一家肯德基，都是二十四小时营业的，都很大；一家比另一家更靠近海而已。我没有办法再联络文英儿了，唯一可以补救的是，七七路全长在一公里以内，我可以先在一家肯德基的店招下等候，如果没有见到她，就迅速跑去另一家。到了约定的时间，我也是这么做的。你无法想象，从七点半到十二点，我都在这条路上不断地往返。有时因为太累而走得慢，有时则疾速跑起来，好像我若没赶上便会失去一切。可是，我根本没见到穿黑色连衣裙的女性，连一个感觉像她的人都没有。我怀疑自己记错了时间，于是，第二天我又去了。我在岛上待了将近一个星期，每天七点半开始，我就在两家肯德基之间奔走。岛上的居民见我每天来回跑，似有所寻，有的人还会朝我讪笑。我知道他们怎么想，甚至会告诉孩子：这个人疯了。"

"也许她已经走了。她逃到这个小岛，提前出海，往南方去了。"李贞眯起眼睛，画面经她构建而流动起来，私渡之船在雾霭中启航。

"我不知道。"我说，继而再次跃入过往的回忆，"一星期以后，我回到旅馆。无意间打开电视，看见到处都在播报帅正雄的案子。虽然案发在我们市，但因为作案手段残忍，早就升级为全国级的恶性案件。那时我完全没想到，文英儿会与这个案子有关。我沉浸在剧烈的失望之中，甚至没多关注案子，但我突然觉得，是时候回去了。我在海边坐了通宵。没有路灯，长滩一片漆黑，可以听见海浪冲洗混凝土护面块体的声音。我想了很多事，转念即逝，一夜如同一瞬。天将亮时，我坐上第一班回市里的轮渡，在船里看了日出……你呢，你记得自己当时在做什么吗？"

"那时我二十七岁，刚当上老师，一个月工资两千出头。和谈了六年的男友分了手，什么都没有，每隔一段时间都感到身体在垮掉。我在电视里看到帅正雄和孟云娇的事情，多少有点羡慕那种生活——不过，当然是叶公好龙的那种。"李贞说。

"如果那时我们就认识，会很有意思。"我说。

一种遥远的共识性显现了。我忽然想到文英儿，当时她又在哪里。多年以来，我始终无法确定，文英儿究竟是提前逃亡，错过了约定时间；还是那天其实她来了，但在见到我以后，忽然改变了主意。这当中有切近时突来的情怯吗？还是我身上流露出什么东西，使她不安？又或者，她对我抱有一种我永远无法洞悉的误解，以至于她决意不再露面，并且不留下任何解释或说明。无论如何，从岛上回来以后，我似乎以某种方式向文英儿作了告别。那些从我少年时即盘旋不绝的小鸟，仿佛在一夜之间散去了大半——尽管它们不时以更隐蔽的方式重回我心中。

次年春节刚过，《长河》定下最终剪辑版。李贞请我去她办公室，共度一段行将复春的午后，顺便观影。前一年恍如烧烬，过得很快，回忆起来又痕迹寥寥。由于种种事情的耽误，李贞分到电影上的只有极少数的精力。我和她见面不多，偶尔闲暇时相约，聊的却又是与影片相关的内容。到下半年，影片面临收尾，李贞的神经显然被磨得更细，风吹草动的变化都促使她不安。至于结局，也在频繁的多方商讨之下，修改了许多次。

如今回看，第一个议定的版本颇具浪漫主义色彩：

在一次血液抽检中，警察发现她与十五年前的重案似有渊源，即时展开一系列的暗访。刑侦支队的主任是一位中年女性，镜头移过她签署过的文件：赵霞，一个简练、充满力量感的名字。刑警们赶往孟云娇的住处，小巷口聚集着一群游民，狐疑地打量着气势汹汹的来客。但这些都无关紧要，目标已锁定，无需再保密行事。与此同时，赵霞在办公室翻孟云娇的材料，镜头有意地停留在一张摄于千禧年初的照片。当时，孟云娇与帅正雄在上海旅游，背后是翻腾的南京路步行街。道路新建而成，两头有装饰性的雕塑，上面的黄铜尚且锃亮。两人身形未遮住的商店招牌上，有"大上海……"字样——在既有资料中，这是他们唯一一张合照。刑警们感到不妙，房间尤其干净，经过精心整理似的。四周寂静无声，似乎只要屏住呼吸，就能从这片空间中消失。显然，孟云娇已不在这里，人去楼空了。一位刑警小心翼翼地拉开抽屉，回形针、铅笔、优惠券、发票……刑警拿出成沓的发票，一张张翻阅。忽然，他幡然醒悟似的，转身往码头跑去。在镜头没有拍进去的时刻，新目的地已在刑警队员之间传开。每个人都加速起来，汗水淌下，略带困惑地喘息，无一不在表现着什么。唯有远在办公室的赵霞持重如故。下一页，是孟云娇在家政服务中心求职时填写的材料。有意思，赵霞想。在"特长"一栏，别人通常会写诸如"精通淮扬菜"，或者至少是"体力好，吃苦耐劳"，但孟云娇写的是"爱好文艺，熟读古典诗歌"。孟云娇的家政工作记录都很短，最长不超过两周，总是不辞而别。在赵霞看来，她是一种"典型"。一个比日历翻得更快的女人，一个自溺于梦中的人，除了法律的洪钟，再无别的事情能够叫醒她。刑警们终于赶到码头，钻进人山人海，在花色各异的旅客和行李间穿梭。他们的队伍已经被冲散了，为扩大搜检范围，分头行动，理所当然——然而，在他们还不知情的时刻，镜头语言已经把一切答案透露给观众：他们散得那么开，个个孤立无援；他们在迷宫之中迷失，并成为迷宫的一部分。果不其然，没过多久，赵霞办公室的电话铃响起来。是那种老派的铃声，充满金属生锈的气息。有时一个人沉浸在这种声音之中，将感到潮水不断上涨，外压使头脑刺痛。赵霞接起电话，停顿，面不改色。一位刑警向她汇报，搜捕无果，等待下一步指示——但没有什么指示了，赵霞沉默。她情绪控制得非常专业，无法从任何微表情判断出她的立场。她抬起头，往远处望去……画面转至海，想必又过了几个小时。今天的海面并不平静，随着镜头推移，我们可以看出浪潮由一种势能变化为一滴滴水，触礁石而破碎。黄昏过去了，波纹中的金丝溃散，取而代之是一片雾霭般的灰蓝。码头上没有什么人，但可以听见隐约的闲谈声音，细听是一种方言。大致在说，那个人走了，怎么回事呢？下次回来什么时候？到时候，我们还会在这里吗？……在几乎被忽视的一角，有一个男童手表，是谁丢弃在这里的。手表的造型是托马斯火车头，很脏，橡胶的边缘有些变形，且布满各种划痕。假如观众足够细心，会发现它在电影刚开头就出现过，它是一件礼物。在许多重要的、恐惧重重的时刻，收到这件礼物的女孩曾把手表紧紧握在手心，但现在，她已经走了。

　　这一版本拍完，李贞曾请一些朋友观看。那次我有事没去，放映会结束，李贞与我通了电话。据她所说，总体还算顺利，只是对于结尾众说纷纭。有人认为，二次逃亡的结局过于俗套，积攒许久的情绪仿佛随着孟云娇的消失而落空了。也有人从技术上指出缺陷，比如那群扮演警察的演员选得五花八门，没有统一的范式，这使他们的集体行动显得杂乱。不客气一点说，甚至有点闹剧的意味，破坏了整体的氛围。李贞问我如何看待这个结局，我一时答不上来，只囫囵说，我觉得听起来太文艺，脱离了某种真实的情感。我的表述当然不够准确，李贞并不重视。真正让她下决心重拍结局的，是现场一位朋友的意见：一个犯罪分子，怎么能公然逃脱法律的审判呢？如果这样收尾，整部电影的价值观有失偏颇，后期的运营都会很艰难。

然而，李贞早在构思时已想好，不要让影片中的孟云娇与"审判"发生直接关联。宏阔的秩序被置于电影之外，唯有如此，自由与美才有可能于虚构的空间中降落；一个人才能回望她的一生，无后顾之忧。为此，李贞试图借助一种过于偏激的规避技巧——死亡。

警察进门时，孟云娇端正地躺在床上，盖着红色缎面的被子。冬天，房间里的所有东西都是冷的，窗户罩着一层淡蓝色的阴影。在床头柜上，有一个倒下的药瓶，隐约可见瓶身上印着"三唑仑"的字样。在影片的前半部分，药瓶就出现过。那时，孟云娇想方设法请人代开了安眠药。她指望着深度睡眠，常常需要一场昏睡来开启新的日子。可现在,她的小小愿望在贫瘠的现实生活中炸开,她把剩余的剂量都吞下了。

当这个版本的结局完成后,李贞才意识到,死亡同样有违她的初衷。假如死亡以这种形式出现,难道它不是一个暴君吗?又或者,是一种设计上的捷径,徒然损害了电影的艺术价值。孟云娇不会被秩序所夺,也不该被死亡所夺。她应当是娇嫩、柔弱的,并且始终无处依附。为此,李贞开过好几次组会,商讨如何修改会更好,但没什么结果。

正当一筹莫展之际,李贞忽然从剧组消失了。这个剧组由兼职人员拼凑而成,原本就较为松散。他们在拍摄基地等了一天,就着冬夜,喝了成箱的廉价白酒。工作日来临,一部分人回到岗位。他们在剧组的微信群里开玩笑,转发一些有意思的链接,并每天向失踪的李贞询问,下一步该怎么办。大约一星期以后,李贞终于有了回音。她在群里发了一个定位,让大家两天内集合。我即将看到的《长河》最终版本,就是在那里拍完的(讲述这段经历时,李贞露出神秘莫测的表情)。

影片从孟云娇的房间继续。

打完电话以后,警察们在楼道里抽烟。一个说,他妈的,快过年了,碰上这种晦气事。另一个警察留着络腮胡,看了他一眼,没说话。原来那个继续说,我印象里，那女的早死了，大概是六年前的事情。她跳了海，死前留下遗书，怀念那个男的，特别肉麻。另一个摇摇头。原来那个说，我能肯定这事发生过，当时还有人找到那女人的QQ空间，里面有写给她男人的文章。你记得有过类似的新闻吗？另一个仍然沉默，烟圈从他嘴里轻轻吐出，一、二、三。这个警察自讨无趣，喃喃说，很多事情根本搞不清楚……今年冬天太冷了。

救护车开进巷子，远远听见细长的警笛声。孟云娇被抬上担架，装进白色的车厢。她的身体显得很小，尚且柔软，像刚从一个羽毛筑成的巢穴里出来。她保养得很好，脸上细闪着光泽，看上去不像年近四十。汽车飞速行驶，不知不觉竟开上一条老旧的公路。天色渐黑，橙色的路灯是刺破黑暗的一粒粒针孔。这条路究竟通向何处？为什么开了这么久，却从未见过其他汽车？车里穿白大褂的人们垂着头，似乎并没注意到这些异常。他们的头被口罩与白帽子所遮蔽，一眼望去，看不出任何人的特征。忽然，有一个白大褂说了句什么，其他人纷纷应和。司机踩下制动，汽车缓缓停在路边。白大褂逐一跳下车，又半玩笑似的，把司机拉到空阔的路上。在杂乱起伏的方言声里，一群人不知所往。没有人关门，车门就这样两向敞开，任凭晚风检索它内部的担架床。

不知什么时候，她醒了过来。月亮已升起，往枝梢上镀了一层银翳。四周是意味深长的静谧，间杂一两声鸟鸣。有一些年，她持续失眠，时常在半夜加倍细心地谛听那些寂静。她从车后座翻出一件长外套，裹在身上。沿着路一直向前走，她感到一切都是似曾相识的，她以前一定来过这个地方。随着记忆长出细茸，她的大脑里存储时间的部分暗暗发痒。她蓦地意识到，自己正走在一条无人能二次踏上的逆行之路上。这条路与时间相关，她一边走，一边重新变得年轻起来，难怪身体在这样的寒夜也能保持轻盈。她又是一个女孩了，也许刚成年不久——羞涩、茫然、对未知怀有期待，每一次对未来的想象都多少带一点祈祷的成分。

草长得那样密了。由于长久无人打理，草茎异常粗犷，不均匀地卧在野路上。草丛里有一排闸机，走近看才发现废弃已久，有的因堵锈而卡住了。女孩尝试几次，才找到一个能过的口子。女孩碎步穿过草坪，迫切而沉浸地，以至于露水沾湿她长外套的下摆都没察觉。夜色那么美好啊，她在心中反复决意，要把这一晚永远记住，无论过多少年都不忘记。接着，一股不知由头的感伤涌上来，连她自己都说不清原因。

在一座几乎看不出原型的棚屋前，一个中年男人等候着她。男人的个子很高，穿一件深色羽绒服。女孩看他很眼熟，却一时说不上来在哪里见过。或许他身上有一种职业气质，医生、侦探，看上去是一个可以在迷惑时问路的人。然而，当她久久凝视他时，忽然认出了他的身份。

女孩说，季小鹏，原来是你，你怎么老了。

男人笑了，呼出茫茫白雾。他说，我们上一次见面，还是一九九七年。

女孩说，你记错了，是一九九六年的夏天。我坐在你房间里，天热得不行。我太想哭了，说不出话来，你给我吹了一段口哨。

男人说，我一直以为是一九九七年。

女孩说，不是的。我经常回想那时候，每一个细节，每一个被固定下来的瞬间。当时电视里在放《我和春天有个约会》，那是一九九六年首播的，你记得吗？我还学了里面的歌……人人想过好光阴，家家有本难念的经。

男人等她继续唱下去，但她停下了。男人问，你现在还画画吗？

女孩摇头说，有意思的事情太多，我不在乎了。

男人说，你和以前有点不一样。

女孩大笑，原地转了一圈说，我小时候很矮。你看，我现在长高了，就和普通人一样。

男人说，再也没人敢欺负你了。

女孩忽然想起什么似的，问，为什么我们年龄差那么多？我们还在一个时代吗？

男人说，不在，我们早就不在了。

女孩问，那你回来干吗呢？

男人一愣，仿佛他还没做好回答的准备。他犹豫地开了口，答案缓缓到嘴边。他说，告别。

女孩理解似的点头，郑重地说，谢谢你特意来一次，你还有什么要告诉我的吗？

男人说，一个人并不能真的明白自己经历过什么，有时候要花很多年，才稍微意识到一点点。哪些事情重要，哪些事情不重要，在漫长的一生中，他在意的东西往往是看不见也无法讲述的。你不知道，我们小时候的那次见面，对我后来的生活有多大的影响。

女孩说，我也是。每次想到你，就觉得世界上还有一些好的事情。

他们忽然抵达了一种尽头，落入超越语言的空间缝隙里，两人都沉默下来。无垠的星图在他们头顶显现，遥远的星光短暂地充盈他们的视野。男人想起中学物理老师讲过，在一个无限扩张的宇宙中，所有星系都在以一种超光速的速度彼此远离。它们发出的光，也永远无法真正到达地球。所以，他们站在这里，见证的不过是一场光线逃逸的过程，而他们所感知到的黑暗才是不朽的。尽管如此，在时间的秩序之外，在错综复杂的命运交轨之间，这一刻仍然使他们震撼。

小楼昨夜

又东风

我们又看了一遍乔乔的电影,就是二〇〇七年冬天拍的那一部,《小楼昨夜又东风》。

故事发生在一九一二年,取日本京都为背景。男女角色梳妆浮夸,台词也生硬。除了乔乔以外,演员都是一些陌生面孔。乔乔演一个留学生,受先进思想感召,赴日学习,前后共十六年。至剧终,乔乔一袭青衫,站在积着雪的鸭川岸边。薄雾升起,远山半隐。风吹过,几家歌舞伎厅的廊檐下,纸灯笼乱晃。镜头从乔乔的背影转向正面,只见他眉头紧锁。那颗众人皆羡的酒窝沉在嘴的左侧,看起来像一粒黑痣。慢慢地,他的表情松下来,茫然失措,仿佛掌控他肌肉的线被抽掉了……那场表演相当动人,可谓技巧高超。然而,不知道为什么,当我们看到乔乔那张面孔的瞬间,几乎发自惯性地,觉得有点好笑。二〇〇七年,他已经发福得完全走样,但好笑和胖没关系。

我认识乔乔的那一年,他便在饭局上谈过,日后要拍这样一部电影。当时，我在南市区一所公立学校教书，兼班主任，与学生家长多有往来。那几年氛围开放，见面喝一场酒，彼此就算朋友。学生家长中有一位叫老费，身材魁梧，足有一米八五以上，是我们这代人里极为罕见的。老费在机关工作，精通应酬，不时邀我去一些饭局作陪。那天我跟着老费，走进优优大酒店的包厢，一眼就认出了座中的乔乔。

"大明星，红光满面嘛，上次给你弄的甲鱼有功劳吧。"老费一进门，直冲乔乔而去。乔乔笑着站起来，标志性的单边酒窝在灯下发光。两人寒暄几句，老费才想起介绍我："这是我女儿的班主任，李老师。"

"李老师。"乔乔朝我伸手。

我头一次凑这么近看乔乔，比起十年前的电影里，他的脸几乎肿了一倍。他留着分头，发根稀疏，但用摩丝梳得油亮、挺括。他的眼睛格外显老，并不是无神，反倒有一种陨落前紧绷的光辉。乔乔依旧时髦，在室内也戴围巾，款式是时尚杂志里的经典方格。我想起上世纪八十年代早期，我和朋友们竞相模仿乔乔的穿着打扮，学他的普通话发音，一时不觉恍惚。

"你们聊到哪里了？"老费一边问，一边向四周递烟，殷勤地用打火机逐支点燃。

"乔乔不想演喜剧角色了，要自己拍严肃电影。你们说这个人有意思吗？'阿毛系列'那么火，换我就演一辈子阿毛。"坐在乔乔身边的女人说，虽然语带娇嗔，听起来却莫名让人舒心。她把脸涂得像一位粉玉真人，两条手臂白嫩，在黑色蕾丝衫的钩花下隐现。

"你就喜欢瞎说。"乔乔揽过她，手在她腰间轻拍了两下，"那是我大伯的故事，解放前的日本留学生。那时候的人多高贵，不像现在，每天吃吃喝喝轻飘飘。老是让我演阿毛，你们怎么都看不厌的？我自己都演烦了，几年没接新戏了。"

在老费的起哄下，乔乔把电影梗概又讲了一遍。依照计划，他大伯的角色自然由他来扮演。自从二十世纪七十年代初转业上海电影制片厂以来，乔乔接的都是喜剧片。他为人活络，表情丰富多变，简直生来就在喜剧事业上占了一角。一粒玲珑酒窝更是锦上添花，教人只要看他一眼，便不会忘记。而他的大伯则与喜剧角色截然相反，孤苦、沉郁，一个眼睁睁看着幻想破灭又转身淹于历史洪流中的人——那样的角色，对乔乔来说，无疑是一种巨大的挑战。

"我不开玩笑，这部电影以后一定会拍的。名字我都想好了，叫《小楼昨夜又东风》。我大伯去世得早，他的朋友从京都寄回几张照片。有一张是大雪天拍的，他一个人站在路上，后面的景色模模糊糊。我每次看这张照片，就觉得伤心，我要把它作为电影的结尾。"乔乔讲得眉飞色舞，哪怕嘴里说到"伤心"二字，脸上依旧嬉笑。

"那么，这个电影名字就不对了。"我一时嘴快，开了玩笑。大概因为初见乔乔，我有些紧张，又想表现自己，险些弄巧成拙。我说："日本属于东亚季风气候区，冬天刮欧亚大陆来的西北风，连诸葛亮都借不到东风。"

"李老师。"乔乔嘴角一扬，目光转到我身上，久久落定，好像此刻他才真的注意到我。乔乔说："不愧是知识分子。你是地理老师吗？"

"我教中学外语。"我讪笑，心中还在为刚才的莽撞自责。

"外语，乔乔会的那叫一个多。你们都看过《双胞胎奇缘》吧，上世纪八十年代初的电影，还给乔乔配了一句法语台词：梅西……"老费端起红酒杯，那姿态仿佛窗外就是埃菲尔铁塔，而他正在念的是一句祝酒词。

"是 Merci beaucoup! 你这蹩脚发音，跑到西伯利亚去了。"乔乔纠正道。

我们喝到凌晨两点多才散。临告别前，我去了一趟卫生间，听到旁边有人轻声咳嗽。我一抬头，只见乔乔面色发白，鬓角汗津津地贴在两侧，就像刚从河里打捞上来。我们一照面，乔乔顿时焕亮了几分。我们一同洗手，他围巾的流苏落到水池里，待注意到为时已晚，湿了一大片。我试图帮他稍微擦一下，他一把扯回围巾，一手按在我肩膀上，踉跄了两步终于站稳。

"李老师，我最敬重的就是老师，今天喝得太痛快了。"乔乔说。

我们互相留了电话，约定下回再聚。饭店离我家不远，送他们上出租车后，我独自往回走。夜晚冷得很，江风吹得树声呜咽。我从老码头边荡过去，只觉一阵无来由的凄怆。那天适逢十五，月亮出奇地浑圆。我与它并行一路，瑟瑟缩缩，到家酒已醒了三分。

我洗了把脸，小心翼翼地爬上阁楼。家中静阒无声，女儿早就入睡。妻在煤气厂工作，经常排早班，此时也已睡去。一天熬到尽头，我四肢酸胀，但精神上兀自兴奋难耐，便沿床缘静坐下来。不知过了多久，我尚且无法平静。几乎是喃喃自语地，我轻声说："今天我见到乔乔了。"

"神经病啊，还不睡。"妻子梦呓一般，随意一翻身，伸手摸到了我皮夹克的金属扣子。"冰冷，外面肯定冻死了，你刚才说什么？"

"我说，我见到乔启明了。"我依旧压着声音，好像怕吵醒她一样。

"乔启明……又是什么牛鬼蛇神？"

妻子咳嗽一声，声音恢复一些清亮。我们老房子的屋顶上有一扇天窗，长期积雨与储灰令它一片雾蒙蒙。即便如此，仍有几缕光线渗进来。幽暗之中，妻子的双眼闪烁如黑曜石。她看起来那样美，我甚至短暂地忘了，我们都是何其普通的人——美的意义早被日常生活所消解。

"你还记不记得，我们结婚前去看过一部《小凤凰旅馆》，老店长的儿子双庆就是乔启明演的。里面有句台词，'生活永远是光明灿烂的'，当时红遍大江南北。"我回忆起与妻看电影的情景，那时我更拮据，两人只舍得买一罐椰奶喝，不免感叹，"以前的人真好玩，那么穷，还有闲心讨论'生活'。"

"我好像有点印象。我还说，这个双庆虽然相貌标致，但一咧嘴，牙缝都是黄的，一看就抽烟抽得很凶。"妻笑了。

"真人很气派，坐在那里就是明星的样子，可惜比以前胖了很多。不过，他一点架子都没有。讲起笑话来，和电影里一模一样。"我说。

妻子不说话，我以为她又睡着了。我躺下来，身体松弛，像一块黄油在热汤里慢慢融化。模糊之际，听见妻子若有似无地叹气。良久，她才说出口："你少和那些人混在一起。"

大约两周以后，我犹豫再三，给乔启明打过一个电话。接线的是一个男人，声音嘶哑，带有苏北腔。我说了几遍找乔启明，对方始终没听明白，只说现在人都走了，下次等白天再打来。我这才反应过来，乔乔给我的只是单位的总机。但转念又想，或许乔乔是因为他们夫妻拍戏繁忙，家中常年无人，才留的单位电话。众所周知，乔乔的妻子邵美杏也是一位女演员——风势自然不及乔乔猛，但话说回来，当时谁又能和乔乔相比，他可是多少人的梦中情郎。在《小凤凰旅馆》里，美杏出演一位蒙古族住客，因文化差异额外带出一层幽默的涟漪。选角导演颇具慧眼，美杏虽是地道的上海姑娘，但五官立体挺拔，一笑如春山回水，倒也有几分异域风情。我听老费说过，美杏早年在江西农场当知青，有任何苦累的工作，都抢在他人之前。有一两回，她通宵干活，累到昏厥。乔乔娶她，也是看重这份踏实的态度。只不过老费经常信口开河，他的话只能信一半。

我跟随老费，大半年间，又结交了不少新朋友。作为某种情谊的回馈，我也让老费的女儿当上了大队长。刚任教时，我尤其反感这种特权牵引，认为替学生主持公道当属一件大事。然而，工作愈久，这些事情显得愈发虚无。所谓"主持公道"，只是因一种清高而过于看重了自己的价值。实际上，学生都是差不多的，一位并不真的比另一位逊色多少,所差之处都在于个人际遇。

老费为女儿一事,特意摆下一桌谢宴,邀请我与其他朋友出席。我没想到,时隔许久,竟又在酒桌上见到了乔乔。乔乔迟到半小时,进门时手提两瓶金装茅台酒,身旁勾了一位娇小的美女。女孩还很年轻,甚至不知过了二十岁没有。一件玫红色丝绒连衣裙松垮地贴着她的身体,腰间系一根桃粉宽布腰带,穿出了几分和服的气韵。女孩肤白,光彩如星辉,洒向四座。乔乔则头戴一顶鸭舌帽,迷彩背心罩在白衫外。他更胖了,动作也迟钝,反而像女孩的跟班。

老费把乔乔安顿在主座,乔乔推辞一番,被众人按进座椅。他摘下帽子,蓦地露出已开始斑白的发丛。由于捂出一些汗,他的头发粘成一绺绺。他借白毛巾擦干额角,又抬手将头发捋齐、按平,朝周围笑上一笑。我心下暗惊,仅仅一年不到的时间,一个人何至于改变至此,何况他刚四十岁出头。至于其他朋友,仿佛对乔乔的变化浑然不觉,兀自靠玩笑互相拉扯。在座有一位钳工,业余学过筋骨推拿,自身的驼背却怎么都治不好,我们叫他"油爆虾"。"油爆虾"把两瓶茅台转到眼前,手势敏捷,满面急切地拆了封。

"托乔乔的福,喝这种上等货色。"因为高度近视,"油爆虾"戴一对啤酒瓶底般的厚镜片,眼睛眯成一条线。"我上回喝茅台，还是在一个局长女儿的婚礼上。"

"你路子很广嘛，哪个局的局长，怎么不叫他给你介绍个女朋友？"老费揶揄道。"油爆虾"中年未婚，一说到女人就兴致勃勃，配上他那副面貌，猥琐之气更甚。明眼人都辨得出来，老费有些看不上他，但他贵在随叫随到，又愿以一技之长捧场，所以老费也经常带他。

"油爆虾"嘿嘿一笑，也不回嘴，低头往每个人的分酒器里灌酒。老费无意刁难他，就把注意力迁移到乔乔身上，问他最近拍什么新作。乔乔没听见似的，只顾替身边的女孩夹菜。女孩不怎么领情，秀眉一蹙，把其中一块油水饱腻的红烧肉丢到乔乔碗里。老费见乔乔不搭腔，就自找台阶下，说乔乔太神秘了，天机不可泄露。

我们喝了几轮酒，逐渐说起各自近来见闻。乔乔一直提不起精神，直到有人提到新兴的香港喜剧，乔乔才稍微活跃一点。那段时间，周星驰主演的《大话西游》《国产凌凌漆》颇为热门，连我都私下买了碟片来看。乔乔点了烟，一贯笑意盎然的脸上竟翻出白眼。

"都是乱搞。靠低俗博眼球，毫无生活情调，这种东西能看吗？"乔乔说。

"论境界，谁能和乔乔相比。"我们还想打趣几句港片新鲜的形式，言语未尽，却被堵了回去。老费转口说："哎，但你别说，白骨精现出真面目那一段，真是吓人。"

"周星驰嘛，我挺喜欢的。"跟乔乔来的女孩说，满不在乎。

乔乔原本靠着椅背，整个人陷在软垫里，这时突然向前抬身："我演了大半辈子喜剧电影，每天嘻嘻哈哈，有时戏里戏外都分不清楚。到底怎么样的喜剧有格调，我还是有发言权的。我们学布莱希特表演体系，角色的每一个心理、行为细节，都要费尽心思去揣摩的。哪怕简单的开门，脚先踏进，还是上半身先探进来，其中有一百样讲究。难道你们以为，人人都可以演电影吗？"

"乔乔别动气，生气就没意思啦。"老费不失时机地宽慰，又捏起子弹形状的小酒杯，向四周招呼道，"这么好的酒，要敞开心情多喝几轮。"

我勉强斟满一杯，清亮的酒液在杯中泛出弧光。茅台少有机会喝到，印象里口感比较绵柔，回甘清香。可不知是我当日的状态问题，还是另有原因，我只觉得乔乔带的茅台满口酒精味，和从前喝过的完全不同。二两不到，我便感晕眩，实在是一口都不想再喝了。

或许是香港喜剧一事已坏了气氛，酒过三巡，饭桌上沉闷不已。一个人说着话，无人接应，就成了一台台断裂的独角戏。我走神好几回，抽烟也止不住哈欠。那天究竟是怎么喝到最后的，我有些弄不清了。唯独一点记忆在于，后来其他朋友陆续告辞；乔乔送女孩上了出租车，回到店门口台阶上，同我、老费一起抽烟。

"不开心啦？"老费向开走的汽车努嘴。

"别管她，哪里惯来的脾气。放在以前，我早翻脸了。现在耐心越来越好，就当修行吧。"乔乔摸出一包蓝熊猫香烟，笑眯眯地递到我们手中。

又逢下半夜，酒店即将打烊，滞留的夜客零散地从里流出。几乎无人注意到乔乔，也有两三个，远远盯着乔乔偷觑，但终究也没把握辨认。其实认出来也了无意义，银幕中的乔乔早已过时，观众为往日荣耀所献出的敬意，无异于一种用以衬托乔乔如今境遇的哀悼。我们避开人群，步入与饭店相连的小花园。一席清湿的气息扑来，草露味四溢，又杂一种熟悉的野花香。虫鸟兀自放声高鸣，丝毫没受不速之客的打扰。幽暗之中，我们缓缓恢复视力，墨绿枝丛为眼帘刷上新色。一个截然不同的世界延展着，我们不由得站住了。

"说句真心话，我不想演喜剧了。伟大小人物也好，丑角也好，统统不要。"乔乔突然说。乔乔有类似念头，不止一两天，我从前也听说过，但并不晓得原因。

"为什么？"我问。

"说不清楚。你们不觉得,我演的角色都差不多吗?到真实生活里,我也只会像角色那样做,没有一个属于自己的样子。"乔乔略一停顿,又说,"我表达不好,好像一个人习惯了在浅水区游泳,有一天失去了潜到深处的能力。"

"演得好看,观众就喜欢。什么'自己''别人',想太多伤脑筋。乔乔你是中华人民共和国成立以来最顶级的喜剧演员,我看到你这张脸就开心。我是真心的。"老费说。

"我现在,只想拍一部《小楼昨夜又东风》,找一找真的自己。"乔乔低头,香烟烧到最后一口。乔乔面向我说:"李老师,我想最近抽空,把电影剧本先写出来。到时候,你能否帮我看看?"

"对嘛,请李老师看。"老费神采奕奕地补充,用他一贯虚张声势的语调,"李老师年轻的时候,是个大文豪,在《新民晚报》上发表过很多诗歌、散文的。"

"好啊,我尽量看。"我受宠若惊,立刻答应下来。尽管老费所言不实,更何况我已经十多年不动笔了。

"好了,我差不多走了。"乔乔朝我拱手道谢,又挥别老费。临了,乔乔轻声嘱咐老费说:"对'油爆虾'好一点,大家都是兄弟,面子总要给的。"

那次分别以后,没来由地,我时常想起乔乔。趁寒假空闲,我去碟片店租了几十张光碟,都有乔乔参演,绝大部分是重温。乔乔第一次出镜,是在上世纪七十年代初的彩色电影《战赤壁》里。当时,剧组去厂区挑选演员,乔乔恰刚进钢铁厂不久。轮到他展示,他桂眼一瞪,佯装手搭髯口,继而吐出一段《打渔杀家》里萧恩的唱词:昨夜晚吃醉酒和衣而卧——年轻人演绎老生,调门的宽厚不足,响堂倒是有余。外加乔乔精神矍铄,眉目间自有一种张力,让剧组看得忍俊不禁。《战赤壁》最终给他分配了一个小角色,我等了整整四十分钟,才看到乔乔。听念白,是他自己配音的,口音带一点南方的狭扁意韵。从亮相到退场,时长不超过四十秒,但乔乔独有的笑容已烙在观众印象中。我前后倒带几次,看乔乔从雾凇之间走出,又重现于原地。那一年他多年轻,朝阳沥金,将他身姿烫出淡淡的光晕。迎着山水,乔乔脸上漾开一阵好风光。任何人一看便确信,接下去吴蜀联军必将以排山倒海之势击退曹操。

我关掉CD机,又颇不甘心地打开——焦虑盘旋在我胸口,仿佛乔乔的某种困苦也传染到我身上。只是难道乔乔不明白,致使他落到今天位置的,是他的肥胖、他那具有无尽发腮魔力的脸,并不是他所说的"自我的缺失"。这种认知上的混沌,却更教我心里替他难过。

然而,乔乔的遭际故事再明璨,不过是我生活中的一颗流星。开春以来，家中多事，我在下旋的涡流中自顾不暇。妻子的单位发不出工资，转眼已有三月。不久，她又被告知不用去坐班，只在家中静候消息。妻子整天在小房间里打转，偶尔与老同事通电话，谈论即将来临的下岗风暴。讲不了几句，因担心电话费昂贵，便挂断了。有一回，妻子翻到我租的电影光碟，一怒之下，狠狠掀落到地上。

"饭都快没得吃了，还有心思看碟片。每天半夜三更回来，自以为人家把你当朋友，其实谁看得起你。也不照照镜子，算个什么东西。"

妻子声音尖细，一提嗓更锋利。她本就陷落的眉心，猛地裂出"川"字纹路，将脸上的嫌恶衬得更深。由于近期情绪极不稳定，她的双颊稍有些垮，我这才注意到，那儿凌乱分布着深褐色雀斑，我们恋爱时是没有的。那一阵，老费新结交了一位俱乐部经理，常招呼我们去那里唱歌、跳舞、打台球。消遣一番，回家难免又过凌晨。妻子也不睡，满眼通红，坐在台阶上等我。进门迎头就是一顿吵闹，刻薄词汇飞刀一般刺来。我也激愤，我们大吵一架，完全顾不上女儿第二天还要上学。那时才切身感到，人生多么不恒定，什么都会改变，而我和妻子正进入一种久处后相互朽蚀的状态。

勉强熬到五月，妻子厂里依旧未发薪，我托学生家长给她介绍了一份卖场售货员的兼职。卖场是新开的"易初莲花",位于浦东。为了赚钱,妻子每日两次横穿上海。她负责销售塑料彩盘,做成各种鲜翠水果的样式,一路从5.99元跌到2元,销量仍然寡淡。但总算一个好的开始,强于坐以待毙。恰好女儿的生日也在五月,那一年将满十周岁。我和妻子商议摆几桌酒席,一来替女儿庆生,二来决心要在难关前展现某种魄力,颇有几分"冲喜"的意味。

由于离家近,又对菜式熟悉,最终决定在优优大酒店摆宴。我和妻子几番前往,协商菜单。无论如何都超过预算,只好去掉了每人的罗宋牛肉例汤。本也不算珍贵汤品,平摊到人均却可以省钱不少,但这削减开支的成功只让我更沮丧。散步回家路上,我突然想,假如能邀请到乔乔赴宴,想必能在亲戚朋友之间争得一些面子。上一回席间,乔乔托我替他翻译一份英文授权协议。我熬夜查字典,校对语序,两天就完成了任务。也是因此机缘,我终于有了他的寻呼机号码。

"我不相信的,你去呀,看看人家会理睬你吗?"妻子讥笑说。

尽管联络乔乔算不上大事,可妻子的态度多少让我志忑,担心她一语成谶。我踌躇两日,第三天下午,气候宜人。梅雨长季里,难得涮出一枚澄明的日轮。刚过三点，树梢间，鸟鸣织成了音帆。我踩在雨后操场的塑胶跑道上，顿觉一阵放松。这才想到给乔乔发消息，出乎我的意料，他很快就回电到学校。我吞吞吐吐说出女儿生日，请他一同吃顿便饭。他一口答应，我向他告知时间、地点，他在另一头爽朗地笑起来，说好久没去优优大酒店，很想念那里的芹菜干丝。问起他近来忙什么，他称都是琐事，但焦头烂额，见面细聊。又反问我最近如何，我说了一两件学生难管束的事例，代际之间差异惊人，和我们过去全然不同。讲到后来，我突然发现电话另一端鸦默雀静，就刹车制动似的缓缓停下来。五秒空白之后，乔乔的声调又衔接上来，仍像火炉里烤过似的热情洋溢。乔乔说，那先这样，我去忙了，回头再见。

　　我们都没料到，女儿的生日宴竟成了一场灾难。像精心筹备的新年鞭炮，非但没放出白蝴蝶与银花，反而炸得家门口鸡飞狗跳。而真正毁掉的，是对下一年的期待。宴席比我们预想得更寒酸，硬菜寥寥无几，众人都落不下筷子。在亲戚面前，妻子拼命数落我，赚不到钱又不顾家——无非是这些。出于一种古怪的自尊，她要当着众人的面说出来，赶在他们背着她展开类似的议论之前。我被她抛入难堪之境，每一句回应，都似在把口角扯得更开。若不是亲友劝阻，我们差点大打出手。草草吃完蛋糕，妻子让她姑妈把女儿带离饭店。她十岁整了，发育得比同龄人晚，身材矮瘦。那天她穿一件粉色网纱卷边的公主裙，还是念书前的儿童节给她买的，裙子底的珠花由妻子重新缝过。女儿在门边回望我们一眼，带点困惑地沉默着。妻子的姑妈稍稍一拉她，她不再犹豫，转头走了。

自始至终，乔乔都未出现，也没捎来任何音讯。起初我还时刻盼他到来，经妻子一闹，注意力渐渐涣散，散场时几乎忘了他要来一事。

到了年底，乔乔忽然打电话给我，请我们一家参加上海电影制片厂的新年晚会。大半年间，为乔乔的缺席，我没少受妻子的奚落，但从未真的因此生气。乔乔偏是有这样的天赋，一想起他，好像眼见一位好友从林荫路尽头骑自行车过来，悠闲又亲近。我回去把这件事转述给妻子，妻子不屑地"哼"一声。

"我不去。这种过气演员，成天在外面花天酒地，早晚命都折进去，也只有你把他当块宝。"妻子说。

"这么多朋友，独独叫了我，怎么能辜负他一片心意。"我说。

"你女儿十岁生日的时候，人家照顾过你的心意吗？"妻嘴角一挑，轻蔑的神情水蒸气般腾上来，"我反正不会去的，谁稀罕这个。"

话虽如此，临行前，妻子特意为女儿编了双麻花辫。天冷下来，我穿上毛呢大衣，替女儿戴好妻子织的绒线围巾。我们向妻子道别，她一言不发，朝我们摆摆手，转身对着镜子继续翻拔白发。

外面风刮得凛冽，双眼如挨刺，几乎睁不开，上海的冬天竟已深到这个地步。我们走到弄堂口，半晌才叫到一辆出租车。上影厂位于天钥桥路，一路开过去，天色似一块破旧的灰地毯，垫在红绿灯后方。沿街的商铺多半歇业了，像被风吹熄一截截的火，我内心反而涌起一种激动的痉挛。

那天傍晚，上影厂的铁栅栏门难得大开。我和女儿候在一边，等乔乔出来接。这里环境清幽，我年轻时荡马路经过许多次。扒门往里张望，只能看见左侧一幢小楼，白漆红瓦，楼底密密停了一排自行车。门卫见惯了我这样好奇的人，心情好时不管我，怒时则叼着烟从保卫室出来，大喊一句"做啥"，我便如受惊的麻雀快速遁逃。那都是好些年前的事情了。

我正出神，忽然身后有人轻拍一下，回头望见乔乔抿嘴微笑。我不禁想起十多年前那一部《沉醉的月亮》，乔乔在里面演一个会吹黑管的青年。在昏暗的歌厅舞台上，乔乔便是带着这种笑意，一边吹奏乐器。说来古怪，有时我看着乔乔，感到时间在其所处的河沟里干涸了，我伸手摸到的是一块从未形变的礁石。另一些时候，我深知前者只是一种幻觉，不免为其中的冷酷而感慨。这次再见面，乔乔仍然戴一顶帽子。他剃了很短的头发，那张脸就像帽檐吹出的一颗硕大的泡泡，但显然整体精神了不少。

"夫人不来呀？"乔乔问。

"唉，她单位很忙的。"我含糊应道。

我们跟着乔乔走进礼堂，真可谓气派恢宏，比我们学校的八百人报告厅宽敞好几倍。高度也远超一般大厅的规制，大约有两层半高，凭空拔出一种神圣感。几十张桌子在礼堂里摆开，凉菜上齐，一瓶蜡梅镇在圆台面中间。我们自然在乔乔这一桌落座，同桌还有薛长津、罗孟良。薛长津清秀，举止间有一股书生意气；罗孟良则线条粗硬，络腮胡，褐色皮肤，好像刚骑马穿越旷野抵达这场现代文明盛宴。在一些老电影里，两人都常为乔乔作配角，现在依然算不上主流演员。另兼四五张生面孔，我后来才知道，其中有一位是乔乔的胞弟乔启亮。

不时有面熟的演员经过，对我们随意一笑。见我在思索，乔乔就介绍一两句。

"那是马骥呀，旁边伸星火，你也认识吧。"乔乔面向我轻声说，眼神却往另一桌指去，"当年他们演《今天我休息》,家喻户晓,是老搭档了。实际上我这一路喜剧,接的就是仲老师的班……可惜现在观众不行了,审美趣味普遍低俗化,作品好坏根本看不懂。"

"民警马天民,无人不晓啊。"我忍不住又瞥一眼。转念及幼年,在露天电影场看过《今天我休息》。老马一身雪白警服,大盖帽上别一枚金徽,英武之态栩栩如在眼前。虽然剧中人设是户籍警,可我总把他当作一名海军。

"那边是花旦桌,《庐山恋》的张瑜,还有洪学敏、朱静。'阿毛系列'有一部《今日大喜》就是和朱静演的。"乔乔压低声音,近乎与我耳语,"但是我以为这一代里最漂亮的是龚雪,妙目一转,像一头从湖面上跃过去的鹿。不知怎么老和戴兆安演情侣,根本不配的。她后来结婚,移民美国了。"

"我看过《今日大喜》,里面好几个女演员,我倒觉得那个小保姆好看。"我说。

"哦,你说夏菁。《红楼梦》电影出来的,嫁给佟瑞欣啦。"乔乔爽朗地说。

我环顾四面,那些一知半解的脸庞鼓点般滥击,使我内外咚咚震动,恍如置身一场不安的大梦。热菜端过来了,随酒水拌进胃里,又以某种化学分子微调着我的外观。皮肤悄然走红,向外涨开一些,晕眩竟变得通透可见。遥远的讲台上，有人对着话筒致辞，但环绕声调得不好，传到我们这里只剩一阵嗡嗡。乔乔向我讲解致辞人的身份，都相当著名。有一位老先生，经人推轮椅上台。我没听清他的名字，只记得乔乔小声告诉我，那是他拍《神秘奇缘》的导演。

那些年里，知青返乡的尾潮扫过上海，电视剧《孽债》则是一时人人热议的话题。吴竞在剧中饰演一位机关干部，恰好前来敬酒。女儿认出她，惊讶地随大人站起来。有人逗她，《孽债》好看吗。女儿平日里少语，像一台总调不对频的无线电，我们常忧心她在学校不合群。但那天她异常兴奋，拧过发条似的，与陌生人对答如流。几个回合往来，女儿竟当众唱起了《孽债》的主题曲：

> 美丽的西双版纳，留不住我的爸爸。上海那么大，有没有我的家……

等她有一日得机会去北京、去呼伦贝尔，去风雪卷边或日晒十二小时仍昂扬挺立的城市时，她就会明白，上海并没有那么大。我看见吴竞暂坐下来，夸女儿唱得好。她们离我越来越远，话音也逐渐蜕落为窃窃私语——那时，我已喝完杯中酒，腹胀与昏沉让我步子趔趄。我一路走到门口，跨过礼堂与大厅的分界线。大厅略显清冷，吊灯的水晶片很厚，光无法一层层穿透，只好黯淡下去。嘈杂也喑哑，背景音乐轻柔如浪。久站后发现，原来是同一段旋律循环播放：甄妮的《海上花》。直通室外的门敞着半扇，可望见那座根据上影厂制片开头图像复刻的工农兵雕塑。红棕色，工艺精微，背部的衣服褶皱也细雕过，此刻被一个冷得近乎析出晶体的世界罩着。

乔乔跟出来了，手里夹一支烟，我们便在屋檐下漫无目的地站着。半晌，乔乔开口，谁知竟是道歉。

"对不起，李老师。那段时间我刚和美杏离婚，状态不好。怕扫你们兴，就不来了。"大概因为喝多了，乔乔双眼发红，显露一副疲态。乔乔补充说："就是你女儿生日那次，想打电话来说一声，最后也没好意思。"

"怎么会呢……"我暗自吃惊，无论是乔乔离婚，还是他蓦地提起女儿生日一事。

"我和美杏不是一路人，她从来不理解我。后来实在闹得太僵，估计她也不想再见到我。你看今天这种日子，她都没有来。"乔乔说。

我不知该如何应话，只好与他怔怔相对。手里的烟一截截烧作尘烬。

"你听，《海上花》。这首歌我很喜欢，我有一部电影用它做过插曲。在一个舞厅场景里，周茗非要我陪她伴奏。电影里她对我有情，但出国无疑是更有利的选择，那怎么办呢？只好两个人坐在霓虹球灯下，一分钟、一分钟拖下去……拍这段时，我总是不小心发呆，《海上花》的曲调会让人迷失。"乔乔感叹。

"《小楼昨夜又东风》的电影剧本，写得怎么样了？"我随口一问。

"暂时不写了。"乔乔一惊，才回答我。接着，他暧昧地远眺了一眼。路灯纷纷亮了，橙红色，夜晚的城市像一间照相馆暗房。乔乔说："我要出一趟很长的差，做点大事情，一步一步来。"

"是拍新戏吗？"我问。

乔乔并未回答。他若有所思地眯起眼，烟被他噏进肺腑，又像从香炉里冒出来似的溢过他的鼻腔。他揿了烟，突然慎重起来似的看着我。乔乔问："李老师，我记得你也是春节左右出生的吧？"

"对，大年夜晚上，生下来没两个小时就跨年了。"我说。

"那你也是水瓶座，我们一样的。"乔乔说。

"乔乔时尚。我没什么研究，水瓶座是什么样子？"尽管我不信这一套性格理论，还是追问了下去。

"大概是注重精神，总是在找，却永远不知道自己想找什么。外人看来，只觉得这个人性情奇怪，渐渐也就与其疏远了。"乔乔淡淡地说，他面露笑意，可我莫名有些伤感。乔乔又握住我的手，热切地说："李老师，不管怎样，我要谢谢你。"

那时我还不知道，上影厂晚宴对我的最大影响，是踏入一段与乔启亮的漫长情谊。乔家父亲早逝，兄弟二人各自生长。与哥哥相比，乔启亮的生活大相径庭。他在七浦路商城摆地摊，专进流行一时的货物。头一次去，摊位上摆满玩具；水晶串珠流行时，他又搞起了买珠子送TPU串线的活动。也卖过首饰，穿碎花裙的女孩蹲在摊前，中意的款式在精心筛选中滑进篮筐。在人缘方面，兄弟俩的优势倒相似。乔启亮伶俐，和附近摊主都交好，经常有人跑来与他闲聊。但也听乔启亮私下抱怨，同样一根黑头绳，隔壁老头能卖到五毛，他只能卖两毛，只因对方看起来一副可怜相。

有一回，我下午没课，顺道去探他的生意。一走到他所在的铺位，赫然看见两张乔乔放大版的半身照片。乔乔披一件深蓝色西装，双手插在胸前。他像被喂过催促生长的药，不仅留出一头茂密的黑发，连脖子也更长一截。他的招牌笑容挂在脸上，在他右侧，一棵枸杞树伸出枝条，果粒颗颗饱满。照片下面，摆了一筐亟等贩售的枸杞。

"怎么样，照片里的人认识吧？"我还在发愣，乔启亮边开玩笑边过来。

"拍得真好，容光焕发，至少年轻了十岁。"我叹道。

"瞎说。"外形上看来，乔启亮比哥哥逊色太多。身高不足一米七，横肉敦实，这使他五官的浓墨重彩更显诙谐，举手投足间，添一道世俗生机。乔启亮说："明明特别假，照片弄得人都走形了。我一拿到就问他，照片里的人还是你吗？如果大家认不出你，代言还有什么意思？"

"他怎么说？"我只好笑问。

"他还能怎么说！虽然我是弟弟，但他从小怕我。"乔启亮眉毛一扬，颇有得色，"不过话说回来，东西还可以吃一吃。"

他从筐底翻出两包枸杞，一边解释底下的批次保质期更长，一边往我手里塞。言谈之中，我得知乔乔如今身在张掖。他在酒局上认识了一位食品厂的老总，对方一直邀他挂职副总，工资比上影厂给的翻几倍。哪怕已沦落至下风，告别演艺事业亦需勇气。等乔乔终于辞职前去，发现"副总"只是一个空荡荡的头衔。他对实体经营一窍不通，每天工作不过是应酬，参加活动，陪各式各样的人物喝酒。公司试图从他的银幕形象中剥出一些余利，为此，他不得不配合多方宣传。据乔启亮说，乔乔也为公司拍过电视广告。于是，每当电视剧里插入广告时，我便暗中有所期待，但我从没真的见过乔乔拍的那一支。

往后一年的秋天，乔启亮请我去茂名南路上的一栋洋房。房屋外墙有几处剥落，重新刷过后，留下微微凹陷的印痕。庭院叶落，行走其上发出啮噬声响，让人的踩踏兴致更甚。还没到需要开启供暖系统的时节，室内有点冷。我沿木梯转上二楼，为首一间房连通阳台，门正敞开。光流像从乍破的银瓶中淌出，我一时恍神。

"李老师，过来方便吗？"乔启亮来迎接我，一起身，背后露出一台雕花的太师椅。

"骑自行车半小时，就是今天天冷。"我说。

我搓着手，踏上最后一格台阶，全然置身于二层的空间之中。乔启亮引我进房间，顺势将落地窗拉开一些。我往外一瞥，开放式阳台上摆着盆景，狭长的红缎绑在枝梢间，上面用金粉写了"财"字。房间内部则布置成办公室的样子，写字桌、高级文具、一台屏幕落灰的电脑，应有尽有。桌子正对一排立式书柜，里面放满崭新的精装书。最高处是四大卷肖洛霍夫《静静的顿河》，书脊高耸，鎏银的字体熠熠闪光。我不觉笑了。

早几回见面时，乔启亮已向我提过，他把七浦路的铺位退租了。我问他日后打算，只说要与乔乔合伙，做一门新生意。待办公处租定，他才慢慢透露，原来两人打算办一个商务公司。乔乔负责联络明星，表演、主持、出席宴会，各有标价；日常运营工作则交由乔启亮打理。

"什么时候正式开业？"我问。

"已经接好几单了。"乔启亮满脸放光，极为亢奋。周围环境雅致，他却浑然不受影响，说话时仍然唾沫横飞。"李老师，你看这套洋房漂亮吧。只要找我们做生意，免费送洋房写真一套。前几天刚有客户来拍过，相当满意，怀旧风骨一绝。李老师，这才叫做生意嘛，你说是不是？"

"毕竟你有二十年当老板的经验。"我端起他泡的茶，据说是黄山毛峰，入热水根根竖立。只是他放过了量，一泡开大半杯都是茶叶，我勉强喝了一口。

"那当然了，难道我靠得上乔乔吗？他一点商业头脑都没有，整天像做梦一样。要不是有我在后面把关，他能做成什么事！"乔启亮说。

"乔乔回来了吗？"我问。

"回来小半年了，你不知道吗？你们不会还没见过面吧？"乔启亮有些惊讶。

"嗯，他大概很忙的。"我说。

我时常回忆起乔启亮当时的神态，他的双眼向上翻着，嘴角一撇，鼻子稍微起皱。仿佛他与乔乔多有性格不合之处，但亲缘关系黏缝着两人，定期清空前嫌。那天夜晚，我们去后弄堂的小摊吃馄饨。一条长队延伸到路口，轮到我们坐进那块军绿色的防水篷布里，腿已站得发酸。热雾从馄饨汤上腾起，眼镜片里，乔启亮的影像虚化了，他的存在褪为一种浑厚的声音。嘈嘈切切，讲到家道中落前的故事，乔启亮像个说书人。清朝灭亡以后，乔家被打散在沿海一带。乔启亮的父亲流落到浙江的村庄里，当起木匠来。父亲有几分造物才华，但好吃懒做，家里总是攒不下钱，日子像在皮艇里艰难地划过去的。乔乔的性格随父亲，乔启亮和母亲更接近一些。我想到乔乔曾说过要拍的电影《小楼昨夜又东风》，就问起他们那位神秘的大伯。乔启亮一拍桌子，馄饨汤震到碗外。他用近乎诉苦的语气告诉我，他们家和大伯几乎没往来，而且大伯根本没什么可称道之处。家里能败的都败光了，在京都一事无成，只是宿妓、赌博。老赌棍能有什么结局，不知道哪一年，忽然传来消息说他吞鸦片自杀了。有人寄来一盒他的遗物，也没什么东西，几张照片、一封看不清的信、一面不知谁赠送的漆制女式圆镜。据乔启亮说，我不是第一个打探他们大伯的人，乔乔经常在外面乱吹牛，弄得煞有其事——其实都是他的幻想。我将信将疑，半晌回不过神来，或许因为乔乔对这件事表现得太认真了。乔启亮拍了拍我的肩，让我下次亲口再问乔乔。

后来就到了一九九八年。夏至盛时，黄浦江对岸立起一座金茂大厦。据新闻里说，这座大厦高四百多米，地面上共八十八层，顶楼的旋转餐厅可俯瞰黄浦江两岸——由于离二十世纪收尾只差两年，所以如此断言也无风险：这是二十世纪中国最高的楼。到了周末，我们一家人坐上黄浦江轮渡，去陆家嘴附近游玩。念中学以后，女儿剪了短发，对打扮突生一种奇异的羞耻之心。我拿起胶片机，竭力把女儿的影像安放在绿化带与钢筋城市之间，她的表情却总是过于严肃。疲倦侵身时，我们仰头坐在花坛边，看卷积云蹿过大厦塔状的细顶。

"以前老费说过，他有朋友参与金茂工程，有次半夜开锁带他去楼里参观。"妻子说。

"我不记得了。"我喝了口水，把瓶子递给妻子。我说："他的话不能听。他还说过，他有一个朋友，天生睫毛特别长，足足有半米。明明很荒谬，当时不知道怎么回事，竟然还是有几分信的。"

"这些人现在都在干吗？"妻子问。

"不太清楚。老费女儿毕业后，联系就断了。"我说。

"我早知道是这样。"妻子说。

妻子面无表情,既不是想趁机指责我,也没为自己预知的正确性而得意。她只是坐在我身旁,把一句平淡的话从嘴里抛出来,又眼睁睁看它掉进尘土之中。一切最终都会落入意义匮乏的怪圈,这和知不知道无关。

实际上,我和乔启亮的友谊还有几年气数。千禧年跨年夜,我和妻子一同去他家里吃饭。他还住在老西门的旧房子里。过去装空调时,墙上的管道口打得太宽,每逢雨天都要用纱布紧紧堵住洞口,以免渗漏。我们与他开玩笑,做大事的人不忘本,赚那么多钱还愿意住破屋受苦。乔启亮一挥手,飒爽地向我们兜底,钱都在股市里,等翻倍了再取出来买房。我们大笑,一手夹起红肠片,一手将三得利啤酒瓶伸向一起碰撞。我们有数不尽的话题:生意、新闻、八卦、孩子学业、电脑、滑稽戏、刚去世的传奇人物赵四小姐,不再谈论乔乔。

那时候,乔乔已经从商务公司撤股,独自去了法国。自从上影厂一别后,我和他几乎没见过面。仅有的半次是,我们一个共同好友的儿子结婚,请乔乔的公司联络明星。原本想请一位电视台主持人来表演节目,但对方开出的十万如同天价,便决定转由乔乔亲自表演。隔着鼎沸人声,我们遥远地对望了一眼。那天乔乔穿了一件面料会变色的衬衫,四面灯光把他钉在舞台中央,软塌的棉丝随他动作而闪耀出一抹蓝紫色。他的头发白了不少，看上去像一个来跳交谊舞的老头。趁着下边开席，乔乔表演了几个滑稽桥段，但他的声音淹没在嘈杂的背景里，根本没人注意。乔乔可能有些急了，越发卖力起来。台下依旧毫无反响。几轮下来，只见乔乔退到一边，拎起衣角擦着脸上的汗。我思忖着趁乔乔空闲过去打招呼，但酒喝得人懒倦，延宕之余，忽然发现他已经走了。我顿时怅然。和乔启亮说起，他却不觉得有什么稀奇，压低声音告诉我，一个人落魄了，走的时候总不喜欢道别。至于乔乔一声不响出国一事，乔启亮照搬了同一句评价。

没几年，我在学校的分房申请终于轮上了安排。住房环境如愿得到改善，但生活却不得不向郊区迁移。下班只顾往家里赶，不便再去乔启亮那里闲坐。其间，我们打过一次很长的电话，一口气聊了两个小时。乔启亮打电话来，主要是为告诉我，"油爆虾"车祸去世了。我不觉惊叹，问及"油爆虾"这些年来的经历。乔启亮说，他经人介绍和一个大龄女工结婚了，两人有个女儿。乔启亮露出艳羡的声调，说夫妻俩虽然关系不好，但"油爆虾"的女儿极为聪明。我心里稍加松弛，隐隐感到乔启亮之所以在此停顿，也正是为了让这份宽慰绵延得久一些。除此以外，我们又能做些什么呢？我试探地问乔启亮，葬礼我们是否要参加。电话另一边沉吟许久,发出一声反问:"去干吗呢?"

等我得知乔乔真的拍了《小楼昨夜又东风》时,已经是二〇一〇年了。

那时,一位旧友搬去宝山,我们拎着裱有"乔迁之喜"的奶油蛋糕去庆贺。他的新家在一楼,超过一百平方米的居住空间之外,还附赠一爿天井花园。我们吃得杯盘狼藉,酱油渍滴满一次性桌垫。趁朋友妻子收拾之际,我们去花园里抽烟。夏夜,花朵在黑暗中扬起腮,透着一阵芳香。外面蚊虫不少,稍微站立一会儿,腿上皮肤就开始轻轻瘙痒。那一瞬间我恍然意识到,所有逝去的时光不过是一种难耐却无足轻重的痒。朋友拿出花露水,我们互相喷洒一番,又探讨起接下来做什么。

"想看电影吗?我们买了最新款冲击波音响,老价钱了。"朋友说。

于是,我们回到客厅,在电视自储的影片库里搜索。

蓦地,《小楼昨夜又东风》闪电似的划过眼前,我险些以为看错了。海报的风格古旧,一个茕茕孑立的男性身影与花体字相对,有点像早期结合摄影视角的晚报漫画。

"这不是乔启明的电影吗?"妻子也看见了。

"乔启明,多少年没听到这个名字了!"朋友调回

《小楼昨夜又东风》，我这才看清，电影是二〇〇七年上映的，导演与主演都是乔启明。朋友问："要看这部吗？"

"他不是你朋友吗？"妻子似笑非笑地看了我一眼。

"你竟然认识乔乔，什么时候叫他给我签个名？"朋友兴奋起来。其实我们都明白，乔乔的电影事业早已日薄西山，但从上世纪八十年代一路走来的观众，多少能被这张熟悉的面孔唤醒昔日的情怀。

"等有机会吧。我和他算是多年交情，他特别好，待人真心实意。"我说。词句从嘴里溢出时，却觉得像念了一句梦呓。我顿觉后悔，我本该说我和乔乔从不认识的。

我们把灯光调至微亮，一按开始键，电影龙标在屏幕中游动。那天夜晚我有些心不在焉，画面亮起来，嘈杂色彩在长方形边框中变幻，我浑然不觉。脑中交替复现的，是多年前与乔乔交往的一些碎片。当时每说"小楼昨夜又东风"，乔乔便神采奕奕，似有满腹才情欲挥洒其中。人在白日梦里肾上腺素飙升的模样，好些年来，我再熟悉不过。可谁能想到，这部电影真的拍成了——而且拍得那么落伍，简直触目惊心。

实际上，除了观众容易串戏之外，乔乔在电影里的表演是无可挑剔的，可以看出他很投入。然而，其他演员不仅来路不明，表演也都夸张而僵硬。乔乔和他们之间的落差非常刺眼，就像一台用力过猛的马达拖着一辆零件都废旧的汽车。更致命的是，电影以一种极为陈旧的方式讲述着故事，节奏拖沓，情节催人犯困。画面越修得精致，反而越叫观众看得尴尬。我不敢想象人们会如何评价这部电影，也不愿去想。在这种游离的状态下，我没看多久，就打起了瞌睡。

电影结束已是深夜，公交停止运营，我和妻子打车回去。出租车在公路上行驶，车舱以外，幽暗的世界如窜动着的微弱火焰。妻子坐在我旁边，光线沿着她的轮廓一层层上涌，就像一场无止境的涨潮。她小声地吸涕，我转头再看她，发现她眼眶竟泪光粼粼。我有些错愕，想装作不知道，迟疑后还是开了口。

"电影那么感人啊？"我故作语气轻松。

"神经病，和电影有什么关系。"妻子说。"神经病"几乎是她的口头禅。

"那你怎么了？"我问。

"没有。"她往窗外望去，又低头看着自己的手指，久久无言。她小声重复道："没有，我能有什么。就是真的过了太久了，都不知道怎么过来的。"

那以后仅过四年，我就到了退休的年限。工作时总是计划着退休生活，像远奔而来撞向一根终点线，真的突破以后，霎时落入一种飘荡的虚无感里。我时常想起一些旧日朋友，但纷纷丢失了联系方式，回忆往事就像一场漫长的梦。

有一回我忽然想到乔启明，那时他已彻底从演艺圈销声匿迹，但抱着一线希望，我仍然尝试在网上检索他的消息。他的名字并不罕见，网页提供的与"乔启明"匹配的人大多不是他。有一位是张家港某旅游公司的总经理，另一位是北方高校的教师，因为论文发得多而留下痕迹。最有名的一位乔启明当属出生于十九世纪末的农村社会学家，他在黑白照片里眯起眼睛，仿佛正饱受光线的困扰。为了更精确，我慢吞吞地在"乔启明"之后打上"演员"字样。光标旋转两圈，这才跳出乔乔的信息。在相关的图库里，我找到一张乔乔和前妻一起游玩的照片。照片没有附日期，但能看出是近些年拍的——两人都明显地衰老了，并非想象中明星容颜摧毁式的陨没，而是很平静地老去。他们的斗志、雄心都悄无声息地消退了，如今脸上一派松散。山中花树层叠，粉樱映入他们眼眸里，化作一圈点睛的光晕。春寒或许还剩几缕，美杏缩在一件红色的大衣里，靠着乔乔。关于他们是否复婚或者仅仅修复到恋爱的地步，网上没有确切消息，毕竟也无人关心这件事。

有一个叫"豆瓣"的网站记载了乔乔的简历，相片用的是他二十岁那年特意上照相馆拍的那张。当时他真可谓器宇轩昂，连左侧投来的光都沾带荣幸。一定有无数人夸赞他的单边酒窝，俊朗、有辨识度，于是他勉力挤出笑容，好让这位贵人的痕迹更深邃。网页显示有二十七个人关注他，我不太明白，就从隔壁房间叫来女儿。

"关注是什么意思？说明有二十七个人在经常搜索他吗？"我问女儿。

"不是。人家就是随手点的'关注'，点完也许就忘了。"女儿淡淡地说。那时她已度过三十岁生日，在一家国有企业当行政专员。至于婚恋问题，我们几乎从无交流，稍一侧击，便见她脸上浮起嫌恶。

"哦。"我点头，尽管没完全听懂女儿的意思，但还是追问，"那我要怎么关注他？"

"你又没账号，注册起来很麻烦的。而且也没什么意思，多一个关注又能说明什么？"女儿说。

那天女儿心情不错，没有明显露出不耐烦。我请她帮我下载《小楼昨夜又东风》，又适逢消夜的钟点，饥肠辘辘，我去厨房煮了两碗青菜肉丝面。我们端着面坐在桌前，热气扑簌簌迎上来，一种久违的联结重新变得牢固。电影时长一个半小时，放到最后，乔乔特写的脸在屏幕里逐渐缩小，演员表慢慢滚动，就像鱼群所吐的泡泡正往水面涌去。

"你觉得电影怎么样?"我问女儿。

"很烂。"女儿边说边打起了哈欠,"而且我不喜欢乔启明,自以为是得要命。"

"怎么这样讲,你们见过吗?我记不清了。"我说。

"当然啦。那时你带我去上影厂的新年晚会,回来吹了好几年牛,怎么可能不记得?"女儿一顿抢白。

我不知该如何接话,愣在原地。

"那天我本来也很高兴,到处都是电视里的熟面孔,可能看我年纪小,一直有人来逗我。你不在的时候,我还偷偷喝了黄酒,一时错觉上来,以为自己已经是个大人了,身体也轻飘起来。后来我出去找你,看见你和乔启明在聊天。我开玩笑问乔启明,我说,乔叔叔,我长大能不能也当明星,和你一起拍电影?……你还记得他怎么说吗?"女儿继续说。

"这么多年,我实在不记得了。"我推脱道。

"乔启明低头看我一眼,很快笑起来。他说,不可能的,你长得太丑了。当时我才十岁出头,只觉得胸口受到一记闷锤,眼泪失控地落下来。我竭力克制,不哭出声,怕他更加看不起我。我对他说,不要紧,我可以演丑角。他也没再理睬我。"女儿说得轻描淡写,听来却让人心惊肉跳。见我不搭腔,女儿又说:"你不会忘记的。他说这话时,你就在我旁边,脸都发青了。"

我跟跟跄跄站起来,收拢碗筷,往厨房的清洁池走去。

我的双腿虚浮,仿佛联结身体和腿的螺丝被人拧松了,又像是踩在极为柔软的毯垫上。恍惚间,我重温了从上影厂礼堂走出来的那段路。我喝多了,酒精对我作出柔和的肢解。他们说,李老师,这酒是我们从茅台厂里直接拿的,学校里可喝不到。我说,好的,今天特别高兴。我说了好几遍,拼命感谢他们。背景音乐越来越轻,"是这般奇情的你,粉碎我的梦想"。梦想——乔乔说,不要谈梦想,说起来难为情的,但《小楼昨夜又东风》我以后一定会拍。于是满堂喝彩,器皿血脉偾张,叮当响个不停。人人嬉笑不止,老费、"油爆虾"也在其中,眉眼弯成弧形,笑到猩红牙龈都露得精光。这是极限,再也不能更真实一分了。老费说,李老师,我女儿不懂事,请你千万多担待她。乔乔说,说出来就俗气了,李老师这么好的人,该提携的怎么会少?我说,好的,今天特别高兴。我喝多了,看每个人都身沾白光,四处是往人间裂变的贪婪白日。妻子也是白色的,一块即将破碎的冰凉白玉,或是一个失望透顶已决心融化的雪人。妻伸出五指枯骨,这些年总算都过去了,欢乐也无,苦楚也无,熬到最后竟什么都没有了。但是乔乔说，没关系的李老师，还有下次，下次我有空一定来——他走的时候尚且英挺，一件荡着仙气的中式白褂穿过摄像机组、工作人员与演员同僚，一转头却是中年发福的模样。我和女儿追过去，我喝多了，跑不动，这些沉重都是从酒里来的。女儿说，乔叔叔……乔乔却打断她，你太丑了。他根本不在意，甚至没有仔细看她，只顾殷切地露出那排被香烟熏出污垢的牙齿。李老师，乔乔说，演员到底见过世面，和普通老百姓不一样。我说，当然，乔乔说得对，今天特别高兴。他的指甲上闪着蒜香排骨的油渍，一如多年后他脱下司仪的衣服，回到婚宴的某个角落。他越来越善于侃侃而谈，哪怕在一次性的社交场合，对孩童、年轻人释放自己已经不存在的影响力。可女儿还在原地等待他的回应，会有更诚恳的词语掉落吗，还是酒瓶早已见了底？刹那间，我已全然明白了，错不在我，也不在乔乔。人与人之间天然屹立着屏障万重，没有互相迫近的一刻，我们不过是从亦真亦幻中尽力揽收一切。女儿说，爸爸，那都是假的，我不要了。她的声音愈发轻盈，似被风扯裂的一团絮。《海上花》的曲调趁机鱼贯而入，不知不觉，已播到最后一句——"仿佛像水面泡沫的短暂光亮，是我的一生。"

微湖 山上

那年春天，我连续为新书做了几场活动。有一场近结尾时，我突然无话可说，词语像卡在储蓄罐里的铅块，怎么都倒不出来。我从未经过如此漫长的一分钟，估计观众也是，台上台下各自捏满汗。又过半分钟，鬼使神差地，一首歌跳到我嘴边。我唱出来，发现那是一首闽南老歌，《浪子的心情》。我硬着头皮，唱到"啥人会了解，啥人来安慰，我心内的稀微"。书店外，麻楝落了一层叶。风铃飘动，但听不见一点声音。台下观众看惯了奇异场面，比我更快回过神来，用一阵掌声掐断了我的表演。我站起来，不失礼节地鞠一躬，迅速逃到嘉宾休息室。

那段时间，我喜欢抽红方印。烟气润，微带甜醇，不过后半段就有些索然无味了。好在价格不贵，周围朋友都在抽，我也跟风买了几条。刚点上一支，一条人影倏地罩在门框上。我下意识掐灭火，多少有点气急败坏地回头看，是个女人，穿得像工作人员，只是多戴了副墨镜。我连忙道歉，不好意思，抓到我罚两百，你们两千，我知道。她不置可否地一笑说，你还是和以前一样。这几年，我经常对不上一些人的名字。为了掩饰我的健忘，我一边推断她是谁，一边敷衍地问好。女人说，最后那歌挺有意思的。我说，跟磁带学的，闽南语的每一个发音都可以用拼音来标注。我忽然想到，自己很可能班门弄斧，就问，你是本地人吗？她原本抱着双手，此时缓缓松开，背到身后，换了一个站姿。她的墨镜镜片很大，深褐色中微微透着光。假如眼睛是心灵的窗户，那么墨镜就是心灵的窗帘。拉上这道窗帘，一个人精神世界的万壑千岩、春草鸣禽全都失了色彩。偶尔露一两种痕迹，不过是飞鸟的掠影。女人半真半假地说，我四年前才来这里，你不记得我了吧，贵人多忘事。我赶紧说，我们应该在上海见过，我有一点印象。要是你方便摘下墨镜，没准我能更快认出你来。女人说，不要紧，你可以把我当一个粉丝。我看过你好几次活动，一般你转到朋友圈，我看见直播链接就会点进去。上周末，无意中发现你在泉州线下活动的海报，我立刻报名了。我得来见你一面。

　　我深吸一口气，瞬间想到了各种积极、消极、介于两者之间，或不断在其间横跳变化的可能性。最早读茨威格的《一个陌生女人的来信》，颇有怜意。后来觉得恐怖，因为"永恒"已随现代降临而变了面貌，那种形式的深情能唤起的只是惊讶、愤怒，人的边界被触碰后本能的抗拒，以及一点显得不那么真实的感动。我前两年再读，觉得那是一篇关于存在的小说，"爱"反而只是虚晃的一枪。现在，我的面前站着一个陌生女人，种种线索将她指为我的故人。这种感受，实在一言难尽。

有一阵，我们都没说话。她自然地环视一圈，重又开口说，我读过你很多书。你是个骗子，也是个不错的作家。究竟哪个身份在先，我不知道。但我不喜欢你最近几部小说，你想把历史、哲学、宇宙、AI 技术观念裹进语言的糖衣里，将文学"项目化"，在我看来是非常失败的。我心中一涩，面上故作轻松地说，谢谢你告诉我，也谢谢你没在读者提问环节当众说这些。女人笑说，你不用这样。我太了解你了，其实你心里蔑视这种判断，恨不得跳起来给我一巴掌。我也笑了，我说，作家当久了，发条确实容易紧，但也不至于成为暴君。女人说，这些都不重要，我带你去个好地方。我有些摸不着头脑，问她，现在吗？女人说，对呀，你不是明天回去吗？

她很自然地挽上我，架在我腋下就像一根不锈钢辅助拐杖。我匆匆和书店老板道别，他朝我挤眉弄眼，讪笑这段"艳遇"。我随她走到外面。四月下午，太阳尚存生气，护城河的水面潋滟迷人。女人身上有一股熟悉的清洁剂气味，不算好闻，却总让我回想起一些童年的情景。女人说，作为一个被遗忘的老朋友，我特意来找你，是想告诉你一个故事。我瞥了她一眼，她的嘴唇很薄，像一把折弯的小刀。我问，你想让我写下来？她说，你可以写，但是要隐藏真实的人物信息。这故事跟我为什么会来泉州定居也有关。我说，行，你讲。

二十世纪三十年代初，我外公出生在浙江乡村的一座庙里。他祖上是山东人，做过小官。可惜耗散的年代里，什么都没留传下来。抗日战争时期，他逃难到上海。靠学生意赚了点钱，娶了我的外婆。他对时代变迁有异常敏锐的直觉，结婚以后，一心扑在读书上。一旦有好单位发布招工机会，他就去应聘，终于如愿进了一家大型造船厂。外公生性敏捷，最困难的年代，也能为家里弄来一些紧俏的商品。二十世纪八十年代，他看准大城市的建造行业兴起，辞职做起了建材生意。这一趟，虽不能说荣华富贵，也为他攒下了不少身家。

这一段前情，大可略过。事情要从二〇〇五年春天说起。

当时，外婆已因脑溢血而失语。卧床两年多，一直住在医院。有一天傍晚，外公忽然要带我在小区里散步。我作业都做不完，根本不想出门。外公好话说尽，还说去附近的麦当劳给我买一对鸡翅。说实话，我对鸡翅兴趣不大，可我受不了别人反复向我展示他的需要。出于不耐烦或愧疚，我都会答应他。我们走在街上，我很快察觉到气氛异常。外公似乎有所不安，总在东张西望，微小的火苗从底部慢慢地煎烤他。我也觉得不舒服，莫名地感到毛骨悚然。外公家紧邻一家二级医院，几扇后门正对马路，其中一扇通往太平间。外公曾见过工人们抬着藏青色的PVC防水尸袋，仓促地往下赶路。"太平间"本是一个词语，此刻化作一种落陷的黑洞。恐惧作祟，我牢牢抓住外公，半闭着眼睛往前走。然而，有一瞬间，我看见外公朝着左前侧，微微地颔首而笑。我忽然意识到，有人正在暗处望着我们。外公并未站在我这边，他早就与神秘人形成了某种共谋。

这是我和那个女人第一次照会。我对她一无所知，也无从追问。

没过几个月，我的外婆去世了。母亲来校门口接我时，我们正在上体育课。那时天气已热起来，蔷薇开了满墙。路过花墙时，我闻到一股烧焦般的浓香。鲜花盛时，更让人心荡神驰的却来自凋谢后的花瓣。我一时懵然，心中隐约落下死亡的影子。它与时间相关，并能影响一个人命运的去向。对此，外公显然比我更清楚。因此，外婆葬礼后的第二周，他就告诉母亲，他准备再婚。母亲当然不同意，甚至当场破口大骂。外公毫不在意，以极快的速度安顿好他的新生活。家里的几套房子由他收租，他又另在杨浦郊边租了一套别墅，他和新婚妻子——我那时才知道她的名字，刘英莉，一同入住。

外公的后嗣不多，只有母亲与舅舅二人。舅舅果毅，见此情形，便与外公断了关系。母亲不甘心，大闹过几次，可外公的决定怎么可能改变呢？争执之后，母亲提前获得了一份微薄的遗产。这并不能让她满意，却使她愈发摇摆，无法像舅舅一样彻底抽身。出于家庭义务，每年春节，我们都会去探望外公一次。

前两次探访，都没什么异样。到第三年，外公身上发生了很大变化，长相都与往日不同了。他推着一辆自行车，站在别墅区的门口等我们。我远远朝外公挥手，他露出一种古怪的表情。那个勉强做出的笑容里，闪烁着紫中泛白的牙龈。外公穿一套很旧的蓝色中山装，衣服偏大，好像不是他本人的。我和母亲瞠目结舌，一来因为外公早就不骑车了，他这副样子，仿佛在扮演四十多年前徘徊在码头边的自己。二来，外公明显老了。他再婚时刚满七十岁，那时论虚岁也不过七十三岁。看他走路的形态，体内许多齿轮都松了，和三年前判若两人。他回话的反应变得迟钝，像要把诸多信息吞下去，好好消化过一遍再吐出来。我们问他是否还好,他抬眼望着低垂的云层,伸手打了两下自行车的铃,才缓缓地点了头。

别墅区很大,从门口走到楼前,花了我将近十五分钟。开启指纹锁,我再次进入这间神秘的房子。算上地下室,这里一共有三层,装潢偏巴洛克风格。到处都是贵重木料定制的家具,局部精雕细琢,技艺完全不输给明清的御用木匠。就连最普通的茶叶瓷罐,也以细腻的笔法画上了传统的锦鸡牡丹纹。这间房子原来的主人千禧年左右出了国,使外公能通过租赁获得这样一种生活。他以前过得也优渥,但绝没到这种地步。我第一次来时,着实吃惊。乌木茶几、云纹装饰的衣橱、雕花的楼梯扶手,每一样都压得我喘不过气来。我才发现,木料的审美风格非常厚重,一个装满木头的空间,感觉是向下坠落的——它不动声色地隐喻了外公的处境。

那一年,农历春节来得很早。一月中旬,大闸蟹还没过季,母亲带了四对来。刘英莉在厨房忙碌,我们陪外公坐着。我想起许多往事,就问外公,你还记得吗?我小时候,我们一起在马路的花坛里种葱。外公说,后来被人拔光了。我说,你还带我坐轮渡,从浦西到浦东,再坐回来。一下午来来去去,最后回到原点。外公说,多少年了,十六铺码头都改建了。我说,我们到甲板上去,你还唱歌:西边的太阳就要落山了,微山湖上静悄悄。我当时一直想着微山湖,觉得这个名字美极了。有几次还梦见过,不过每次都不一样,吃不准哪个才是真的。外公笑着点头,想顺着我的调子哼下去,但他想不起歌词。于是,旋律停在"微山湖上……微山湖上……微山湖上……静悄悄"。我问,那时候为什么老唱这首?外公慢吞吞地说,因为我就是西边的太阳啊。他支撑着从椅子上站起来,瞄了一眼厨房,接着小心翼翼地打开床头柜。在一堆纸质文件里,他拿出一个信封,递给我。外公说,本来应该带你去微山湖看看的,现在去不了。这些钱给你,你自己去吧。我慌忙摆手,我说,不要不要,你自己留着。外公比我更紧张,或许是怕推搡间被刘英莉抓到,他匆忙地把信封塞进我包里。

开餐前,刘英莉端上几盘菜,包括母亲带来的大闸蟹。四人落座,剥开大闸蟹,才想起来,原来蟹醋还没有准备。刘英莉在冰箱里翻弄一番,端来装醋的小碟。我一看颜色不对,就问,怎么是白色的?外公说,可能米醋用完了,这是白醋。我用筷子沾了一点,放入口中,舌头顿时炙烧起来……

听到这里,我忍不住打断她。我说,你等一下。这时，我们已坐在一家咖啡馆里。女人低下头，从造型别致的马克杯里抿了一口拿铁，托腮望着我。伴随她的讲述，我的心跳逐渐加速，此刻早已激动难耐。我长久地沉默，尽可能捋顺气息再开口。我说，你到底是谁啊？女人说，怎么了？我说，你讲的这些，根本就是我早年一篇小说的情节。你做了一些改动，可那是我的东西，我闻一闻气味就能知道。女人看起来既不惊讶，也没生气。她讲故事时，会变成一个相对生动的人。但只要一跳出故事情境，流动的气息就慢慢聚汇回其内部，使她显得神秘莫测。女人说，我还没有讲完呢。我说，不就是下毒吗，后面的情节，我倒背如流。女人轻轻地摇头，她说，不是那样的。这些年来你变了，更加轻率、傲慢。我感到一股怒气冲上来，我再次问，你到底是谁？不说的话我走了，别捉弄我。她想了想说，既然这样，我也不逗你了，我是你的小学同学。我大惊，心中快速地构建起一串逻辑：她在小学同学群里加过我的联系方式，一直跟读我的小说，见我到了泉州，便来找我，还改编了一个故事来接近我。我又说，脸恐怕是对不上了，不过，你叫什么名字呢？她说，我叫无相。我说，这是真名吗？她说，是。我说，如果真的有人叫这个名字，即使过了好多年，我也会记得的，不可能毫无印象。她说，反正我没骗你。

积雨云在空中漫开,像巨鲸暗得不均匀的肚子。我想起很多年前一个类似的时刻,我在外公家看书,天色因欲雨而暗下来。我永远不会忘记,纸张越来越暗,同时发出一种诡诞的荧光。我以为我要失明了。外公让我一同出去走走,我指着天说要下雨了。他认为雨不会那么快落下,非要拉我出去。我躲在昏暗的小房间里,锁上门。他敲门,越来越愤怒。我不知如何回应,只祈祷时间停止,让我从世上消失。又一次地,我察觉到自身的懦弱。我攥紧拳头,锤击墙壁。我要摧毁自己,来对抗外界的暴力。

我竭力回到现实中来。我说,你不用再编了。你可能想不到,我当年写这篇小说,是以真实生活为原型的。我外公就再婚过,还在那场婚姻中失去一切,迅速走向死亡。服务员刚好送来蜡烛,火光倒映在无相的镜片中。她不以为然,说,这是两回事,我们可以先聊你的问题,聊完我再说。我说,我没什么问题,你找我什么目的?无相说,其实我读过你那篇小说,早期成名作,发表后得了不少奖。我说,对,外公这事有点过不去。无相不语,似在考量。一时间,不知为何,我忽然产生了向眼前这位神秘人诉说的冲动。我说,我爸妈离婚得早,我随妈。你要真是我小学同学,一定见过我小时候的样子。沉默寡言,脑子也不好使,我畏惧人群。

那时，外公就是我的楷模。每次挨欺负，我都想，以后成为外公那样的男人，就好了。当然，我外公没什么大钱，和你讲的故事有出入。但在我看来，他聪明、勇敢，大部分时候也正直。外婆去世后，他的再婚让家人目瞪口呆。我们见面少，眼看他一次次虚弱下去，直到死。我不能接受，你懂吗？我恨他的虚弱，恨自己，开头那几年我甚至也恨所有女人。无相点头，问，那现在好些了吗？我认真想了一下，我说，你要听实话的话，没有。无相轻声说，没事，下回见面，我给你带一本《金刚经》，放在床头会好一些。我说，我不信这个。无相说，这不是信不信的问题，是见或不见。应无所住而生其心，不是《金刚经》也行。

无相问，你能继续听我讲了吗？

我的外公很快就迎来了去世的日子。到晚年，他的心脏不太好。有一回，高血压并发心脏病，被送进附近的医院。他住了两周，母亲经常去探望，刘英莉也每日陪伴。第二周最后一天中午，刘英莉回家吃饭时，外公停止了心跳。

这件事情有几分离奇，后来变得扑朔迷离。一是母亲前几天问医生，医生说已经脱离危险，再观察一阵就能出院。二是传闻外公病逝时，他的管子是被拔掉的。

这段流言不知从何而来，也没法验证。三则有些瘆人，外公的尸体走的是专运电梯，内部宽敞，承重量也大。我们赶到现场，目送外公被抬进电梯。众目睽睽之下，不知道什么原因，无论怎么按关门按钮，电梯门都合不上。有人小声说，一定是含冤，不愿意走。

我从来不信这些演绎出来的信息，母亲却始终耿耿于怀。外公去世后，她找过许多律师，想通过诉讼来要回外公的钱。然而，刘英莉在法庭上说，外公的房产早已赠予她，现金几乎没有剩下。外公婚后与所有人都疏离了，母亲无法作任何举证。败诉而归，反复试图提起再审，但没什么结果。

对了，我说过刘英莉的模样吗？她个子很矮，是否到一米五都不确定。水桶腰，整个人散发着一种松垮的气息。五官普通，雀斑密布，说不上有什么可取之处。最后一次见她时，她染了头发，在太阳下发出紫色的偏光，与她的脸格格不入。而外公年轻时，可谓造船厂第一美男子。与外公相配，刘英莉唯一的长处是年轻。她五十岁左右，有过一段婚史。两个儿子皆成家立业。她更偏爱的小儿子，就在泉州开厂，据说收入很可观。在法庭上，刘英莉缓缓讲出这些事情，以及她多么任劳任怨地照顾外公，我都开始相信她的可靠了。

反倒是母亲，陷入长久的疯狂。她坚信刘英莉谋害了外公，我一直宽慰她，久了难免对这种无理取闹感到不耐烦。每当在饭桌上，她突然放下筷子，语带哭腔，我的心便如灌铅般沉了下去。也许就始于外公之死，母亲身上产生了严重的焦虑症状。加上长期的诉讼，更是消耗，家里的气氛常年很压抑。

外公再婚后的一些生活细节，不时在我思绪中盘旋，但一直没想到什么特别之处。大约又过了十年。有一天，机缘巧合地，我猛然意识到，当年刘英莉给我们倒的那几碟蘸料——极酸极辣，闻起来像醋，我还隐约记得那个玻璃瓶上贴着"醋精"的标签——那并不是醋。我小时候一直以为，"醋精"是一种高浓度的白醋，加水稀释后等同于普通的醋。事实上，那完全是因为知识匮乏而想当然。"醋精"是一种化学药剂，用来治疗手足癣、脚气和消毒杀菌。我忍着恶心回想起，为了让外公高兴，我如何故作轻松地蘸着"醋精"吃完了蟹。并且，在我所目睹一切之外，外公所过的是怎样一种生活。

于是，我想方设法调查了刘英莉，得知在外公去世之后，她还有过两段婚姻，对象都比她大十多岁。上一段，也是以男方死亡告终。这时候，我已经站在母亲这一边了。我没有任何凭据证明刘英莉杀人，但我心里确认了这一点。从第一块多米诺骨牌倒下，往后的事情都应由她负责。我暗自发誓，要让她付出代价。

雨哗然而落，万物迅速加入协奏。只是这种韵律经不起谛听，树叶在急风中折裂，篷布被一次次泼洒，许多金属在浓烈的湿气中极为缓慢地锈去。我们所在的咖啡馆，位于晋江的一处海角边，离入海口很近。

无相说到这里，忽然问我，你听见没？我说，什么？她说，风大的时候，海就会发出这种声音，很朦胧，一种远古巨兽的呜咽，我来泉州以后才知道。我随着她的话音而凝神，但听不清楚。对我而言，它就像一阵遥远的鼓点。无相说，我来这儿以后，认识一个朋友。他是退伍的海军陆战队特种兵。有一次，他跟我说，他们有一项训练是在海里游一万米。在海里待太久，是一件很可怕的事。人在疲倦、失温的情况下，海中会浮现很多幻象，他曾在极累的时候见过死去的母亲。我说，我能想象，海简洁、空无，被它包围时，人的潜意识很容易投射出来。无相说，不要想象，去体验，然后再忘记它。我说，人的一生太有限了，不可能凡事躬行。无相说，时间有无数种形式，海也是时间，但时间的界限非常多变。佛教说四相，依次是我相、人相、众生相、寿者相。寿者相其实是一种时间观，它几乎决定了你与命运的关系。如果没想清楚这个问题，怎么可能写出好作品呢？

她说到作品，一个想法蓦地闪现在我脑中。无相讲的故事，是以另一种视角重置了那段令我痛苦不堪的生命经验。我把这一点告诉她，我说，太有意思了。在同一个故事结构里，你停留在复仇，让刘英莉承担全部责任。可我从没真的在意过外公的后妻，我连她长什么样都忘了。无相问，那你为什么痛苦？我说，当然是为外公的失败。很长一段时间里，我想成为他，但他在生命尾声溃败了。我不断斥责他，怎么做这种选择，好像他理应有能力做得更好。直到有一天，我忽然明白，他本来就是个平庸的人。我也一样，我不能再靠某个幻想活下去了。无相问，你后来见过他的妻子吗？我如实说，真忘了，我不在乎。无相说，看得出来。在你写的那篇小说里，女主角是否真的下了毒，也没明说。我点头说，对我而言，唯一的真相就是外公死了，其他都没太大意义。

我十几岁开始抽烟，瘾大。有时坐飞机，两个小时无从续火，也会急躁难安。和无相度过漫长的下午，我竟把抽烟这件事完全抛在脑后。这时候，我摸到口袋里扁扁的烟盒，瘾才苏醒似的冒上来。我走出门，在骑楼下望着街道。暴雨如注，路上空无一人。廊柱因年久失修，破损遍布，水泥疲倦地瘫在一些边角上。南方的空气湿度惊人，随烟吸入，我的肺部充斥着一种高密度的沉闷气息。这个世界是真实的吗？或仅是梦。我不禁开始构思一篇新小说，大致是写有一个人总怀疑自己在梦中，他听闻重大刺激可以让人从梦中醒来，就到处追寻。无果，他依旧在这段贫瘠而苦难重重的人生里。有一天他终于明白，所谓的"重大刺激"其实是死亡。死亡——它携带着复杂的含义跳出来时，我猛然感到，这个题材已经变得无聊。我晃了晃脑袋，这是从一个老师那里学的方法：把无用的念头想象成一粒小石子，裹上纸，从脑子里甩出去。有些念头很固执，化作巨大的石头，我只能想象把它们从山上推下去。

回到座位，无相说，你去好久，我都快睡着了。我说，抱歉。火光虚映出她的红唇，困意让她显得更娇媚，我忍不住抬起手。可因为不知该伸向哪里，最后只好端起杯子。为了缓解尴尬，我说，反正一时走不了，你要点什么吃的吗？她说，我不饿。我盯着她看了一会儿，笑问，你真是我小学同学吗？她用上海话讲了一段，报出学校名字，又模仿每周一体育老师用方言主持升旗仪式的台词。我仍然有疑虑，至少她的诸多话语里藏着不少谎言。我顺着她的话问，你怎么会来泉州？她嗔怪说，你老打岔，其实故事还没说完呢。我说，还有什么故事，我的小说写到这里就结束了。无相说，我说过了,这是发生在我身上的事,它本质上和你无关。我做出一个自诩绅士的手势,我说,那你继续。

那几年,我经常梦见儿时的外婆家。客厅当中一张八仙桌,北面正对着两个叠放的古董箱子。另一侧,熟悉的五斗橱连着镜子,上面有三五牌座钟不定时地报响。房间应该比现实中还大,每个人都在家里,要找到他们却很难。梦中的我大约七八岁,模糊地预知到,一个骇人的女鬼正在靠近这所房子。我想召集所有人,可他们不知道躲在哪里。我怕时间来不及,就跳到一张玫红色的皮沙发上,裹着毯子,期待女鬼不要发现我。在梦里,我并不清楚女鬼的身份,醒来立刻想到刘英莉。我怎么都咽不下这口气,无论是为外公,还是为我受到的长久精神折磨。

大学四年级的暑假,我在一家房地产公司实习,做数据运营。每月只有几天比较忙,平时则是简单的维护归档工作,有时一整天也没一件事情。我们公司离延中绿地很近,中午大家常一起散步。每次去那里,我都想起绿地刚建起时,外公教我骑自行车的场景。回想往事,黯然如梦,外公也已去世多年。有一天,我忽然心有所动,决定给刘英莉写信。

我想说的是,这种通信并不是友善的行为,至少我的动机不是。我年少时无法与她博弈，眼睁睁看外公在她的陷阱中死去。可那时已经不同了，我有知识，我有聪慧、善于变形的措辞，我有足以与世界每一部分互动的心灵，并且我比其他人更明白恐惧究竟是什么东西。而她，随着衰老降临，必然处于比我更弱势的位置。如今，力量的天秤倾向的是我。我要接近她，掌控她的生活，找到任何一个可以击垮她的线索，让她早日沉睡于幽暗之中。

我称她为"英莉小外婆"。第一封信中，我首先向她道歉，申明我与母亲从不是统一战线，我一直为母亲对她的污蔑深深羞愧。接着，我表达了多年未见的挂念之心。我以简短而深情的语调，重温了外公在世时，我和她仅有的一次外出买盆栽。她曾教我，浇水最好是趁土壤干燥时，一次浇透，不要每天随意喷洒。最后，我问她是否记得留在外公家的一套二十世纪八十年代的《文物》杂志。它们不值钱，对我个人很重要，是我学生时代去文庙旧书摊一本本收集的。如果它们还在，我愿意付钱买回来。

我事先查证过她的地址，不定时给她寄过一些东西，比如吃剩打包的火锅辣底料油（结成烂油块状）、脖子折断的珠颈斑鸠、腐烂长蛆的苹果等等，还有一些毫无意义的东西，比如反复寄一种白色的瓷兔子。

第一封信的回音很慢。大概两个多月后，我才收到一封简短的回信。其间，我当然也没停止匿名给她送一些恐怖的礼物。她在信里说，杂志找不到了，但她手头有一本一九九七年的台历，我外公在上面写满笔记，大部分是养生小知识，她问我是否需要。我间隔一周后回复她，言辞谦逊、恳切，问她是否还有过去的物件。我在做二十世纪九十年代上海的社会情况研究，这些东西都有助于我。如果方便的话，她可以列一个清单，我都愿意付钱。我虚伪地写道，有什么需要我为她做的，也可以随时嘱咐我。这一次，刘英莉回得很快，并寄来了一箱乱七八糟的旧物，附一封稍长一些的信。刘英莉是浙江人，与外公相识时，寄住在她父亲位于上海的家里。在信里，她说自己始终适应不了上海，要定居泉州，投奔她心爱的小儿子。她给我留了一个泉州的地址，说可以再联络，或有机会去玩。

　　说来你可能不信，我们的通信持续了很久。我逐渐了解她家里的情况，我知道她儿子、媳妇的工作，以及她孙子在哪里上学。她在上海的一些房产，因托我维护，我也了如指掌。在信中，她对我说的并不都是真话，比如她吹嘘儿子的成功与孝顺，在另一些细节里，又可以看出她儿子对她有多苛刻。一些小事上，我帮助过她，甚至为她投诉过一户劣质阅读器（是给她孙子买的，价格上千元）的卖家。与此同时，我也通过自己的方式，使她的房子到处出问题，几乎都租不出去。当我嗅到一些线索，猜测她儿子有挪用公款的嫌疑时，毫不犹豫地打了举报电话到他的单位。

另外，我竭尽所能，让一些幽暗的情绪渗透进她的生活。我先前说过，我比绝大部分人更明白恐惧为何物，通晓它的力量。在我稍微了解某一个人之后，我往往就能知道，如何唤起她恐惧，让她始终不得安生。

我和刘英莉的关系非常复杂。久而久之，它成了一个私密的游戏。我扮演着一个角色，并派遣一个更凶狠的自我在背后虎视眈眈。它不再是关于复仇的了，而是另一种侵占他人的乐趣。一方面，霸凌一个恶人仿佛具有天然的正当性，这种快感几乎等同于"行侠仗义"，我可以毫无顾忌地使坏；另一方面，我体验到了前所未有的权力，人如何对他者施加影响，而一旦形成惯性又有多大的破坏力。不知道哪一刻开始，关系的属性已经改变了。我忽然有些明白，刘英莉与我外公相处的感受了。

至于从什么时候起我们断了联系，我已不记得了。更大可能是，她先拒绝回复我了，而我没当一回事。

一直到前几年，在孔夫子旧书网的一家网店里，我重新见到自己写给刘英莉的信。店主只展示了几封，备注说还有很多。我连忙打电话过去，对方是一位泉州的旧货摊主。我那时刚辞了工作，想趁机休整一段时间，决意到泉州去游玩，顺便与他约定看货。这位店主对那片区域很熟，他告诉我，这些信是从一个女人那里收来的。她的前夫进过监狱，出来后两人也分开了。她告诉店主一件有趣的事，这些信中有一大部分，是她代替婆婆所写。后来，她干脆顶替婆婆的身份，直接与对方通信，以获得一些便利。我问起她婆婆，店主也不太清楚，据说年纪不大就被送进养老院，再也没见过，估计很快就死了。我向他打听养老院的位置，他一开始不肯说，收钱之后，也松口了。

我最后没买那些信。重读它们，让我觉得非常粗滥，与印象中的完全不符。我自诩的掌控与影响，究竟发生过没有？如果后来的收件人根本不是刘英莉，那么对方又带着何种心情给我写回信呢？当她隐晦地把丈夫犯罪的信息透露给我，是无意的，还是想借我之手有所行动呢？一切无从求证，只留下一些陌生而雄心勃勃的笔迹。在店主的推荐下，我买了一张以花园为主题的画，还有一本翻烂的《金刚经》，都来自那个女人。

我依照他提供的地址，找到一家海边的养老院。隔着漆绿的铁栅栏，老人们正在院子里活动。有的独自坐着，有的在练拳，有的相互窃窃私语，几个护工待在一边。每个人的神情都空洞无物，各行其是，像一把散落的国际象棋棋子，却又达成了一种微妙的和谐。

我想到刘英莉也曾在他们中间，徒劳地奔向衰老。如此平凡，如此无望，被想象中永恒的终点所吞噬。在这样既定的终景之下，所有岔路能通向多远的地方，又有何意义。一瞬间，我失去了兴趣，不再想打探刘英莉的消息。这与原谅与否无关，只是这件事在我意识到之前，已经彻底结束了。

养老院大门南侧有一个入口，穿过地道，可以走向海边的红树林。我坐在大石块上，眼看夕阳欲灭，海面泛起变色的征兆。原来四时风物都在海中，倒影迅速幻化，神秘而使人动容。我随手翻开《金刚经》，橙色的光线落在干枯的纸张上，乍看如同一种烫伤。我用食指触过页面的折痕，想到曾有另外一人反复从中寻找什么东西，不甘地、持续痛苦地。

"须菩提，于意云何？三千大千世界所有微尘是为多不？"

须菩提言："甚多，世尊。"

"须菩提，诸微尘，如来说非微尘，是名微尘。如来说世界，非世界，是名世界。须菩提，于意云何？可以三十二相见如来不？"

"不也,世尊。不可以三十二相得见如来。何以故?如来说三十二相即是非相,是名三十二相。"

我仿佛一下子离语言很远,内部回响着巨大的无声。随着语言一同离去的,是事物确凿的状态。词语只是一种命名,但在未命名之时,未被颜色、形状固定之前,世界有更浩瀚的面目。人们永远无法从表面的痕迹推断一种真实。我才意识到,我对刘英莉长久的愤怒,恰恰是因为我不知道她与外公之间的真相。如果我能确定,她真的谋害了外公,那将会是一种怎样的结果?——我会看见那颗每日被推上山的石头,终于狠狠落了下来,然后一切感受开始消失。

我坐着,无数念头像气泡水里的泡沫,同时从底部飘上来,快速上浮的过程中,每一颗都微微地变大。它们是无关的,汇集为一体,复杂、对立、自相矛盾。我在海边待了许久,直到夜晚的空气渐渐发冷。我站起来,如穿过云层,浑身轻盈舒畅。

这之后,我选择留在泉州,如今已是第四年。

无相说,这是我第一次对人说这件事。它太隐秘了,能理解的人想必很少。我心下恍惚,不知该说什么。无相低头笑了,娴熟地从桌上的烟盒里抽出一支红方印，点火。我忙制止说，现在室内不让抽烟。她伸手指了指桌面，那里赫然摆着一个贝壳造型的烟灰缸。我又问，你什么时候抽烟的，刚才怎么不说。无相玩笑似的把烟吐在咖啡上，使它看起来像一杯制造了某种特效的鸡尾酒。无相说，其实我看过你所有小说，大部分还是很好的。我说，谢谢你，我们为什么突然变得那么客气，我好像不认识你了。无相说，你知道我喜欢的部分是什么吗？我说，你要是愿意的话，不如多说一点。无相说，你的小说里有一种强烈的不确定性，它接近意识的变化特质。她的话迫使我思考，我说，你说得让我很惊讶。上小学前，我有过一个类似的失去语言的时刻。突然之间，大脑里的声音沉寂下来。我的心脏怦怦直跳，我看见的房子、窗框、家具乃至每一件物品都闪着金光。我的四肢变成了一种接近液态的能量体，像要溶解在环境里，但我一点都不害怕，反而涌起一种奇异的幸福感。一共发生不过几秒，却像过了很久。在那种状态下，所有体验都是敞开的，一切事物之间都有隐秘的关联。刚才你讲故事的时候，我一直在想，我们今天的见面是怎么回事——它像是那个时刻的重现，以一种渗透更外在的现实空间的方式。我不自觉压低了声音，继续说，所以你来，是想帮我摆脱潜意识里的阴影，那与我外公有关。无相若有所思，忽然又大笑起来。她说，我只是想告诉你，你最近的几部小说都太假了，别再那样写小说了。

我们出门时，雨停了。我不清楚具体时间，显然已经很晚了。黑暗之中，我们向着潮水的声音走去。无相说，我们去吃饭吧。我问，这么晚吗？无相说，你不知道呀，我们同学聚会订在今天，都在等你呢。我大惊失色，根本不知道她说的是什么同学，也辨不清她话里有几分真意。只是黑暗就在身后，也在眼前，我不由自主地跟着她走去。

四面几乎没有光线，但走得久了，黑夜就像静置后的悬浊液，逐渐露出更清晰的面目。柱状的护面块体在防波堤上摆列开，从空中往下看，像一串艰涩的密码。无名的树立在海边，也许因为时令缘故，每一棵都光裸着躯干，不存枝叶。云浓之日，天上多无月。偶尔，月亮蹚过云雾，海面上的银光如一只居心叵测的眼睛。潮声反复，我们走向夜的深处。

不知过了多久，远处荡开几簇彩光。稍微走近，我看见霓虹灯串绕住一个圆桌面，外围正坐着一群人。他们宴饮、欢笑，一阵轻微的嘈杂，风把海鸥掠影似的笑声吹来。他们的前方有一个舞台，一个化着浓妆、穿着打扮非常鲜亮的人正表演着。观众分心听着，又仿佛并不在意，如此持续片刻。突然，台上好像断了电，灯光全被拂去。观众的兴致降了下来，沉默之际，纷纷将脸转向了我们。

我愣在半途，惊恐之余，顿觉感伤。脑中只落下一句来路不明的唱词：原来姹紫嫣红开遍，似这般都付与断井颓垣。

上海女郎

(2003——)

献给不存在的曹丽萍

"南海有个帝王叫儵,北海有个帝王叫忽,中央的帝王叫浑沌。"三根钉子楔进一桌酒席,杯中酒水轻轻晃动,抽烟的点上了火,闷头喝海参羹汤的放下了碗。底下早有人看破,小声叨一句,说的是《庄子》。朱文开只当未闻,继续讲他的故事。

"儵和忽常常去浑沌家中坐席,就像我们今天这样。浑沌心善,每次都张罗鲍参翅肚、金浆玉醴,供朋友尽兴而返。儵和忽身份尊贵,受人款待,心怀感激,自然也想为浑沌做些事情,只是一直没找到机会。有一天,两人聚在一起,灵机一动,突然想到一个报答的方法……你们知道是什么?"

"送他十斤大闸蟹。"楼外秋风起,有人指着盘中蟹脚打趣。

"料你们怎么都猜不着。儵和忽说，人都有七窍，可以看，可以听，可以吃，可以呼吸，只有浑沌一窍都没有。出于好意，他们各自安排好工作，凑出一个礼拜假期，天天往浑沌家里跑。每一天，他们替浑沌凿开一窍。"朱文开故意压低声音，恋恋不舍地说，"七天以后，浑沌死了。"

在座的嘘声一片，我倒无所谓。那几年机遇好，我们刚过而立之岁，各方面开始有起色。天之骄子毕竟稀有，朋友们多始于贫贱，有的城府来不及扩容，稍见发迹就换上一副别样的面貌。朱文开是典型。过去，他几乎不开口，有人敬酒只顾猛喝。醉了就地趴倒，往往喝到撒场，都未必有人发觉朱文开已离桌。他的行当相对特别，自由摄影师，朋友们私下都以为算不上正经职业。他比我们大一些，但不显。他似乎落入时间的罅隙之中，衰老并未找上他，这一点我是由衷羡慕的。饭局由朋友们轮流做东，朱文开大约拮据，以前来的次数很少，且从不请客。自从去年得了一个外省的摄影奖后，他积极地张罗了好几次，全然成了一个活跃的酒客。只是朋友们对他不尊重惯了，即使吃了他的筵席，也不见得追捧他。我正思忖，一个纤细的声音传过来。因它新鲜，饭桌上的人一时噤了声。

"这个故事是想说明什么呢?"

开口的是小曹,朱文开新娶的娇妻。此前朱文开讲故事,全桌人或冷面微笑,或眯眼而听,或窃窃私语开他的玩笑,只有小曹从头到尾凝视着他。除小曹外,我是在场唯一的女性,既不愿共情其他人的奚落,也不能理解小曹满藏爱意的眼神。我问邻座的周通借了打火机,点上一支万宝路,生造了一个自由吐纳的契机。小曹瞥见我抽烟,惊讶地望了我一眼,但很快又把注意力集中到朱文开身上。

"说的是'道'。"朱文开故作停顿,抿一口酒,继续说:"儵和忽、南和北,犹为二;中央混沌为一,也为无。天下之道,正是靠'无'来涵容所有的形态。我明年上半年要在外滩美术馆举办一个摄影展,就叫'无与有',届时请大家一同赏光参观。"

方贤达率先鼓起掌来,接道:"你们瞧瞧,一个人只要自信起来,信口开河听着都像在传授大道。"

"像朱老师这样飞黄腾达的艺术家,难得有空教导我们几句,有得听就多听听。"周通笑着说。

"当然,当然。下次朱老师再请吃饭,我一定带上笔记本。"另一位不熟悉的朋友说,又唱曲似的拖一句尾调,"真是稀奇。"

朱文开不知是没听出弦外之音,还是故作镇定,只见他面露喜色，频繁地向众人劝酒。但凡抓住机会，他就滔滔不绝地谈论摄影或艺术观，对各种事物做一番品评。酒过三巡，大家揶揄的兴致尽了，对朱文开热烈的表达欲几乎无所回应。朱文开浑然不觉，倒是小曹如坐针毡，赔笑里不时闪过一丝勉强。

散场后，朱文开夫妇谦让，送一批朋友先上电梯。我不急回家，徐徐等到最后，和他俩一起下楼。电梯轿厢窄小，我和小曹不得不面面相望。她长得有几分像电影明星朱媛媛，一双标准的桃花眼，丰盈的唇形更增娇憨之态。由于距离近，只要她一眨眼，我就能看见她两侧眼线画得不对称。她的头发往后梳成髻，戴一个浅蓝色塑料发箍，与连衣裙倒相配。某一瞬间，我猛地觉察到，小曹原来还那么年轻。才记起入席之前，周通对我讲过，小曹比朱文开小十多岁，刚过法定结婚年龄不久。我想说些什么，以回馈这盈盈的注视，却被她抢先开了口。

"尹律师，今天吃得还满意吗？"

"又是蟹，又是五粮液。"我握了她的手，她手心里兜一把火，滚烫。我想到她结账时认真核对的模样，我说："小曹破费了。"

"哪里的话，招待不周。"小曹讪然说。

小曹的皮肤莹白透薄，此刻荡起红晕。我小睨一眼朱文开，他一手撑在扶栏上，一手搂着小曹的腰部。神情饱化酒水，看上去忘乎所以。其实我对朱文开从无意见，他得志后的反差表现，我也能理解。可此时，我暗中为小曹生出一股担忧。纵身跃入婚姻，尤其嫁给朱文开这样的男人，她还不知道将来要走多少难以预料的路。

夜里秋凉更甚，我拿出一件绒线开衫。见小曹光裸双臂，比我更需要，便想借给她一用。小曹坚辞，连连推说不好意思，又走到路中央，迎风挥手拦出租车。好不容易有司机应召，她却让我先上。一番短暂交往罢，我约略知晓小曹的处事风格，付出比受惠更让她坦然，就当仁不让坐进了车里。临别，小曹抛下朱文开，扑到车窗边。我以为她有什么事情要交代，赶忙摇下玻璃。

"尹律师，我听朱文开说起过你。一个女人能这样打拼，真的很了不起，我要向你多多学习。"

热腾腾的气息吹到我脸上，我下意识往另一侧移动。如此一挪，心里对小曹抱有歉疚。我嘱咐司机稍等，借着幽暗的光线，从包里找出一张名片。我告诉小曹，上面有我的电话和律所地址。哪天想到了，可以过来喝杯茶。

实际上，那年我的心绪很坏，对非必要的往来多是躲避的。所幸，小曹也没执意找我。有一次，我外出回律所。同事转告我，一位年轻女孩刚来过，等了半小时，见我未归，留下两盒青团走了。已是第二年阳春，青团也算合时令。我向同事询问来客的外貌，他抬头考虑了片刻，说很难表达。小姑娘长相挺标致，但身上俨然罩一层水雾，湿漉漉的，像从山林里晨炊回来，也像刚刚哭过。这一节描述，可谓荒诞。但不知为何，我忽然想到小曹。上回一别后，见过朱文开两次，都未有小曹陪伴。我信口问及小曹，什么工作，近来忙些什么，未来作何打算。朱文开豪气冲天地说，要什么工作呢，我养着她到处玩，还不好吗？我一时语塞，只好随一桌朋友敷衍地称道几句。

青团遗礼终究是一桩悬案。不过，因为工作缘故，此类事件并不少见，我也懒得深入追究。到五月，我带团队接了一个非遗老字号的纠纷案件。侵权范围涉及全国，需奔波各地取证，我们忙得不可开交。时间如烧烬，转眼又入秋。一日，我到客户单位拜访。从案件近况聊到后续规划，天色泛起昏暗，我们浑然不觉。聊得兴起，忽听见隆隆声响，一开窗，发现外滩正在放烟花。我们相顾大笑，惊觉原来这是国庆前夜。再细看，除了我们这一间，其他办公室的灯都已熄灭。

客户单位位于市中心，一出门即南京路步行街。我怀抱卷宗,望着对面亨得利钟表馆的彩光招牌,只觉恍然。烟火秀还在进行,一团花簇直升入夜空,又作星散。步行街通往黄浦江沿岸,可能为了避免拥堵,有些观光客提前往回走了。我无意参与热闹,正要离开,蓦地望见一对古怪的路人。两人合抱一个扁平的大纸箱,走路几乎横行。其中那位男人的手里,还握着一把锃亮的菜刀。靠近一看,竟是两张熟悉的脸孔。

"尹律师,国庆快乐。"小曹欢快地叫了起来。

如此混沌的夜晚,遇见熟人,有一种"他乡遇故知"的欣喜。我向小曹一笑,又开玩笑问朱文开:"走在大马路上,拿把菜刀,算什么意思啦?"

"我也不想。"朱文开无奈地说,"她一直说要买个新电视机,总算遇到国庆折扣,就出手了。营业员不给拉掉零头,讲了半天,只肯送我们一把菜刀。我说不要了,她非要拿着。这个女人什么都舍不得丢。"

"有总比没有好。尹律师,你说是吗?"小曹笑眯眯地说。

"这里面是电视机啊?"我拍了拍纸箱。

"TCL数字窗等离子电视机,进口货。"朱文开说。

我顺手帮他们扶了一段路。到步行街出口,小曹说饿了,回去煮馄饨吃,并邀我一起。我知道他们住在附近,但从没登门过。本有犹豫,经不住小曹撺掇,心想回家也是寂寥一人，不如去稍坐一会儿。

城市的肌理丰沛，才转几个弯，喧嚣动天的闹市已远如昨日。我们钻进幽深的弄堂，由于路狭窄，三人无法并行，我走在他们身后。夜色沉寂，我微微耳鸣。一抬头，颠倒错乱的电线之间，立着一轮上弦月，金黄色，透过雾翳闪着光。小曹在前面哼歌，孟庭苇的《风中有朵雨做的云》。由一段嗡鸣牵引，我更加神游天外。又走一段，抵达一个天井。小曹提醒我踩楼梯小心，一边拉着我上了二楼。

这是典型的石库门里弄房，一室半户，再搭间阁楼，厨卫都属公用区域。往里走两步，木地板吱吱作响，我不由得一惊。

"尹律师，家里地方小，你不要嫌弃。"小曹铺平沙发毯，张罗我坐下。转身打开一旁的冰箱，拿出可乐和待化冻的大馄饨。一气呵成，我暗想，小曹已然是一个娴熟的主妇了。小曹说："下半年，我们就要搬去新房子了。"

"恭喜呀，新房买在哪里？"我问。

"就在蓬莱公园旁边。"小曹腼腆地说。

我猜她说的是蓬莱花苑，刚造没几年的楼盘。我的少女时代在那一带度过，即便许多往事在城景修缮中逸失，对地段还是熟悉的。小区里绿化很好，列着几栋配落地窗的小高层楼房，顶部设计成玻璃露台，天晴时一派通明。那里房价不低，或许朱文开真的赚到钱了。我故意不去细问，淡淡说起十多年前的一个传闻。蓬莱公园里有一座假山，山顶伫一棵老树，双人环抱才能将其围起。有一天夜里，附近居民看见观音菩萨从树里走出来。不论真假，公园声誉日隆。

"那么最好是送子观音。"朱文开说着，冲小曹笑。

"这么快，不多玩几年吗？"我有些吃惊，并不认为朱文开作好了当父亲的准备。

"我年龄不小了……她嘛，她喜欢小孩。"朱文开说。

小曹向我微微点头，端着碗往公用的灶披间去，我看不清她的表情。百无聊赖，我环视房间。五斗橱的上方，贴了满墙照片。我凑近一张张细看，都是小曹的人像，背景贯穿四季。面对镜头，小曹难掩肢体的紧绷感。对于自己正在被观看乃至记录，她一清二楚，并且无法忽视这一点。我没特意关注过摄影，自认鉴赏力不足。出于礼貌，指着一张还算动人的夜景肖像夸赞起来。

"这张好看，有点森山大道的味道。"我说。

"胡说八道。"朱文开说。我看多了他忽转轻蔑的模样，心想他的气愤未必和我有关，只是话题一落到艺术领域，便进入他愤世嫉俗的素材库。"我最不喜欢听到这种话，像某某大师，有谁的风范，你不知道这些高峰给我们带来多少阴影。又有多少人，缺乏原创性，偏要钻进大师的躯壳里，当一个鬼魂。一八四四年拍的《两广总督耆英像》，通常看作摄影传入中国的开端。到现在已近一百六十年，我们根本没有建立自己的摄影史。拍摄中国而知名的摄影师里，竟然没有一个中国人，这难道不荒唐吗？"

"看这几年影展的氛围，还以为国内的青年摄影师很活跃呢。"我说。

朱文开冷笑一声，说着语气竟激烈起来，仿佛一个人的音量可以抹除世间不平："有谁真的上了国际台面呢？谁在海外有话语权呢？郎静山算华人里最有名的摄影师之一了，但得到寇德卡、布列松的地位了吗？当中又断了多少代际？更别说年轻的摄影师了，把奖项当作名利的垫脚石，没一个做出真东西的。"

"你不是还在拍自己的东西吗？"我说。

"我选择走自己的路，自生自灭。"朱文开颇为悲壮地说。

"你的'无与有'展览办得顺利吗？"我忽然想起这回事，抱歉地说，"今年忙得焦头烂额，凑不出时间，就没来问你。"

"哦。"朱文开含混应了一声，又说，"还在协商。有什么要紧的，我现在的审美观念已经进化了，那几年拍的东西就算做成展览，也没有代表性。只要我乐意，机会多得是，还可以再挑挑拣拣。"

我觉察到他话语中的矛盾，但并未深究下去。一来，我自诩与任何人都无关，不愿意审视别人，总在钝化他们身上的破绽；二来，我相信艺术家无需讲求秩序，他们分形于每一个瞬间，在幽微的时间横截面里缔造无数庞然宇宙。而像我这样依赖于外在逻辑的，永远只能当一个平庸的人。思索之际，朱文开脸上已重燃光彩。慷慨谈及尤金·阿杰特、何藩、杉本博司、恩斯特·哈斯、斯蒂芬·肖尔，就像介绍柜子里的一套套瓷器。他显然从这些名字里汲取了力量，如招魂一般，流利而颇具雄心地吐出咒语。我坐在旁边，似一面笨拙的白墙，被他短暂地照亮，很快却兴味索然。

不久，小曹端上馄饨。热气扑面，我闭上眼睛。一些水汽覆在我脸颊两侧，耳中传来朱文开的侃侃而谈、小曹的笑声、间歇啜饮馄饨汤的声音。这就是具体的生活，尽管它也由一部分虚妄的念头所构成。后来我时常想起那一晚——不知为何，那些反复决意要铭刻于心的事情总悄然消隐，最终记住的都是一些意料之外的日常时刻。我记得小曹心情很好，馄饨吃到一半，翻出一件新买的罩衫，问我颜色、款式如何。老式窗框的木料已剥碎，玻璃刮得毛刺，唯有那几张窗花是新的、鲜艳的。小曹说是她自己剪的，朱文开描述起一桌子的铅笔、勾笔、碎纸、草稿纸、圆规、角度尺，还有擦了又擦落满四处的橡皮屑。朱文开不无戏谑地说，蛮好，把小曹也熏陶成艺术家了。我听得别扭，又说不出哪里不对劲，想替小曹打圆场，但小曹看上去完全不在意。

我们聊到深夜，出门时，树叶上的寒露落在肩头，使我一醒。这是二〇〇四年的秋天，空气中攒流着浩瀚的气息。时间并不被天穹中的光线所定义，每一刻都明亮如昼，街上闲荡着朱文开那样的游人——激昂、野心勃勃，有太多能量需要释放。在世纪之船的舷舳，人们感受到一些重大的事情即将发生，甚至相信会发生在自己身上。所有人都沉浸于等待，全场响动着无意间泄露的参差心跳声。那样的时代，没有人苛责幻觉，反而敞开胸腔大口呼吸迷幻的烟雾。因为幻觉也是真实，一切被体验所捕获的都归于真实。

如今回想那些年，几近失真。云霄飞车从高空滑过，谁都不知道轨道会在何处断裂。然而，在人们真正意识到之前，情势就发生变化了。

朱文开多少也算享受过成名的红利。虽然他从未正式进入主流视野，但无论如何，各地的摄影活动邀约络绎不绝。有段时间，他彻底从朋友聚会中失踪了。打电话问他，只道又在某个名不见经传的小城参加活动，才黄昏已经喝得大醉。我曾在半夜收到过朱文开的来电，他对着听筒喊，尹律师睡了没？我让我朋友跟你讲。随后，一个浑厚的男嗓音大声说起一种我从没听过的外语。当时天很冷，两人肆意笑了一阵，我几乎能想象他们口中喷溢的白雾。我骂了一句，挂断电话。

又过几年，我受律所外派，到陆家浜路上的单位工作半年。偶遇过小曹数回，有时寒暄几句，有时为避麻烦而绕开。印象最深的一次，小曹穿一件流行的渐变色雪纺衫，配一条玫红的七分裤。她大约刚从菜场回来，手提竹篮，疾步往前走。或许与着装风格有关，小曹的气质大有改变。那些柔弱、羞涩的成分蒸发殆尽，我险些没认出她来。

关于朱文开夫妇的消息，我从朋友处零星听说过一些。他们已有一个女儿，三岁，由小曹全职抚养。朱文开则腾出双手，到处周游，专拍艺术展的开幕式，或是贫苦地区的众生相——两种题材大相径庭，却都让他充满热情。当然，这些多只作了博客的素材。

那天，我正问朱文开在哪里，小曹的电话铃响了。

"喂……到了是吗？大概多久……我和尹律师在一

起呀,哪个尹律师,你是不是脑子坏了……不是,路上碰到的……车给你叫好了,你到时候从二楼的 6 号口出来……怎么可能在一楼,你这次又没托运行李,这点事情都搞不清,二楼 6 号口……我用另一个手机号叫的,锦江出租车……新号有优惠呀,就是操作起来比较复杂,我和你说……"小曹转过身,极为细致地讲了几遍使用优惠的流程,报了车牌号,又叮嘱朱文开要在十五分钟内入座,否则出租车自动开始计费,不划算。挂断电话,小曹朝我笑笑,说:"他刚到上海,从广州一个艺术节回来。"

"小曹现在真干练,到底是当妈妈的人了。"我不禁感慨。

"没办法呀,家里总要有个人做事,难道指望朱文开吗?"小曹坦率地说,"他是一个艺术家,在生活上一窍不通。尹律师,你不知道我一开始多崩溃,特别是怀孕的时候,这两年总算适应了一点。"

"小曹,你记得吧?有一年,我们去逛 M50 创意园区。"我说,那还是在小曹怀孕前。

"记得。我们沿路看了商铺和展览,走到园区最深处,你还请我喝了一杯咖啡……哎呀,已经是四年前的事情了,时间好快。"小曹说。

"我们去过一家画店,画家五十来岁,是东北人。

他的绘画主题主要是大雪中的铁轨，肃杀、冷硬，很有苏联风味。每幅画的细部之处，他会添上各种超现实的设计。这就让画看起来很奇怪，明明那种苏联调是过时的，同时又充满人造的先锋感——衬着寒酸的画家，这种反差更让人感伤。我们走出店门后，你小声说，真正过时的是那个画家，他落在自己的时代里，对我们而言根本没有共情的价值。"我不自觉停下来，注视着小曹，看她回忆起几分。我继续说道："那是近乎灵光一现的断言。我正思考你说的话，还没想清楚怎么回答，你忽然说起了别的。你怔在那里，回过神似的说了一句，尹律师，我准备好了。我问，你准备什么啊？你说，准备好做一个艺术家的妻子呀。我不知道你怎么会想到这个，就随意玩笑说，可你已经是了。你认真地纠正我说，不是的，我想好了，我要承担我们的生活。小曹，'承担'这个词语，多么沉重啊，我一时说不出话来。"

记忆无疑施展了某种魔力，小曹站在那里，显得不知所措。

"小曹，我是想说，你可以不用'承担'那么多的。你不能永远惯着朱文开，你要让他自己去看看，生活到底是什么样子的。"话一出口，我就明白自己多嘴了。但事已至此，也顾不得那么多了。

"朱文开弄不懂的，也不在乎。整天忙不停，只关心他感兴趣的事情，连个灯泡都不会修。我要是不管，谁来当家、养孩子？房贷怎么还？去年夏天，他还雇了一个人专门替他整理摄影素材，一个月给人家两千块。疯了吧，他根本不想想自己赚多少钱。我真的没有办法，最后，这些事情只好都由我来替他做。尹律师，我一向不喜欢抱怨的，不说这个了。"小曹勉强一笑。

"那你最近在做什么呢？"我问。

小曹一顿，紧接着神采焕亮起来，像走马灯的芯子瞬间被点上了火。我以为她要说出什么趣事，谁知仍然和朱文开相关。小曹说："我在给朱文开当模特。他其实有个拍摄计划，持续好多年了。最近正在排版，出了以后，我让他送你一本……我想知道，你是怎么看的。"

"好啊。"我说。想起他们老房子墙上小曹生涩的相片，我心念道，也许小曹确实和过去不同了。一个女人大刀阔斧地走在她的路上，即使面目全非，也不会回头——因为她深知，一旦回头，身后什么都没有。

"我们家就在附近。要是不怕小孩吵，有空过来玩。"小曹说。

她似乎想过来拥抱我，作为告别，或是某种形式上的善意的表达。但她把菜篮换到了另一个手上，迟疑过后，最终也没付诸行动。

结缕草已经长到半臂高，蹚过葱茏，小腿被挠得发痒。为迎接世博会，黄浦滨江已进行了功能调整，到处是后工业时代的绿地。夏天夜晚，我散步穿越滨水空间，往朱文开的住处去。他们家靠近城市最佳实践区，世博期间，这一带光影不绝，半夜还常能闻到氙气灯燃烧后的气味。

那阵子，我有个电视台的朋友策划了一档节目，以上海的文艺工作者为受访对象。闲谈时说起，我向他推荐了朱文开。我把消息告诉朱文开，很快约定了见面的时间。他殷勤地邀请项目组上门拍摄，声称一个艺术家的家庭环境是他内心的外化，他愿意敞开门，任凭采访者走到其力所能及的深处。我和朱文开久未谋面，对他的状况不甚了解，只知道他抱有厚望的新影集根本没激起什么水花。实际上，我有些担心他在节目中表演过度，但我想，他是需要这些曝光机会的。

我稍微迟到了一些。抵达朱文开家时，摄制组已开始在书房布景。小曹一边给我开门，一边还不忘朝里面喊："朱文开，你把落地灯打开呀，这个角度眼镜不会反光的。"她匆忙地招待我坐在客厅，又返身进书房，替朱文开微调了坐姿和朝向。末了，她轻吸一口气，拍拍朱文开的肩膀说："好好说。"

眼见小曹的雷厉风行，我深为震撼。我们刚认识时，小曹说话轻声细语，现在几乎每句话都在喊叫，尤其是对朱文开。听到里面采访井然有序地开始，小曹才安下心，带我参观了一圈房子。这里没我想象中那么大，主卧的门上贴着一对"囍"字，金粉勾边，其中一字的一角已翘起。次卧由孩子居住——为确保朱文开的采访不受干扰，他们的女儿被送去了小曹的父母家。我细细打量了一番，看来小曹每晚陪孩子睡在此处，朱文开一人独居主卧。房间里的诸多布置，其实我在朱文开的新影集《上海女郎（2003—）》里见过。可能因为难得有电视台来拜访，他们做了一些微调，着重展出了朱文开多年来在摄影上取得的成绩，尽管多是微不足道的。

回到客厅，小曹问起我对《上海女郎（2003—）》的看法。我说："很漂亮。翻完以后百感交集，这是一本属于你的摄影集。"

小曹望着我，像在等我继续说。见我沉默，她略带失望地说："尹律师，你大概是懂的，大部分人都看不懂……"

坦白而言，拿到相册的第一时间，我深信朱文开在模仿荒木经惟、筱山纪信。收录的照片拍摄于二〇〇三年至去年，显然精挑细选过。小曹或被置于昏暗幽魅的光线下，做出迷离的神情。除此以外，还有恐惧、悲伤、愤怒的时刻，但朱文开的镜头巧妙地从这些情绪中攫取了性的成分。接着，是我最难以评价的部分——影集里有四分之一是小曹裸体的照片。胸型、肋骨、腰窝、臀线、双腿之间、手指上细小的痔，每一处都被记录了下来。

"我自己挺喜欢的。一开始翻这本影集，我老是哭。朱文开问我，拍得这么好看，你哭什么啦？我也说不清楚，和美丑无关，也不是为那些大尺度的姿势羞耻，拍都拍了有什么好羞耻的……可能是因为时间，时间就这样过去了。我想到了死，觉得自己一次次地死在了照片里。"小曹提到死很坦然，完全看不出有什么负面情绪。她继续说："我们商量摄影集名字的时候，我建议朱文开，就用我的本名吧。但他有更大的野心，他觉得我不仅仅是自己，也代表了一代上海女性，最后还是听了他的，叫'上海女郎'。至于这个 2003 年……"

"我知道，是你们结婚的年份。"我说。

"是呀，你竟然记得。"小曹露出惊喜的表情。

"对了，认识你这么久，还不知道你的名字。你本名叫什么啊？"我忽然想到，就问她。

小曹说了一遍，我也跟着复述了一遍，但可能平时"小曹"叫得太习惯了，不出两分钟就忘了她的名字，只记得普普通通，可能和同一时代出生的很多人撞名。

"这本摄影集出版以后，我整天提心吊胆，怕我爸妈、孩子、朋友发现。你知道大部分人很俗气的，跟他们解释不通，而且人一旦被迫去解释就已经落入不公平了。可不管怎么样，我还是希望它能火起来，被更多人看到，那些都是我真实的生活啊。"小曹说。

"不要着急，慢慢来，请过什么媒体报道了吗？"我问。

"说到这个，我就生气。"小曹说。

她从茶几底下拿出一个很大的饼干盒。打开盖子，原来里面收纳了一些报纸、杂志、海报，数量不多，都是提到过《上海女郎（2003—）》的。小曹翻到其中的一篇，圈给我看，一边念叨现在的媒体有多刻薄。我接过来，只见上面写着：

国内摄影师的困境：哗众取宠，实质空空

这是我们第二次采访上海摄影师朱文开。在一家咖啡店，朱文开和妻子——他的新作《上海女郎（2003—）》的模特提前到达。我们进去时，朱文开夫妇和服务员正为他在室内抽烟而争吵。与八年前相比，朱文开变化显著。他在右臂上文了很多行数字，据说是他人生中重要的时间节点。朱文开

说，如果以后文不下了，他会文在脸上，就像中国古代受黥刑的犯人；因为遍地商业的时潮之中，热爱艺术是一种原罪。

在朱文开这一代摄影师身上，九十年代残存的狂热和面对新世纪的失措并行而生。摄影集《上海女郎（2003—）》是朱文开对妻子进行一系列以性为主题的摄影作品。然而，这种以商品化的标准贩售自己妻子的行为，更多是一种对道德的并不充分的挑战，从摄影艺术角度而言是不够的。朱文开声称，他想通过对妻子的事无巨细的观察，来重塑一个上海女郎在日常生活中的成长。这个女郎既是他的妻子，又具有普遍性。在朱文开看来，性，作为某种标价，有着更幽深的意味。只可惜问世后，《上海女郎（2003—）》并未像朱文开所预期的那样受到关注。

自二〇〇二年获得摄影银鹊奖以来，朱文开东游西荡，却再也没有交出让人眼前一亮的作品。究其原因，或与国内中青年摄影师面临的市场压力相关：摄影师一旦成为一个受瞩目的奖的获得者，很快就会消失，变成画廊或被改造的市场化的生产师。朱文开曾称会力拒这种妥协，但《上海女郎（2003—）》这本失败之作向我们揭示，朱文开已然极具迎合的姿态,但是市场拒绝接纳观念如此陈旧、技巧亦无创新的作品。

采访过程中,朱文开的情绪非常不稳定。时而亢奋,时而低落,特别是在后半程。每当我们提出质疑性的问题时,朱文开就一言不发。可以看出,朱文开的妻子在一旁替他着急。这位坚韧、能干的上海女性,对她丈夫的事业充满敬仰。无论她如何提示,朱文开就是不说话,她用复杂的眼神久久注视着他。或许,唯有她深信,朱文开的沉默之下蕴藏着某种巨大的力量。但是她错了,时间与市场都将向她证明,那沉默之下,其实空无一物。

我把那期杂志放到一边,随手翻阅其余报道。相比这一篇所展露的轻慢,其他文章更多呈现出一种冷漠。读完后,回看这篇采访稿,其中关于小曹的部分击中了我。我忽然意识到一点,长久以来,我总替小曹抱有不平,以为她敌不过朱文开那时刻高速旋转着的自我,以为她是被迫屈从于他,可事实上,其中多少有小曹自愿的成分,这是她的选择。她用自身豢养着周围的一切,以致我弄不明白她真正的需要。

房间的隔音效果不好,采访临结束,收掇的动静传来。小曹推开门,示意项目组暂停撤场,一边责怪朱文开。小曹说:"还得补拍一段,你漏提了。"

"什么?"朱文开茫然望着她。

"摄影就像枪……"小曹打手势提示他,急迫而谨慎地从词库里翻捡词语,直到朱文开恍然大悟。

"摄影应当一枪毙命,是对一个瞬间进行裁决,威廉·克莱因表达过类似的观点。这与我妻子的感受也是契合的,在被拍摄的那一刻,她的肉身转化为一道影像,这当中隐含着一种死亡的仪式:抛弃生命,从而被永恒所接纳……"

朱文开本可以谈一谈他的妻子,但他话锋一转,又落到更宏大的话题上去了。自开埠以来,女郎们如何风情万种,以叛逆这座与她们生活并不真的相关的城市。到今天,那种独特的风流遗迹,依然残存于上海女郎们的体内。我认真地听朱文开讲述,有时感到,朱文开就像一台放映机。他把诸多无关紧要的元素剪辑在一条胶卷上,再依照一种惯性,把它们播放出来。他自然能说得流畅,甚至为此装饰一种激情,但那些语句缺乏感受,不过是几蓬从河流表面飘过的浮萍。可紧接着,我又不禁怀疑,自己对朱文开是否太过苛刻。能在艺术史上占据一席之地的,都是由好运护送过的人。除此以外,大多数时候,好运只是玩弄人。有些人机敏,并未被眼前的幻景诱惑,或懂得在收益耗尽前及时转身撤离。至于朱文开，则属于那一小部分、自始至终都信以为真的人。

我后来对一些诗句有了体悟，诸如"昔年亲友半凋零""人生不相见，动如参与商"。诗人所感怀的，并非某个以"朋友"形式出现的实体人物，而是时间本身。我偶然想起朱文开，感慨不止，也是为此。自从采访那一夜之后，我再也没有见过朱文开。起初，我还试图打探他的踪迹，但几次无果，我并不强烈的好奇与关心也随之磨损。于是，我不自觉中裁去朱文开这一条人际分支，顺着自己的命运，浑浑噩噩地继续往前去了。

倒是不时挂念小曹，划火柴似的莹亮一闪，却来不及真的做些什么。

当年宴饮欢聚，座中朋友里，和我最熟的是周通。我们毕业于同一所大学，曾午夜结伴探访墓地，也曾几人喝醉后在马路上滋事。由于行业相近，时至今日，仍常相约聊一些案子。周通比我精力旺盛，能轻松驾驭社交，和诸多朋友保持着联系。关于别人的消息，我都是从他那里听来的。有一回见面，周通兴致勃勃地问我："你还记得朱文开吗？"

"那个艺术家啊。"我说。

"他老婆现在和老方在一起。"周通说着，眯起眼睛，面露谈论别人风流韵事时常见的神色。

老方也是我们一位朋友，前几年，靠做金刚钻生意发了财。老方结婚很早，但因从商应酬，身边的莺燕从来不少。我大为震惊，半天才问出一句："什么叫在一起啊？"

"这个事情，我怎么知道的呢？今年春节前后，老方叫我帮他留心，有没有一居室的房子出租。我托朋友找到一家不错的房源，干净、朝向好，正合他的要求。老方来签了合同，爽快地交了两年的租金。对于房子用途，他从没提过，但不知道为什么，我默认他要在这里租个小办公室。后来的一个下午，我外勤到附近，准备上去和他打个招呼。鬼使神差地，我想给他个惊喜，没有提前联系他。敲了半天门，一打开，是个很眼熟的女人。长得说不上好看，至少不是我欣赏的类型，大眼睛里透着一种薄命相。我们互相打量一会儿，有点尴尬。她先认出我，我才反应过来，原来她是朱文开的老婆。她也不避讳，请我进去坐，说一会儿还要去学校接孩子。她说朱文开失踪有三年了，房子因为抵押被收走，现在她在附近开了一家便利店，勉强可以养活小孩。"周通一口气讲下来，意犹未尽。

"那也不能说明她和老方在一起吧。"我说。

"还要怎么说明，不然老方怎么肯掏钱租房子？"周通不以为然。

"我印象里，小曹不是这种人。"我说。

我有点闹情绪，尽管在本质上，我根本不在乎事实如何。多年未见，小曹身上发生了极大的变故。即使她真的和老方在一起，同我们又有什么关系？可说不上来什么原因，我就是不忍心她这样被我们讨论，我为此刻而内疚。

"有时候，我真搞不懂你，也算有过经历了，还那么天真……你还是个律师啊！"周通以朋友的口吻调侃道，又话题一转，变本加厉地挥向小曹，"你看过她的裸照吧，整整一本。这样的女人，会是什么正经人吗？她又没上过班，朱文开走了，另谋出路也很正常啊。这个社会很现实的。"

我哑口无言。一路上，不免想起过去与小曹的种种交往，恍如隔世。回到家里，我找遍各个柜子，终于在储藏室的一堆旧报纸下找到了那本摄影集。

封面是一张小曹的背影照，右上角竖直标注了摄影集的名字。可能因为保管不当，"上海女郎"四字分别有不同程度的褪色，"海"俨然成了"每"。我重新翻看影集，一些细节意外地清晰起来。住老宅期间，小曹用健力宝的广告纸糊在煤气灶上，然后回头强撑起一抹妩媚的笑——那时她还多么年轻，无论做错什么，时间都护着她。整本影集里，小曹一直戴着一条项链：金色的，十字形；而在一张裸露的全身照中，她摘掉了那条项链，神情决绝，像一个等待被枪决时被迫抛弃尘世中累积过的一切的囚徒。最后一两年，她胖了，肤色显得更白。她的年龄增加了，对卡通元素的喜爱反而更不加节制，服饰、毛巾、窗帘、玻璃贴都有所体现……把影集放入抽屉时，许多问题浮上心来，周通他们又会怎么翻看它呢？潦草地翻阅，还是久久地停留在最直接地贩卖色情的那一页？老方决定对小曹伸出援手前，是否被其中的某一张照片所打动呢？他们会常常打开它吗？还是观后即弃，就像在饭桌上听过一个低俗的玩笑。

我频繁地梦见小曹，她像一朵积雨云，游荡在我的潜意识中。在一场梦中，我和许多人身处一个古埃及亡灵主题的露天展览。小曹也在现场某处，我找不到她。莫名其妙地，我对小曹怀有歉意，那种道德层面的压力似一束气球拴在我的肢体上，使我失去一些对自己的掌控。为了缓解歉意，我必须为小曹做些什么。但在那样的场景下，我能做的，只有拼命对周围的人夸奖小曹。当我走过一个隐蔽的展厅时，我蓦地看见了她——小曹正在吸一具开棺木乃伊的鬼魂。

我问周通要来便利店的地址，寻一个周末，买了水果礼盒前去探望。坐在出租车里，种种顾虑冒出来：也许一个落魄之人最怕见到旧友,也许小曹对我的记忆早已趋于淡漠。我一度想回头,但终因信赖我与小曹多年前的默契,到了店铺门口。天已经太冷,当你凝视任何一处,都为它感到孤零。那是沿街的一家小店,玻璃门嵌在破旧的砖墙之间。没挂招牌,倒配了一块磁板,上面分行写着"烟酒/电话卡/批发零售",字迹有一种学生临摹式的端正。

店里只有一个人。我进门时,她正低头看手机。我绕到一排货架后,扫视满柜的货品。童年时,我有过开一个便利店的理想。可是当我站在那里,面向一种密匝而具体的生活时,头一次深感过去拳拳在念之物是何其遥远,并且,虚假。我深吸一口气。

"尹律师……"小曹试探地叫了我一声,想必已观察我许久。我转向她,双手提着沉重的礼物,使我更加笨拙。小曹面露惊喜道:"没想到真是你啊。"

"我过来看一看。"我说。

小曹从内室搬来一把有靠背的椅子,殷切地招待我坐。她剪了短发,仅至耳根,乍看像变了一个人。这种外表上的陌生感,总让我有些拘谨。小曹可能也察觉到了,见我没有接她从暖柜里拿出的饮料,就轻轻地摆在桌子上。我浑身僵硬,仿佛刚被一颗巨大的雪球砸过一样,迟迟缓不过来。小曹坐在我旁边——那不仅是她,也混杂着几年中的变故、领悟、期盼、挣扎，以及当一个问题迎刃而解时短暂充盈起的虚幻光线。她在人生途中满载而归，担负着她并不想要的行李。所以，她才看上去那么沉稳，昔日的少女成为一道破碎的影子。我们静坐了很久，聊一些无关痛痒的话题。我一边回答她，一边回想多年前初见她时的情境。她是那样纤弱，浑身发出细碎又闪亮的光——原来纤弱是一种没受过伤害的人的特权。

"……我后来明白了，没朱文开在，日子也能过。"小曹说，主动提到了朱文开。

"你们一点联系都没有了？"我问。

"是呀。"小曹说。

"小曹，你当初为什么喜欢朱文开啊？"我小心翼翼地问。

"这该怎么说呢？"小曹低头笑了，"朱文开人很好，就是太老实了。尹律师，艺术圈你知道的，喜欢新鲜面孔，竞争又这么残酷，以朱文开的状况不可能折腾出什么名堂来。跟他在一起，我老是生气。我无数次忍不住问他，你到底会不会当艺术家？"

我默然。我从不认为朱文开老实，他只是有一种说不上罕见的天赋，能够勇往直前，忽视与自己目标无关的一切。可想而知，他身边的人需要承受多少灾难。正有感叹，小曹忽然向我投来灼灼的目光。

"尹律师，我一直不好意思问你，你为什么会离婚？"

"因为……那时候太年轻了，我对婚姻没有概念。一心以为，只有相爱的人才能一起生活下去。"我说，完全没想到她会问这个。我的说辞听起来非常虚妄，多年来，对不同的人讲出来，他们的理解千差万别。然而，这是一个深思熟虑后的答案，几乎接近真相。

前夫是我大学校友，比我高一年级。在我毕业的翌年，许多线索突然指向了婚姻。起初，他带我参加一些年长朋友的婚礼，总有人问我们的婚期。渐渐地，连旁人称赞我们匹配也成了通向家庭的红毯上的一枚枚针脚。他是最早一代从事私募的，工作操劳，又恰逢他母亲查出重病。有时他想——就像一种魔法，也许结婚会让生活有一个新的开始，至少是一种转机。这段婚姻存续不足四年，到最后的时刻，我们都精疲力竭。对朋友们，我们无力为自己或对方辩白，只好尽可能不去谈论。

"是他对你不好吗？"小曹问。见我无言，小曹又说："你不要怪我多嘴，只是大家都说，尹律师一贯是最体面的，从来不会做错事……"

"这不是关键，小曹。他是一个非常可靠的人，这一点我从不怀疑。问题在于,我总有太多困惑,不能装作无动于衷地过一种正常的生活。我想知道,那些平静的表面之下有什么,我想看清那口深井的底。当时,我想弄明白的是'爱',但婚姻和爱是两码事,是我太苛求了。后来我想,这样也很好,或许独居更适合我。"我说。我似乎又犯了年轻时的错误,讲得太多,直到旁人都落入空洞的沉默。我们最初说的是方言,不知从什么时候起,已切换成普通话。语调不自觉慎重起来,擦亮一个又一个词语。小曹看起来有些惊讶。

有人走进店里,在几个货架间徘徊。一时间,我和小曹都不说话了。我听见外面传来鸟鸣,透过那扇小小的店门,小巷以完全静态的形式存在。它填满秋冬干燥的阳光,却莫名显得有些萧条。顾客来前台结账,小曹利落地按下计算器。念数字的机械女声打破了室内的寂静,如同梦呓。我一时恍惚,不知自己正处在哪个时空。不久,小曹轻声说起话来,像一支蜡烛被幽幽地点起。

"到底什么是爱呢?"小曹问。

"没有标准答案的。"我说。从《会饮篇》衍生出那么多爱的理论,但对我有效的,只是自身的体验。那时候,就我而言,爱是驱除一切幻觉后的选择。在漫长的人生之中,它含纳着一种艰难的自我审视,用以拒绝一层层幻觉的诱骗，并且要忍受不断破碎的无望。爱是人最终走到某处的原因。

"一个人要是能够爱别人，多了不起啊。"小曹脸上没什么变化，声音却哽咽。

我久久望着她，她喉咙口那块圆形的甲状腺软骨上下滑动，似在吞咽。平时生活里，许多词汇可能从来不在她的话语范畴内，但不说并不意味着她不明白。我忽然感叹说："但是小曹，牺牲并不能换来爱，这跟你的姿态无关。你强势也好，温柔也好，凶狠也好，卑微也好，这种交易都是行不通的。"

那次见面，我不记得是否询问了她朱文开的去向。其实周通向我暗示过，朱文开的"失踪"是被迫的，他得罪了很重要的人。有些人是这样的，以不辞而别的方式突然消失，成为朋友们口中一个带点危险的传奇。但我又有印象，应该是小曹说的，朱文开是去拉萨了，他跑到海拔四千米的地方，要攫取一些前所未有的素材。我脑中有一幅水波影似的模糊画面：小曹说着，眼泪就落了下来。然而，假如小曹真的哭过，我理应记得更清楚才是。

后来，我和小曹又见过几次，但再未像在便利店那般彼此坦诚。隐秘的通道不会常开，当我们之间的友善被俗常所同化，能聊的也就剩下一些琐事，以及那本应深埋于命运树洞的无尽怨怼。频繁往来，更夸大了我的不耐烦。这时，一个惊人的事实浮现：小曹甚至算不上我的朋友，我们的人生路径存在多大的差异和不对等。如果我有分配运气的能力，像《睡美人》里的仙女或从魔盒中归来的厄尔庇斯，我固然愿意赠予她最好的预言。可当她出现在我面前，满口育儿苦恼、廉价货物、邻里长短，我实在挤不出兴趣来。敷衍久了，难免疏懒。小曹察觉到我的冷漠，联络也就日渐稀少了。

有一回春节前夕，我在家中清扫。到下午，日光从西南阳台趟进来，把取暖器的铜丝映得发亮，像有一些若隐若现的音符在空中燃烧，我正落入这诗意的瞬间，门铃忽然响起来。我拧开把手，门外站着一个女人。乍看非常古怪，她穿一身红色羽绒服，头部被御寒装备包裹着。在上海，冬天的寒冷远没到这种地步。我们对望了一阵，隔着那个老式的棉纱口罩，我认出了小曹。

出于待客之道，我连忙请她进来。但我撑在门框上的手是僵硬的，发冷。我引她到沙发旁坐下，转身入厨房，把提前为春节访客准备的零食倒进水晶果盆。当我一人独处时，内心的紧张感升到了更高处，使我得以看清楚——那毋宁说是一种警惕。我反复思量，到底何时给过小曹地址；而她突然上门，又带有什么样的目的。人们对于从未亲近过的朋友和亲近了又疏远的朋友，态度是不同的，后者无疑复杂一些。末了，我调整好情绪，端着盆子回到客厅。

小曹已脱下外衣，她比过去更臃肿一些。她身上有一种松软的、正在耗散的气息，稍聊几句，就会走神。我想起儿时有个邻居奶奶，晚年就是这般。她像发酵的粉团成天瘫靠在门口的藤椅上，殷勤地向众多子孙说重复的话，从来没人当真。小曹开口，还是那些老生常谈。又说到她女儿刚过钢琴十级，临升学，想进区里一所著名的附属中学。

"但现在办什么事不花钱呢，忙活不停，眼看就过年了。"小曹说。

"店里生意还好吗？"我问。

"现在上海十步一个连锁便利店，小生意难做。房东要涨房租，我上个礼拜还和他大吵一架，实在不行，明年换一行做做。"小曹叹一口气说，"不像你们律师，有知识，赚钱容易。别人想给你们业务，还得求你们。"

我这才仔细地观察起小曹来。她的眼窝陷落了，眼周长出细纹。表情一动，褶皱更重。但这些痕迹又不像衰老，而像跌入世俗的浪潮之中，年龄、身份，一切特征都被洗涤干净——她是褶皱本身，无常，也无甚意义。

我严肃地反驳她："不能这样说，谋生、赚钱，从来都不是容易的。"

小曹连忙说:"那当然,律师赚的也是辛苦钱,可到底比普通人强得多。我最后悔的就是没有好好读书,结婚太早,人生一下子封闭起来。现在还拖一个孩子,没精力出去上班。我爸妈自身难保,一年一年下去,实在不好意思再问家里要钱了。"

此时,我几乎可以确定,小曹是为钱而来的。我下意识地皱起眉,故意说:"小曹,我今年查出来身体不好,大半年都在休养,对外面行情不大了解。大家都有难处,但只要跳出这个阶段,慢慢都会好起来的。"

"我是怎么都可以,就是孩子……"

"小曹。"我打断她,语调生硬,露出罕见的不容置疑。我说:"小曹,如果明年有什么合适的工作岗位,我会替你留心的。"

小曹大约被震慑了,不情愿地止住话题,最终也没开口借钱。我们相顾无言,我剥了两个橘子给她。她把橘瓣放进嘴里,一咀嚼,酸得五官向内紧缩起来。我见状也吃了一瓣,但觉得平淡无奇。她又稍坐一会儿,红日偏西,天光黯淡。小曹忽然站起身,与我道别。

我送她到门口,继续此前的收掇。冬季天黑得早,顷刻之间,夜潮已淹没了边缘的碎亮。我松一口气,打开灯。一个崭新的世界呈现在眼前,明亮、冰冷、空净，使人忍不住有所挂念，却想不起那消逝之物究竟是什么。小曹离开后，我的心情平静许多。现在，我能明白这段关系里自己无法忍受的部分：轻慢，以及我的好意被视作理所当然，否则她怎么敢如此轻易地跨越边界，不请自来呢？然而，这当中是否也有信任的成分呢？毕竟机缘巧合之下，我们曾有过那样的交汇。又或者，仅仅是迫在眉睫的拮据，让一位母亲舔颜向人求助。越往下想，反而越混沌。

门铃又响起来，我猛地惊醒。望一眼挂钟，距送别小曹，其实才过五分钟而已。

依然是小曹，手足无措地站在门外，面带一种颇有讨好意味的笑。我看着她，回想当年环绕圆桌坐着，朱文开大放厥词，小曹也是含着类似的表情注视着他——更纯真，饱含期待，而年轻使她无论如何都不至于显得凄凉。那时我想，这个女孩多招人心疼，她怎能对自身的命运怀有这样一种没来由的感激。

蓦地，我心软下来。

"小曹，如果你有什么困难，都可以跟我说的。"我说。

小曹望着我，脸色涨得通红，好像这一切完全出乎她意料似的。她的眼眶里翻涌起泪水，热雾腾腾，但最终消隐下去——她忍住了。说不清一闪而过的是何种眼神：困惑，或难以置信？那巨大而神秘的能量，转瞬无踪。我不再了解小曹，也许我从未了解过她。

"不是的。我忘记把垃圾带下去了，尹律师，你给我吧。"小曹温和地朝我一笑。

我再次送她走，这次是真的。我们穿过新刷成米黄色的楼道，冷空气灌入大开的窗户，夜是低声咆哮着的。等电梯的过程中，我们反反复复地告别。仿佛我们正站在一个分道的临界点上，此后天各一方，有太多话来不及说出口。电梯门关上时，小曹向我挥手。眼看她就要消失在钢材的缝隙之中，我如梦初醒。

"小曹！"我扑向电梯门，但已经太迟了。走廊里回荡着我的声音："你到底叫什么名字啊？"

电梯门上的手印慢慢褪去。只要时间充沛，万物都能恢复原样。我木讷地站在电梯口，脚上还套着一双居家拖鞋。透过玻璃往外看，灯火早已侵占了城市的紧要关卡。行人很小，两向走动，就像游戏里一粒无足轻重的像素。我极力捕捉昔日的踪影，朱文开、小曹，还有许多已经没有联系的朋友，浩浩荡荡的风终究是吹过去了。恍惚间，想到一件往事。很多年前，朱文开邀请我去他租的工作室看DV录像带。大概都是他在上世纪九十年代拍的，取材于各种音乐节上的摇滚歌手。关了灯，投影幕布垂落，然后光线把那些自由的灵魂编织显形。黑暗中，朱文开凑近我，炽热的呼吸喷洒在我脖子上。我猛地推开他，一怒之下，把摞在桌上的录像盒全掀翻在地。我告诉他，不要对我用这一套，我对他毫无兴趣。朱文开蹲在地上，缓慢地捡起落物。可能受了我的刺激，待他重新站起来，已经换了一副脸色。朱文开说，怎么玩笑都开不起？实话对你讲，我下个月结婚。新娘子是个年轻小姑娘，漂亮得很。我冷笑一声说，蛮好。朱文开见我无动于衷，又加重语气说，我认真讲的，我要重新开始，好好地去过一种真实的生活。当时，银幕定格在一帧泛着蓝光的空镜头上，朱文开的脸也被染上一种浅蓝。在覆了一层轻盈水色的氛围里，语言变得柔韧起来，我几乎要相信朱文开对新生活的决心。然而，谁能想到，他竟全然与立誓背道而驰。当他在光影中正色念出"真实"一词，就已经是他离"真实"最近的时刻了。

出　　鞘

一九九四年夏，有人给了我一个苹果。烟台红富士，纹路似一场血雨。苹果的顶端，用一根白色棉绳悬吊。这样一来，我就能把它当作一种玩具：一个怀表，一块催眠玉佩，或者是挂绳的苹果本身——我父母结婚时，它曾被用来做接亲的挑战游戏。那人给我苹果，是为了叫我闭嘴，好让他能连贯地讲述上个月的日本之旅。那一年我八岁，没什么远见，容易收买。我把苹果绑在衣柜把手上荡秋千，一边听他说，他和妻子如何一路从关西到九州。京都人固执，福冈人活泼，而衔接两处的是知名的游轮航线。夜半舷窗里，两轮清亮的白影辉映，好一幕"海上生明月"。我的父亲打了哈欠，露出发黄的烟牙，但并未能终止滔滔不绝的讲述者。那个男人越说越兴奋，口水恣肆，洒在母亲新换的沙发罩上——粉红色的凌霄花纹路，对脏污几乎没什么抵抗力。和他相比，他的妻子显得过于沉默。她有一张苍白的圆脸，像一截不太吉利的蜡烛剖面。她的手里抓着一把炒松子，很香。母亲塞给她时，我甚至有些舍不得，幸好她只是象征性地吃了两粒。

其实这几年，很少有人说起一九九四年夏天的那一系列事件了。

周围的朋友都知道，我曾在这些事情上耗费过很多精力，想弄明白当时究竟发生过什么。为此，我还写了一篇特稿，投给一家非常知名的南方媒体。如今，距这篇稿子发表也已有五年了。新的时间灰尘纷纷落下，仿佛一场永无止境的暴雪，真相藏得更深了。好的一面是，当我重述这些事情时，我突然拥有了虚构的空间。有时候，我故意把它讲得充满戏剧性。巫术、复仇、性、一些更隐秘的动机，只要想到，我就随手编进去。又或者是，严肃地把它葺成一段微观史，从各个视角去还原案发时的社会气氛以及每个人所看见的碎片——最有意思的是，人们如何谋划着利用这些事件，从中挖掘属于自身的利益。不过，论这一系列事件在我生命中的起点（即第一张多米诺骨牌），就是上述那幅场景。尽管，它离事情正式开始还有一些距离。它更多作为一个征兆，在直觉尚未封闭的儿童身上，唤起了一阵难以言说的恐惧。

开头说的那个男人，是父亲的一位同事。他教数学，和艾萨克·牛顿一样有一头卷发，只是数量要少得多。我印象最深的有两件事,一是他每说几句话,就会加入口头禅"册那";二是他进出门换鞋时,他的妻子会蹲下来给他系鞋带。那是七月,我记得很清楚,因为离我的生日很近。他们给我带了当时流行的宝石花饼干,但母亲转手送给了别人。那些年里,父母似乎亏欠了数不清的人情,以至于我很少能真正占有原本属于我的礼物。

那时,家用电话的普及率很低,我们家的通信还在靠口口相传。所以直到第二周的某一天,父亲兴冲冲地下班回到家,我们才知道发生了什么。

在方浜路与中华路的交叉口偏南,有一片典型的老城厢弄堂区域。其中有一条玉带弄,形似其名,以弄堂口理发店彪悍的老板娘为典型标志。一九九八年以前,我们一家住在那里。那天晚上,数学老师小杨夫妇出了我们家,打算去外滩坐26路电车回徐汇。小杨喝了一些酒,浇灌出平日里难以完全施展的得意。是盛夏,每棵树都聚集了许多种鸣蝉,夜夜不息。路灯剥落叶片的影子,密密铺一地。小杨投下摇摇晃晃的阴影,缓慢地填满叶影间的空隙。他似乎有点失控,一边走,一边大声对妻子说些什么。关于今日宴饮的高潮,关于下一步的旅行计划,关于他如何善于结交各路英雄豪杰。还有一些黑色针尖般的刻薄论断,只在亲近的人面前说。但并不意味着，这就是他的真心话——那个鲜亮版本的自我掌权太久了，此刻，人原始的攻击性浮上水面。说出口，无非是因为对妻子不必掩饰。就在这时，一长串摩托车的轰鸣从马路对面飘荡而来。起初，这种声响不过形成了一种阻碍，迫使小杨更响亮地重复话语。十秒，三十秒……总共将近一分钟，小杨和妻子又往前走了一段，竟还能听见摩托车的声音。两人这才感到蹊跷，连忙回头看。眼前的一幕，让小杨猛然清醒过来：悬铃木下，蜷缩着一团人影。长发，飞出的一只鞋子连着小方跟，判断应是女性。摩托车早已消匿，茫茫黑夜，了无痕迹。尽管如此，两人还是屏住了呼吸，小心地往那具人体处移动。走到近处，更多触目惊心的线索裸露出来。女人看上去三十岁出头，衣衫凌乱，像一个被翻得底朝天的烂箱子。细心的妻子发现，女人的一对耳垂正汩汩流着血。妻子蓦地意识到，有人以极其粗暴的方式扯走了她的耳环。耳朵上只是小伤，致使她昏迷的，是脑后一道豁口。兴奋的鲜血正从中往外漫溢，混到沿街沟渠的污水里，一起往下水道流去。头顶的蝉丛依然欢鸣，不明白它们为什么好像从早到晚都有喜事。出于本能地，妻子抱住小杨肩膀。她最初感觉手心发烫，仿佛体内的温度正通过那条神秘的生命线向外流逝。紧接着，浑身冷得止不住痉挛。在小杨身上，则是食物忽然起了作用。一股冷牛肉味翻涌上来，一股气化为嗝，引爆了一场呕吐。背对着那个女人时，他们想到了报警。

哎哟，是敲头抢劫案。母亲听到这里，已把事件和近期传闻联系起来。父亲点头，继续说，那天晚上，他们被拉到公安局做笔录，结束天都亮了。母亲问，他们还说什么？父亲笑着说，你肯定想不到，小杨看起来人高马大，说到这件事吓得和鹌鹑一样。母亲眯起眼，似在想象小杨讲述的腔调。母亲说，他有点表演型人格，十句话里只能信两句。父亲说，这不是开玩笑，人家真的遇到了。你知道吗，如果摩托车从反方向开过去，靠近他们走的那一侧车道，被敲头的可能就是小杨……母亲打断说，不可能。父亲说，怎么就不可能？母亲说，他们有两个人。父亲说，摩托车有一个车队呢。母亲异常斩钉截铁地说，反正不可能，敲谁也敲不到他。父亲只好妥协，缓和说，你对小杨有偏见。

事实上，虽然同为现场目击者，小杨和妻子的口供有好几处偏差。其中有一处，就在于摩托车的数量。小杨声称，亲眼看见摩托车队从身边开过，最后一位车手戴着深红色亮面头盔。车数大约三到五辆，当时，他还以为是深夜飙车党。妻子却说，什么都没看见，从马达声响上判断，车数不多，甚至可能只有一辆。对于相互矛盾的口供，警察照单全收。对立的语言构成这个世界的棱角，使它摆脱混沌难分的形态。况且，谁说"主观"的涂层不是世上真相的一部分？

每逢周末，母亲骑车载我去外婆家。父亲也去，但稍晚，如此便能从繁冗的家庭聚会之中裁出一段个人的时间。外婆家在大东门，更准确地说，是复兴东路404弄——404弄没有别名，亦未形成小区。孤零零两排楼，绝大多数居民都是从二十世纪六十年代末"棚户危房改造时期"就开始住在这里。外婆家在二楼有两套房，并不相连，分别位于楼道的头尾两侧。尾一间朝向不好，面积也不大，称为"小间"。母亲出嫁后，小间就分给舅舅独住。那时舅舅大学毕业已有两年，在卫生与计生委上班。那个星期六，外公、外婆与阿太都在。母亲一进门，就说起了外滩的敲头案。外公追问着细节，有的母亲也不知道，但还是连猜带蒙地做出回答。老人们听得津津有味，感叹世道凶险，人生无常。案发处离我家很近，使得这种感叹多了几分紧迫性。我们就像一群躲在山洞中的人，谈论着莫测的外界，借助一种虚弱感与彼此建立更深的情感联系。不一会儿，外婆想起了什么，从一个蓝色塑料筐里翻出了一本硬面抄。那是她收集的剪报，多是一些生活小技巧和寻人寻物启事，尽管她从未真的帮助他人找回过什么东西。外婆翻到最新的一页，只见上面贴着一条简讯：

据新华社上海 7 月 22 日电　近日，上海市公安局南市分局接到报案，一名女子被发现倒在马路上。警方赶到时，该女子已因失血过多昏迷，身上总价值不低于六百元的钱包、首饰、手表均被抢走。凌晨四时，该女子因抢救无效宣告死亡。该女子后脑有一处醒目的钝器伤，为直接致命伤。初步调查结果显示，该女子是一家保险公司的销售，原籍湖南，到沪工作刚满八个月。

是什么原因，导致外婆剪下这条信息并不明朗的新闻，我无从知晓。母亲拿起硬面抄，食指在本子边缘红棕色的胶带上轻轻划动。她看了很久，远远超过读这段话所需的时间。或许她读了好几遍，用目光审问每一个可疑的词语。外婆见状，插嘴说，这几年，飞车抢劫越来越多，听到声音要跑得远一点。母亲说，这种事情碰到就碰到了，能往哪里躲？外婆说，如果要钱，就全部给他们。母亲想了想说，六百块，比一个月工资还多，有点舍不得。外婆拍了一把母亲，笑说，你这个人，一分钱看得比人民广场还大。

每周六的家庭聚餐，已在长久的践行中确立为习惯。即使在梦中进入这样的时刻，那张黄色木纹贴片的八仙桌依然清晰有型。满满一桌菜，散发着丰富的诱惑性，既朝向肠胃，也朝向精神深处因久未团聚而收紧的灰色神经。这些家宴的临门一脚，总是由外公完成。他站起来，穿过公用厨房里混合的油烟气，快速爆炒一道响油鳝丝。末了，撒上胡椒粉，它在桌上的落定声意味着筵席的开始。

通常，只有每周六晚，我才见得到舅舅。一九九四年，舅舅二十五岁，时间还没开始从他身上掠夺任何东西。他的长相全然吸纳了父母的优点，高个子，五官英气。然而，真正使他在朋友之间建立号召力的，是他的胆量、热情、创造力，以及细沙般铺在性情底部的无尽好奇之心。多年后，他的高中同学仍然记得，一九八六年世界杯决赛，他教唆大家集体逃课，聚拢在家里那台12寸的黑白电视机前。超级球星马拉多纳正处于他的巅峰时期，阿根廷一路势不可当。在与意大利的决战中，马拉多纳凌空抽射，解说和现场同时欢呼起来。隔着屏幕，他们看见马拉多纳纵情一跃，10号球衣在半空中撒开。舅舅的同学说，他永远记得那一幕，二十世纪八十年代最让人心潮澎湃的风从地球的另一面吹过。这些体验得以发生，都拜我舅舅所赐。但那些朋友眼中熠熠发光的面目，往往会在亲情的渗透下变形。至少在我眼中，舅舅是喜怒无常的，很难琢磨他究竟在想什么。信口一句话，都可能引发他的不满。就算正在饭桌上，他也不在乎随时丢下碗筷——这是他成年后常见的生气方式，将一扇看不见的铁门紧紧关闭，所有人都被隔离在外。另一些时候，他表现得异常和善，仿佛提前赦免了所有冒犯。他会满怀耐心地，听阿太讲已重复过无数遍的琐碎往事，仍装出第一次听时的惊讶；或是用漂亮的隶书替外婆抄写记账本，一页又一页。曾经有一次，他带着东方三博士一般的慷慨，把他精心收集的一套《蔡志忠漫画》送给我，我简直受宠若惊。每逢那样的时刻，我们就知道他当日的心情不错。于是，外婆会追问一些他平时绝口不提的私事。

因为事出新鲜，那天我们总说起那件敲头抢劫案，晚饭时也不例外。舅舅有些心不在焉，几乎没有参与我们的谈话。父亲最初补充细节时的兴奋劲头，也在闲谈间耗散了。不知从什么时候起，餐桌气氛已落入沉闷之中——大家至此才恍惚悟到，原来死亡具有使生活降调的力量。当你反复讨论它时，它便不甘于再以玩笑的方式出现，于是利刃显形。家中的阿太年过九十，平时寡言少语。此时，阿太忽然说了一句，都是命。她的牙齿早已漏风，话语如风灌过齿间的洞穴，心中的真意还未传达即吹散。但这一声"都是命"，却清清楚楚地抛进所有人的耳朵里。这句话多么铿锵有力，像长着根须似的，要往深邃的地方扎去。与此同时，它又被说得那么小心，仿佛隔墙有耳，仿佛那个叫"命"的神怪此刻正抱在吊扇上，偷偷地掂量着我们对它的评判，并随时准备着报复。

很快，第二起案件发生了。一名华姓女教师被发现倒在离家八十米的岔路口，同样伴生着一个位于后脑的血窟窿。华某今年三十五岁，在一所公立小学教音乐。据同事说，华某弹得一手演奏级别的好钢琴，尤其喜欢在课间弹李斯特的《爱之梦》第三首，教小学生属于大材小用。事发当晚，华某与朋友相约看一场南市区人民滑稽剧团的表演，散场时间为十点。从南市影剧院步行回家，通常只需十分钟，但直到十点四十分，丈夫都没等到她回家。漫长的等待过程中，丈夫不慎睡了过去。不知过了多久，丈夫听见华某在楼下大喊了一声，让他把钥匙丢下去。他猜想华某忘记带钥匙了，就迷迷糊糊地起身，照着嘱咐把钥匙从窗口扔了出去。转头看了一眼墙上的猫头鹰挂钟，凌晨一点刚过。他没有多想，倒头重回梦乡。天亮时，他被一阵警车的鸣笛吵醒，顿时产生一种不祥的预感。匆匆下楼跑过去，只见满身鲜血的妻子正被抬上担架。警察告诉他，妻子身上所有财物全都被抢走了……

这篇报道写得很详细，不少细节栩栩如生。对于丈夫叙述中的偏差，记者并没有想办法找逻辑圆回来。假如真像他所说，妻子十点散场，为什么凌晨一点才回家？华某家住一栋多层建筑的五楼，即使华某在楼下喊叫，声音怎能清晰地传到他们家里？既然华某大声喊了，为什么楼里其他邻居均未听到？华某的尸体被发现的位置，离楼有一段距离；她拿到钥匙以后，又转身要前往何处？

一时间，到处都在讨论这起案件。人们普遍认为，丈夫所经历的是华某临终的托梦，并未在现实里发生。从古到今，类似的传说不胜枚举，再多华某丈夫一例也无妨。可这些虚幻之说，终究无法让人真的信服，不过是为案件添了一些神秘色彩。

因为同在教育系统，父亲很容易就打听到，华某在城隍庙附近的崇德小学上班。和新闻报道里展现的不同，同事们对华某多是欲言又止。稍直白一些的，说她"眼睛长在额头上"，清高惯了，看不起人。其实华某入职崇德小学，不过是两三年以前的事情。传闻她过去在音乐学院工作，闹出丑事，才被迫换个环境重新开始。报信人挤眼一笑说，多半是桃色事件。实际上，桃色、黑色、绿色、深红，有什么区别呢？儿时读"井底之蛙"的寓言，不觉得青蛙可笑，反而涌起一种感伤。它说的并非目光短浅,而是例证了生命的有限性。为了活下去,必须常常忘记自己正身处在一个巨大容器的底部,无论如何翻腾都不能逃离。灰色、白色、蓝色、紫色,由人塑造,而真正与我们对峙的是永恒的无望。

每天四点半,外婆会去附近的小卖部,等《新民晚报》入库。只要我在身边,也跟她一起去。那年夏天,时间尤其绵密。汗水悬停在额上,掩映一个微缩而丰沛的世界。我盯着它思索很久,以为一天就这样过去,实则只过了五分钟。外婆拉着我,穿过狭小的后弄堂。我轻轻擦弄额头的汗,它蕴藏着咸味的晶体,以及一种他日将变得若即若离的记忆。大人们在荫蔽的屋檐下聊天,轻声细语间,404弄的秘密讯息被交换。小卖部的老板娘年龄与外婆相仿,退休以后,她一手建立了这个商品与信息的中转站。老板娘不自觉压低声音,告诉外婆,两号楼的静姑娘确诊了精神病。外婆故作惊讶,好让这些话显得更有价值。外婆说,外面精神病人越来越多了。以前的人能吃苦,什么都能忍住,现在大家都越来越娇气了。老板娘点头称是,或许她们都能被划入"以前的人",便形成了这种浅显的共谋。老板娘说,那一个也快疯了。外婆问,谁呀?老板娘说,还有谁,静姑娘楼下的外来妹呀,嫁过来好几年生不出孩子。外婆说,她婆婆倒是觉得吃了大亏。转到嫁娶话题,又顺口问起我舅舅。那时，舅舅有个去广州发展的女友。外婆说，好像是分手了。老板娘问，什么原因？外婆说，不知道呀。去广州前，问他借了两万元。后来突然失去联系了，最近据说把钱转给他了，他也就死心了。

　　回去的路上，我们见到"外来妹"了。她穿着黑色胶底鞋，手拎一个有些破损的垃圾袋，里面露出鱼鳞和内脏。她长得很高，身材匀称，看起来天然适合承担家务的分量。当年，她的婆婆接纳她，多少也看中了这一点。那一代人习惯将家庭视作一个基本的劳作单位，每个成员都必须将身心交付其中。他们相信她是忠诚的，因为除此以外，在偌大的上海，她没有别的出路。然而，在那个家中，她是一团灰色的幽影，有时变作一块沾满灰尘的抹布，有时被人用力地驱赶而无处可散。神奇的是，当我在回忆中拣选与她有关的片段时，它们总是模糊不清。所以，我们真的见到她了吗？也许不是那一天，我记不清了。但我知道，外婆私下里替她惋惜。有一次，我们见到她端着一碗菜粥蹲在门口。菜叶切得稀碎，薄薄几根飘在黏稠的米粒上。她迅速吃完，就像口渴的人在灌饮。外婆小声感叹说，太可怜了，在老家都过得比现在好。外婆曾突发奇想，请她来家里吃过一次午饭，发生在我们遇见她之后。不知是谁走漏了风声，她坐下不足二十分钟，她的婆婆就来把她领走了。

第三起案件，就记载在当天的《新民晚报》上。陆家浜路上有一个菜场，菜贩刘女士在收摊回家的路上，被人从后面敲破了脑袋。丈夫发现时，她已奄奄一息。一条金项链，以及当日卖菜所得的八十块钱，均不翼而飞。面对记者，刘女士的丈夫泣不成声。他表示，刘女士为了多卖掉一些东西，常常等到菜场打烊才下班，却遇到了这种事。目前，刘女士正在抢救之中。第四起案件与上一起仅仅相隔一天，并且超出南市区的管辖范围，迁延到了虹口区。翌日凌晨，第一批晨练的人在鲁迅公园与虹口体育场之间发现了一位昏迷的女性。前一晚下过雨，草坪湿漉漉的，泥土粘在她光裸的小腿上。第四位受害人是受伤最轻的一位，在被送入医院六个小时内，她就苏醒过来。对于警方的追问，她一概保持沉默，院方以病人需静休为理由遣散了各方调查者。谁知到了第二天，当她的病房门被打开，里面已经空无一人。她带走了所有可用的药，在床边留下一卷带血的纱布。

两起案件接连发生，让关注这系列连环案件的市民们一片哗然。凶手为何突然改变作案节奏？警方又怎能追查至今而毫无头绪？出于什么原因，第四位受害者要从公众视野中逃逸？一连串的秘密因暴力意外介入而浮出水面，谜底如何，一时众说纷纭。

在我们家里，外公握着一个金属镶边的放大镜，认真地作出推断：根据作案路线，下一起案件很可能发生在虹口区偏西的位置或者杨浦区。他一边说，一边得意地向周围的人寻求认同。而外婆更在意的，则是安全问题。她叮嘱母亲说，最近早点回家，夜班能不排，就不要排。母亲无奈地说，排班又不由我选，单位安排总要配合的。前一阵，厂里还有人被买断工龄呢。技工做了几十年，钱是拿到一笔，但接下去不知道要怎么过。外婆瞥了一眼母亲的脸色，小心地说，应该轮不到你吧。母亲说，谁知道呢？大调整时代呀。外婆恍然大悟似的说，说不定这些犯罪分子就是出来报复社会的。母亲说，谁知道呢，但这次声音变小了，邈远，就像一道源自空谷的回声。

那段时间，我们家和外来妹的关系突然近了许多。由于敲头抢劫案的缘故，老城厢一带风声鹤唳。若是夜里外出，往往多与熟人结伴。不知从哪一天起，舅舅和他的朋友们开始接外来妹下班。外来妹没有正式工作。出于补贴家用的考量，她跟人学做珠串手工，昼夜不停地做了一些小工艺品。摆件、挂饰、首饰，应有尽有。她咧着嘴送给我一只紫色的珠串苹果，顶部衬以悉心裁好的绒质绿叶。她口中的热气吹到我脸上，有一股饴糖的焦香。那个表情意味着友善吗，还是惯性的讨好，又或者仅仅出于一种天然的乐观，伴随着对外来伤害无动于衷的迟钝——我至今分辨不清。那时每逢空余（通常是晚上），外来妹就裹着一堆货物去城隍庙小商品市场附近摆地摊。那一块区域客流量大，本就是批发集散中心，运气好的话能获得不少收入。麻烦之处在于，她租不起铺位，只能在街边蹲点卖货。一旦有城管来驱赶，她就要飞速地逃跑。外婆对外来妹的事情总是热心，甚至让舅舅带过油墩子给她。

我曾借口饭后散步，跟舅舅去过一次。舅舅的好友中有一位姓彭，常带我玩，那天就是我们三人同行的。我无意中发现，他们和外来妹交往颇深。不仅私下闲逛过多回，甚至带她去过云峰剧场门口的"不夜城"歌厅。那时，舅舅和朋友们热衷音乐，摇滚、流行、源于台湾的校园歌曲，他们什么磁带CD都收集。据说，外来妹对音乐有些天赋。他们起哄让她唱时，那些注视的目光压得她喉咙干涩，发不了声音。就像童年时代梦见站在一个鲜花盛时的舞台上，明明在台下已经排练得极为熟稔的节目，忽然演不出来——词语背叛了缔结过的友谊，蓦地掉入某个黑洞之中。只有在无人关注她的时刻，一些小调才轻轻地流淌出来。他们听不清，但他们曾让她在别人演唱时打三角铃，一拍都不曾落下。我们穿过纤细的四牌楼路，夜色收留了低功率的白色路灯，似玉兰幽幽地开着。白日里热空气粗暴地喘息，眼下趋于平静。从苍白的浅影中走过，我看见路边有一把啤酒瓶盖，被人半埋在泥土里。排列很密集，崎岖的铝齿向外咬着。我忽然觉得莫名恶心，仿佛它们嵌在我的脸上，是从内部长出来的金属配件。再抬头时，我完全跟不上大人们的聊天，无数密码从我头顶掠过。我意识到秋天的前兆早已抵达，正从地下沟渠里冒出来，带着一股阴凉的气味。"大调整时代"——我想起母亲的话，以及她脸上被缱绻而过的秋风吹得微微发皱的神色，那一刻，我隐约领略到这个句子背后翕动的碎焰。

我们送外来妹到门口，那里有一块防雨的伸缩篷。我曾见过她和婆婆在篷下叠锡元宝，她的指甲里积了垢，深色的线割裂了甲面。漫长的一日里，她始终坐在原地，认真折叠。她知道谁会收到这些元宝吗？他们在家谱中穿山渡海，艰难地在这座新的城市里驻扎下来，但那不是她的祖先，没有一个人认识她。更何况，她甚至不能为他们养育后代。我也见过她的丈夫揪着她的头发，我吓得赶紧躲到窗户后面，生怕被发现后遭到波及。事后我问过她，那是怎么回事？她却说没什么，他在给她梳头。她面露抱歉，我的好心不该用在她身上，仿佛她因此打扰了我似的。

假如我没记错，案件发生偏差是从第五起开始的。

受害人江小姐，年龄四十二岁，但因保养得当，看起来不过三十岁。她离过两次婚，喜欢朋友称她"小姐"而非"女士"。她有不少男友，其中一位是当红的电视台主持人。案发那一日，她照旧悉心打扮过一番。一件粉色的缎面连衣裙，袖口以流行的花褶收拢。珍珠是她所爱，可惜那串昂贵的砗磲珠已从现场消失，只能从过去的照片中看到它的影像。值得注意的是，她还新烫了羊毛卷，所以我们可以想象，鲜血如何使她定型胶还未挥散的发丝粘作一团。这一次，凶手作案手法更残忍。几乎是精心瞄准了她的枕骨上方，整整敲击了三下。她的大脑与小脑受到了不同程度的损害，来源不明的黏液遍地流淌。

案发后不久，一天晚上，有个公益组织来404弄放露天电影。人们一听不收费，纷纷搬了板凳来看。那是一部黑白电影，叫《上海小姐》，早在一九四七年就上映了。老一辈居民看不习惯外国电影，加之剧情又带悬疑，一番云遮雾罩之间，不少人提前离场。想来那一年我还不谙世事，却看得津津有味。我喜欢他们在海洋馆密谋的一段，女演员丽塔·海华斯曝在阴影中，远处的光线勾勒出她的侧脸。多么好看，就像我当时非常想拥有的一款芭比娃娃。当她把脸转向明亮处，我察觉到她从头到尾都暗含的一种迟疑的神态，仿佛心怀什么难言之隐。我的心思全落在她身上，电影没有完全看懂，只知道是关于爱情与犯罪的。我从稀疏的人群中找到舅舅，他已调换过位子，坐到外来妹旁边。我小声问他，电影到底讲什么？他不回答。知趣从来不是我的优点，于是，我反复追问。舅舅只伸手指了指屏幕，示意我继续看。我一转头，意外瞥见外来妹的眼眶湿润，脸颊上有泪水的痕迹。我把视线投回幕布，只见佯装镇定的男主角走进了一个剧场，台上正在表演京剧。上演的不知是哪一出，但有几个妆面诡异的人来回逡巡，抖动的袍子荡出粼粼的光。我看不出这个电影和上海有什么关系，到结尾，更是一头雾水。舅舅没有和我一起回去。那天晚上，我一个人走回404弄楼下。陶瓷花坛里，紫茉莉纷纷绽开。我小心地摘下一朵，吮吸底部黏稠的液体。距离我知晓那些黏液有毒还有好多年，当时只觉得一股清甜。黑暗中，一楼邻居养的鹦鹉凝视着我，我也竭力回瞪它。其实我知道它是可靠的，从来不曾复述过任何人的话。慢慢地，我心里涌起一阵感伤，为混沌的世界，为漫长的来路，为人们自守重要秘密时孤注一掷而又富足的模样。

凶险就像一支竹哨，时时被身份未知的人吹响。在所有受害者中，第六位是最著名的。二十世纪八十年代中期，她因出演电影《家书抵万金》中的一个护士的角色而家喻户晓。影片中有一段，她把一箱西洋梨分给了过路的战士，故被亲切地称为"洋梨"。久而久之，人们把她的真名忘了。一九九四年秋天，"洋梨"已从观众的视野中消失了一段日子。传闻一度迭起，有说她嫁了富豪，有说她常年吸毒见不得光，也有说她疯了，经常半夜拿着鞭炮到大路上乱放。现在，重灾抹除了所有谣传，将清白归还于她。她同样是后脑受钝器击打，被发现后送往医院，一周后因旧疾复发而归于死亡。

"洋梨"引起的风浪久久不息。影迷们自制横幅，分批去外白渡桥上悼念她。那段时间，我在路边见过好几次烧到一半的蜡烛，不知道是否和"洋梨"有关，想来毛骨悚然。如果说前几起案件发生时，唤起的是市民们紧绷的防范意识，那么在"洋梨"案后，具象的恐惧已转为抽象。死亡的气息在城市中聚耗不定，夜晚在路上行走，蓦地便觉一阵阴森。一些恐怖的都市传说也弥散开。一天晚上，某甲上了一辆公交车，车上多是三十岁出头的美艳女性。某甲正感艳福，忽然被某乙揪住，说某甲偷了他的钱包，一边说要去附近的派出所报警，一边硬拽他下了车。某甲正骂骂咧咧，某乙告诉他，车上那些女性都不是人，她们没有脚。某甲才知，某乙是救了自己一命。显然，这个故事里的女鬼因素，与一系列敲头抢劫案的受害者是暗合的。紧接着，阴谋论也四散开。有人说,"洋梨"得罪了某些权贵,他们要借敲头案的名义让她送命。模仿作案手法,栽赃在一个尚不确定的人身上,难道还不容易吗?传到后来,甚至有人开始相信,其实这一系列案件的存在,都是为了杀害"洋梨",其他都是障眼法。多年以后,我读到阿加莎·克里斯蒂的《ABC谋杀案》,猜想小说可能为这个变异的版本提供了灵感。

实际上,经过缜密的侦查,警方很快发现了这一系列案件中真正异常的那一起:第五起。根据几个被害人头部创口的部位,警方推断,罪犯的身高不足一米七。第五起案件的痕迹却并不符合这个数据,除非罪犯临时换了摩托车。可还有一点不同,第五起案件的罪犯并不知道(警方也未对外公布),真正的罪犯是左撇子,这导致他模仿犯罪时错用了右手。这些信息的发布,引人哗然。附会之声不断:"早就知道第五起案件不同,抢劫何必下这么狠的手。"又或是:"这样的花蝴蝶,不知道招惹了什么人,一看就蹊跷。"

那天下午,我们听到外来妹家里又响起厮打的声音。她婆家的祖上从南通来,骂人时,总要操起乡音。这些琐事司空见惯,也没有太多人管。晚一些时,我到舅舅房间去找漫画书,惊讶地发现外来妹坐在那里。他们并不避讳我,于是我从零碎的对话里得知了事情的由来。她的丈夫阿三在电厂上班，做二十四小时休息三天，闲暇时间都在家里打麻将，那天也不例外。阿三输急了，满口脏话。刚好聊到第五起敲头案，阿三啐了外来妹一口，扬言要用同样的方法把她也杀了。其余人还在一旁翘边，说可以给她买个保险，伪造成他杀，港片里都是这样骗保费的。他们反复提她不能生育，轻飘飘地，戳破一个泡泡般开着玩笑。为了挣回面子，阿三加倍地羞辱她，仿佛要证明霸凌她本就是他的意愿。如此，他才能摆脱自己真实的身份：一个无能的男人，一个并不幸福的丈夫。大部分时候，外来妹都能忍耐下来。因为生活与文学艺术作品中描绘的截然不同，它没有终点。这就意味着，"对抗"并不能迎来某个好的结局，每一种挣扎都会受到清算。渐渐地，那个叛逆者不得不回到原先的频调之中，并且被迫付出超额的代价。可那一天，外来妹鬼使神差地握住了阿三挥向她的手。这个停顿就像一个电影中穿帮的瞬间，让所有人诧异，但转而又回到了寻常的轨道上：更粗暴的摔打落下来。然而，一切变得不同了。她已经发现，那个男人其实和她差不多高，甚至较真比的话还略矮一些。他们一起生活了这么久，她居然才注意到这一点。在这个家庭里，无度的倾轧使她对许多事失去了判断。她告诉舅舅，和我们熟悉之后，她的世界才慢慢地活过来。虽然如此，我想"我们"主要还是指舅舅。

我们漫无边际地聊天。那台银灰色的录音机里，磁带被翻了一面又一面，放的是刘文正的《为青春欢唱》。外来妹说，你们说那个人什么时候收手？我问，谁？外来妹指了指后脑，示意是敲头的罪犯。她的动作过于小心，以至于有一种诙谐的效果，我们都笑了起来。舅舅说，他会一直敲，直到被警察抓到为止。我问，他为什么不逃跑呢？舅舅反问，能往哪里跑，跨出这一步，就已经被瞄准了。我们正探讨着什么情况下他会被抓，外来妹冷不丁地问，杀人到底是什么样的感觉？那时我爱看TVB的武侠电视剧，我说，就是"哧"一声，然后血溅了满脸。见她愣神，我忍不住添油加醋说，把血洗掉以后，看起来还是和过去一样，但脸已经不是那张脸了。她似乎没听懂，问，为什么？为了自圆其说，我只好努力编下去。我胡乱说，因为杀人很难，先要在内心杀死有恻隐之心的自己，杀人是一命换一命。外来妹脸色煞白，她说，我在想，也许周围凶案比我想象得还要多。舅舅说，从民国开始，上海就有很多遗留的悬案。有那么几年，苏州河每个月都捞出尸体。外来妹沉默许久，鼻翼两侧冒出细密的汗水。舅舅说，你放心，阿三不敢的。如果你真的受够了，就和他离婚。外来妹下意识地后退了一步，她说，不可能。我说过多少次了，不可能的。

　　我是在饭桌上听说下一起案件的。我想从油黄的汤汁里夹一块丝瓜，试了几次，都没有成功。母亲一边摆弄我的手，一边说，是你筷子拿得太高了，以后要嫁到很远的地方去。她纠正过我很多次，我都改不回来。我问，这个高度能嫁到哪里？母亲说，朝鲜。我说，印尼。母亲说，捷克。我说，秘鲁。母亲笑说，挺好的，到国外去吃吃苦，才知道家里有多好。我说，也没多好，天天吃蔬菜。那段时间，母亲厂里已经两个月发不出工资了。母亲不接茬，饭桌上冷淡片刻，她忽然说，你们知道吗，昨晚又有个人被敲头了。父亲问，什么人？母亲说，记不清，一个和之前差不多的女人。但是警方发现了凶手选择目标的规律，他只敲戴着贵重首饰的女人。我说，还好你没什么首饰。在我印象中，母亲只有一条金项链，连着一个嵌了绿色翡翠的金吊坠，是母亲结婚时，外婆和阿太各出了一对金耳环去重新打的。有一年父母吵架，项链被父亲扯断，母亲修好后再也没戴过。

　　同样是在那顿晚饭上，母亲告诉我们，舅舅的单位要公派他去日本留学。先去三年，如果一切顺利，还能再待三年，没准最终留在日本也有可能。那时我还没有出过上海，觉得日本是那么遥远，一时难以接受，我问,真的吗?父亲也半信半疑,他有一位朋友经过中介到日本去工作,数月后传回音讯,说是在日本洗盘子。母亲说,公家单位,总不能骗人吧。父亲问,那爸妈同意吗?母亲若有所思说,他们倒开明,是小清自己还没想好。父亲说,小清心野,一直想到别的地方去看看,有什么想不好的。母亲微微点头,轻声说,是呀,不知道在犹豫什么。母亲从来都是袒护舅舅的,她比他年长十岁,出于惯性长久地承担长姐的职责。有许多事情,当时她还不能明白。愤怒、羞愧、懊恼,暗色调的情绪通电般流过她的身躯,但当她面对舅舅时,却只是无言。沉默氤氲在时间之中,变得愈加绵长。家里的每个人(包括母亲)内心似乎都多了一处空荡荡的房间,容留无法说出口的话,让它们像回声般发生在内部,一次次地盘旋不散。

很多年后,人们恍然意识到,原来那些年的末世感始于一九九四年的一系列敲头抢劫案。为了让孩子放学早点回家,家长开始编造怪谈故事。比如城隍庙附近的猫脸女事件,还有在嘉定老城,有开夜行货车的司机撞到一个人。明明是非常扎实的一记碰撞,下车却看不到人影。迟疑之际,听见货车右侧发出一声巨响。见他去察看,那个人形怪物飞速地跳回草丛。据见证的司机说，那人穿着清代朝服，绣片在灯光下闪闪发亮，正与记载中的僵尸吻合。

街言巷语，逐渐形成一种怪诞的风势，在上海慢慢吹开。一九九五年中期，也就是第一起敲头案发的一年后，上海流行起吸血鬼的传闻。据说吸血鬼专挑年轻的红衣女性，吸干她们的鲜血。这个传闻流传得非常广，以至于红色衣服一度滞销。放学后，学生们甚至会取下红领巾，换上大蒜和十字架。那座传闻中吸血鬼热衷于出没的公园，由于人气剧烈下滑，不得不把门票从一元降低至五毛。这些逸闻被有兴趣的人收集起来，编录成一册叫《灵魂探索》的神秘刊物，出过几期，手手相传。再往后，就诞生了那个著名的预言：一九九七年将是世界末日。

我至今清楚记得，一九九七年的最后一天，我坐在舅舅的房间里——当时，舅舅已离开上海，这个小房间及其收纳的一切暂时由我管理。那一刻，相互咬合的齿轮徐徐转动，外滩海关大楼的钟声在劫后余生的新世界里响起。焰火、彩带、吹散冷空气的口哨声，旋即在城市的街巷大放异彩。冬天的窗帘很厚，不透光。我揭开一角，光影在巨幅黑幕上流动。一九九八年到了，地球居然还存在，我幸存的热切中竟隐隐藏着一丝失落。我们终究还是要面对剩余的生活。

我打开录音机，放入一盒罗大佑的《之乎者也》。A面第一首，《鹿港小镇》熟悉的前奏响起。这盒磁带是一九八三年发行的，舅舅从文庙买来时，就是二手的。我们曾反复把它翻转听了一下午，都最喜欢《鹿港小镇》。我为歌词而着迷，客人从遥远的故乡来，开头就定下了温暖的调子。外来妹喜欢它的原因，却是台北也没有霓虹灯，和她老家一样。一九九八年，他们都不在了，我继承了这个与他们分享过的空间。在舅舅的湘妃竹书架上，有一本铃木大拙写的《禅者的思索》。书的封面很光滑，一轮明月照在空中，往下是一棵枯树，光裸的枝条直挺挺地伸向天空。我翻开这本书，那时我已经发现，舅舅把外来妹写给他的回信都藏在书里。

小清：

　　谢谢你的来信，可惜家里没地方，不能留下。晚饭吃了西红柿蛋汤、油焖笋，我做菜一般，但笋是好吃的。一会儿还要摆摊，天冷了，买东西的人越来越少。请你也保暖，注意安全。字不好看，不要笑话，谢谢你。

梅青

信件普遍写得短，内容也都很平淡。我这才知道，原来外来妹叫"梅青"。那么,我平时是怎么叫她的呢?我根本记不起来了,也许从来没有过称呼。其中有一封信,措辞慎重,字迹也端正,看起来是精心誊写的。这封信虽与舅舅有关,却不是写给舅舅的。

吴敏华姑妈:

您还好吗?全家平安吧?

一别数十年,回首往事记忆犹新。我在上海结了婚,家里对我很好。时常思念您,有时间一定登门拜访。我有一位好朋友薛小清,近日要前往黄山出差调研,顺便来太平湖钓鱼。过去我们钓鱼的地方还在吗?薛小清是我最好的朋友,我亏欠他许多,几世都还不清。请你务必对他多加关照。

此致

敬礼!

梅青

一九九四年十月十一日

小清:家住太平湖北岸,吴敏华姑妈的丈夫姓刘,她有好多子女,到太平湖打听即知。

舅舅是否去太平湖钓过鱼,我无从知晓。可只有在这封信里,梅青表露了对舅舅的情感,尽管它此时呈现的形态是一种强烈的感激。读到这些信时,我即将升入中学,渐能理解世事的艰难。我所能做的,只有什么都不说。

名噪一时的敲头抢劫案,是在一九九五年初春破案的。前后一共发生过十四起敲头案,致死十人。专案组勘查现场,始终没有发现被罪犯抛弃的任何物品,推测大多数赃物还在罪犯手中。为了精准定位到罪犯的所在,专案组调集基层派出所的520名干警和300名联防队员与民兵在涉案行政区内有可能的案发点蹲守,准备进行伏击。与此同时,专案组也布置了特情人员严密监视失踪物品的去向,一旦销赃,立刻追踪。就在这样的天罗地网下,罪犯生生熬过了春节。春节人流量大,专案组担心罪犯跨省销赃,难以侦查。更有可能是,罪犯从此离开上海,不再出现。就在他们几乎泄气时,第十四起案件发生了。这起案件具有相当的戏剧性,发生在一个开放式的小公园里。那是一个工作日的傍晚,受害人王女士坐在湖边长椅上,一边吃手中的点心,一边望着平静得几乎纹丝不动的湖面。嫩绿的新树投在湖面,绿意纤长,直贯天地,这一刻像永恒的梦。忽然,她的后脑勺受到重击。

没有人知道罪犯为什么突然改变作案节奏。夜色还未深，在这个钟点出手，受害者很容易被发现，事实也是如此。警方得知消息后，迅速与附近各个可销赃点的特情人员联系。很难说这当中没有命运参与的成分，就在那一件案发后，平日里惯于克制的罪犯竟当即去了一家收购黄金的小店销赃——一时掀起千层浪的敲头抢劫案由此收网。罪犯只有一个人，很年轻。人们原先想象的恶魔，揭露真身后，看起来却那么普通。在报纸刊登的照片里，他蜷缩在角落里，像一只被抽掉背部神经的虾。警方去了他租住的房间，搜出若干个女士背包以及贵重首饰、BP机、化妆品等等。审讯过程中，罪犯对其中的大部分案件都进行了否认。罪犯虽然抓住，但依然谜团重重，始终没有破解，最终也没有任何人作出解释。我常常想，如果这些案子顺延几年发生，等通讯工具更便捷，并且城市的各个角落都装上监控，也许它很快就会被侦破，甚至不会有后续的案件发生，也不会如旋涡卷入诸多莫测的谜团。

一九九五年盛夏，我在玉带弄附近的烟纸店买冷饮时，猛地意识到，这里就是第一起敲头抢劫案的案发现场。那棵曾被记者悉心描绘过的树，如今蜕掉了皮。我凑近它，认真寻找凶案留下的痕迹，但一无所获。蝉鸣依旧，已非去年那一丛。那些倚在高处的蝉，目睹了人在被敲击的瞬间暴露水果般的多汁属性，它们也曾受惊吗？不知不觉，我手中的雪糕化了。那是当时流行的一款，别人都称作"小学生"，只有我以为它是一个雪人。白色的黏液滴落，覆盖了往日流溢着猩红死亡气的斑纹。并且很快地，即将荡然无存。

小杨和父亲的友谊还得持续几年，要等千禧年后，父亲调任另一所学校，才如雾散般缓慢地归于沉寂。我记得一九九七年春节，小杨夫妇还来家里拜年。他们带了sugus瑞士糖铁皮罐头，我偷偷打开盖子看过，一共有五种颜色的包装纸，对应五个口味的水果。天气很冷，软糖捏起来是硬的。小杨刚升任教研组组长，意气风发，任何话题都能侃侃而谈。作为小杨生命中见证过的为数不多的大事，始于一九九四年夏天的敲头抢劫案反复被提起。小杨补充了新的信息。据他说，其实那个罪犯是来上海投靠亲戚的，但亲戚下岗在家，全靠老婆一人的工资。老家来的人是压垮家庭的最后一根稻草，亲戚老婆一怒之下，就把他扫地出门了。他气愤不平，撬了一辆摩托车，开始到处作案。有些人的口中内置着一个云烟装置，以至于他吐出的话语很难辨认真假，小杨就是如此。小杨提出了一种新的看法，他说，其实罪犯选择熟龄女性，不仅在于抢劫……他压低声音说，还有色情方面的癖好。父亲说，怎么可能，警方完全没提过。小杨眯起眼睛说，怎么不可能，你想想，这个年纪的小青年，脑子里有点想法也很正常的。小杨铺叙了半天，我们始终面露怀疑，他妻子的脸仍然像过去一样苍白，见不到丝毫波澜。后来，就像对我们发出致命一击似的，小杨说，其实我看见的那具女尸，内裤是被剥掉的。你们懂吗，下半身什么都没有。母亲厌恶地扭过脸，我愣在座位上，心底却蹿起一阵幽微的火。我为这世上真相多变的形态而震惊，一个人认定的事实会遭遇一次次的炮轰，而实施攻击的甚至可能是他自己。

更让我惊讶的，则是母亲后来所说的话。对于梅青的那件事，我原本也模糊地听说一些，却是头一次听人正面地讲述。母亲漫不经心地夹了一筷子菜，一边将话题转到梅青身上。我们家和她正式建立关系，也是由于敲头抢劫案的起势。那个女人呀，母亲说，心气高得很，可惜命不好。嫁过来以后自己不争气，婆家人对她也苛刻。敲头案频发的那段时间，她丈夫好像还咒她被敲死……具体细节我不清楚，但是那个男人打她，我们都见过她身上的淤青。还以为她早晚会死在那个男人手里，谁知道就在去年五月，她发了疯，趁男人睡着，拿刀对他乱砍一通。整整三十七刀，床成了一块砧板。母亲稍加停顿，给听众还原那幅鲜血淋漓的画面。她接着叹一口气，继续说，那个疯女人当时想勾引我弟弟，还好我有先见之明，想办法把他们分开了。否则，不知道还会有什么事情呢。

关于真相的碎片，在我漫长的成长过程中似细沙流下。多年以后，待母亲再度说起，我才知道，当时是母亲背地里去舅舅单位，费尽口舌替他争取的这个公派机会。舅舅多次试探过梅青的心思，如果她愿意，他不会去日本。然而，梅青鼓励他走出这个老社区。梅青告诉他，不要回头。她究竟是什么意思，为什么是在那样的时机——舅舅离开数月之后，在睡梦中杀死那个男人？很长时间里，这个问题浮沉在我的脑海。是阿三的暴力最终压垮了她吗？还是为了向不幸的生活复仇？又或者，她在孤立无援的环境中真的疯了。这些解答都无法让我满足，但我已无处去求证正确的答案。

只是在十七岁那年，我做了一场离奇的梦。在梦里，我竟变成了当年的梅青。我握着一把菜刀，合成树脂的刀柄触感冰凉，仿佛一松手它就会往无底的洞穴中落去。那个男人躺在我的面前。平日里，响亮的鼾声会不断随他的鼻息涌出，可那天他睡得异常平静。我俯下身，感到他的热量从掉了扣子的法兰绒睡衣里冒出来——那汹涌、绵密的气息，如此真实，提醒我直视自己在这场生命之中的处境。从梦中醒来以后，我忽然明白了梅青的心情。真正使梅青无法承受的，是她终于明白，原来舅舅曾经是坚决的，她曾经真的拥有选择的机会。磨难不过是生活中的一些毛刺，她早就接受了，但爱完全超出了她的负荷——她为此痛苦不堪，唯有亲手敲碎一切，才能安心。事发之后，那户人家搬走了。有一天，我从那里走过。昔日的雨篷已破出洞，丝线在微风中摇荡，一些看不见的锈迹悄悄侵蚀着金属支架。我想，假如一个人的生命阶段能够被清晰地划分，那么眼下就是我少女时代结束的时刻。

飞　　花

我有五年多没见过周静濂了。

时间不短,但也没能长到驱散她的雾影,以致她的幽灵时常返照。不止一次,我将路人认作她。匆匆走近,才意识到,捕猎失败了。那些形象与她截然不同。没有人真的像她,细腻、真挚、典雅,同时露出一种徘徊在破碎边缘的脆弱之美。有一回,我把一具时尚的背影看成了她。那个女孩步履飞快,背一个 Louis Vuitton 的棋盘格贝壳包,肩带轻轻拂蹭她的连衣裙。从后方望去,那双 Christian Louboutin 高跟鞋的红底异常显眼,像两面鲜亮的船桨,载她划入城市的乱流。我一时心惊,暗想,周静濂怎会变成这样?落入消费主义的圈套,被世俗消化——即使是她,也未能幸免。然而,稍微走近,我立刻察觉到,那人根本不是周静濂。频繁发生的离奇指认,只不过出于我的幻想。还有一次,我去淮海路办事。春天到了尽头,路边的花坛里,枯炙的郁金香花瓣像铜丝一般闪亮。忽然,大雨亮出前兆——雷电，低气压，密不透风的云，我的胸口积涌起一阵难以言喻的沉郁。有一瞬间，我产生一种强烈的感觉：周静濂就在附近。我不自觉地四下张望，既迫切地想要找到她，又感到难以承受的惶恐。我躲进附近的商场，浑浑噩噩，透过落地玻璃紧紧盯着马路。大雨瓢泼而下，片刻又停止。不知过了多久，我终于恢复理智，心知我和周静濂并不会相遇。今天不会，往后的任何一天都不会。

在周静濂声名远扬之前，我就看过她的作品。当时我大学刚毕业，随朋友去逛双年展。在那一年的展览上，周静濂提交的是一段九分钟的视频。影片运用了双线叙事，主线描绘了一位年轻女孩在外太空的奇遇，女孩画着烟熏妆，齐耳短发染成了粉色；另一条线相对单调，镜头定格在一位女性的腰腹位置，展示她为自己穿脐环的全部过程。影片的背景音乐用了 The Carpenter 一九七一年发行的歌曲 *Superstar*，神秘、幽暗。假如不是我过虑，那么其中还有一种浩瀚无垠的感伤。说来奇怪，这并不是我当时最喜欢的作品，但事后回想，絮状记忆中唯独它始终清晰可感。

后来，我入职一家时尚杂志，专做采编工作。由于对周静濂感兴趣，我很早就报了她的采访选题。主编扫一眼表格，不置可否。又过一年，她参加外滩美术馆的一次联展。展览名叫"重生",周静濂做的是一个艺术装置,呈现幻境。我再度报了选题,惴惴进入主编办公室,得到的却是"不要把个人审美当作艺术尺标"的建议。雪茄头部的红焰翕合不停,奶香气不容拒绝地在房间里散开,我穿过烟雾望着他。这些从业已久的人,自诩有一种艺术嗅觉,能在一个艺术家初创阶段判断他未来的成就。当然,这也是他们和自己进行的一场赌博。大部分时候会赢,可是在周静濂身上,主编赌错了。

接下去的几年间,周静濂找到了她的创作主题:纪念逝去的母亲。她首次成名,源于一组离奇的刺绣作品。据说,她的母亲具有巧匠天赋,生前自创了一种飞花针法,未及传授给她就病逝了。这些年来,她一直在摸索飞花针法的全貌,借技术的精进来靠近母亲。她知道这是一种妄念,仍深感其中的力量。就这样,越来越多的刺绣品被创作出来,袖珍幅的,或是大到只能在广场上展示的幅面。最后,它们的数量足以撑起上百套舞台布景,周静濂就用这些作品做了"梦境戏剧"——这是她真正为人所知的起点。

那时,我自己的生活也开始变化。一块细瓦松动,其余随之纷纷移位。我结了婚,和丈夫定居在上海郊区的一所小房子里。通勤时间过长,干脆辞了工作,靠自由撰稿和几个专栏维持生计。很长一段时间,我不再关注周静濂的创作,只听闻她声名益盛。直到有一年,我申报了一个叫"ELLE计划"的女性艺术家扶持项目。开幕式在法国领事馆举办,邀请的宾客形形色色,结束后共同拥向一场酒宴。我和每个靠近的人闲聊,寻找联结,互留联系方式。要热衷于展示,被观看是艺术获得生命力的途径,我在心里告诉自己。然后,又一遍,但依然很快疲惫。我靠墙站着,出神之际,听见有人说周静濂来了。

人们朝一个方向涌去,仿佛宴会厅里突然皱起一个旋涡。我往那里张望,除了密集的人流,一无所见。但没多久,她以另一种方式过来,进入旁人窃窃私语的主题。一个说,我上个月去参加了一场《卡斯蒂利亚的洞穴》,就是她最新的梦境戏剧。散场的时候,我哭得停不下来。很难说清是什么原因,我感到被清空了,浑身轻松。另一个说,她在杭州排的《白色母亲》,我去过九次,只能说她有魔法。原来那个说,你看还有谁像她这样,感受力非凡、零绯闻、专注,最重要的是她真的关心人的精神。另一个附和说,是啊,如果这个时代还有完美的人,她可以算一个。

夸赞使人眩晕,加速了醉酒的效应。回想周静濂一路被边缘化,最终凭借对亡母的感情,创造出了震撼人心的艺术形式,我不禁万分感慨。既为她的成功而欣慰，又遗憾这一切多少来得晚了。本想上前打个招呼，远远见她被人群拥得密不透风，也就打消了念头。但谁能料到，一个小时后，我竟在卫生间巧遇了她。

"周老师。"犹豫之下，我向她打了招呼。

"你好，叫我 Silence 就好。"她伸出刚擦过的手，五指纤细，指甲修得平整而优雅。灯光照下来，她的虎口有细小的水渍闪烁。我忐忑地将视线移到她脸上，让我确信那并非职业假笑的，是她隐约露出的腼腆。

"没想到在这里遇见你……"我想礼节性地奉承几句，却发现自己对她作品的了解早已滞后，只好说起那遥远的时刻。"那时候，你得了巴黎银鹊奖，我特别激动，隔着时差看完了现场的直播。你穿一条绿裙子，很美，裙底还镶着浓密的羽毛。"

"那是我人生中第一个重要的奖项。"她感激地看着我。

"其实也没过几年，但你现在完全不同了。"我说。

我本意想表达赞赏，她是何其迅速地得到艺术界的青睐，平步青云。可她缓缓叹了一口气，歪着头对我说："不是的。在心灵层面上，我始终是同一个人。"

于是，我迎来了这次晚宴最大的收获：与周静濂建立联系。三天以后，我如约收到她寄来的《卡斯蒂利亚的洞穴》的戏剧门票。我和丈夫一起前往。在剧场内，我们披上罩袍，戴上面具，接着被分送往不同的人群中。一场时长四个小时，走出剧场，我并不像上回听说的那样感到轻松，反而聚积了一股探索的力量，仿佛体内某种东西得到唤醒。即使已经走在夜晚的长街上，思绪仍被戏剧所萦绕——飞花针法相当瑰丽，而在这惊艳的细节之外，还有一层整体性的雾障笼在意识上。我一时未能看懂，但仍深受震撼。然而，丈夫的感受和我全然不同。那段时间，他对潜意识感兴趣，沉迷于翻阅精神分析的书。在他看来，"梦境戏剧"的实质只是浓烈的抒情氛围。这当然是他的偏见。不愿意错过一个把新学的知识用作武器的机会，或许也属人之常情。

"只有那些刺绣品的工艺是货真价实的。"丈夫说。

"不是的，是你缺乏感觉的能力，现代人在平庸的日常里辗转太久了。"我试图循循善诱说，"第三幕开场时，她用鱼鳞磨制的绣线做的茧房，你不觉得像回到母亲的子宫吗？"

"没必要讨论这些，它就是一个商业游戏。"丈夫关上门似的不再说话。

夏天已来临，但梅雨季的尾声尚且窸窣作响。我们并行在夜晚的街道，潮湿的地面恍如铺满晶体。偶尔有大一些的水洼，映出我们的照影。就是在这样的时刻，我忽然下了决心，要为周静濂做一次详尽的专访。我发现自己对她怀有一种复杂的情感，混杂着亏欠、好奇、体恤、欣赏，以及不知由来的旧友般的祝福。

我给周静濂发消息，表达采访的意愿。如今她是当代最炙手可热的青年艺术家，我的专栏都在二三线的时尚刊物，难免为这高攀而羞赧。我谨慎地做了自我介绍，问她是否有时间与我见面。周静濂很快回复，她说话非常亲切，丝毫不存在身份的落差。虽然没直接提采访一事，但邀请我周六晚上去她家里参加朋友小聚。我不假思索地答应。事实上，我一贯很乐意参观被访者的家，采撷其中隐秘的生活细节。

那栋神秘的别墅位于两个区的交界地带。社区沿人工湖而建，两岸栽种挺拔的树木。巨幅的绿茵将人类的聒噪降到最低，一片寂静过后，蝉鸣、蛙声、水波、叶动之音慢慢地伸展开来，淌入耳朵。为了有机会和周静濂聊天，我特意提前一些时候到。我提着预订的蛋糕，穿过种了葫芦的小庭院，按响了她的门铃。一个陌生的女人打开门，相比我的盛装，她的穿着显得朴素、随意。我问她周静濂在哪里，她冲我礼貌一笑，伸手朝一个方向晃了晃，一边很自然地接过蛋糕。

"谢谢阿姨。"我顺口说，以为是家政相关的人员。

"阿姨？"她蓦地大笑起来，在锐利的笑声间隙，向房间深处喊道，"Silence，你朋友把我当保姆了。"与此同时，我听到远处传来回应的笑声。更纤细、明亮，像一根为了让人平静而轻轻拂摆的芦苇，我想那就是周静濂。我正局促，眼前的女人已经收笑转向我，她说："Silence家里从不请保姆，连钟点工也没一个。她不喜欢雇佣关系，人人生而平等，这和她的艺术理念有关。"

我唯唯诺诺地点头，越过偌大的客厅，往周静濂的声音源头走去。那是一间以日式风格装潢的休息室，空间开阔。地面铺了一层松盈的蒲草毯，家具多用藤竹一类的原料，纵是室内，也弥漫着一股赏心悦目的清幽。墙侧有一处枯山水造景，细泉从石间流下，没入低处的苔藓。由于前一段插曲，周静濂知晓我的到来，就站在窗边等候我。

"最近天太热了，到下午，头脑总是微微发胀。"周静濂自言自语似的说着，我的注意力瞬间聚焦在她身上，先前的尴尬全然忘了。"你第一次来，我先带你参观一下好吗？"

我们走动起来。我从未见过这样别致的房子，与时令协调，像是将自然的气息挪移到了房间内部。装修想必花了很多心思，但恰到好处，丝毫没有浮夸过饰。漫步之间，我崩弦般的神经缓慢地松弛。

"二楼北边是藏品区，按照物的种类分了房间。这间是藏陶瓷器的，没有灵感的时候，我会来这里待一会儿。"周静濂说。

我匆匆扫视了一圈。各式各样的茶具、鼎炉、瓯匣、盒奁摆在柜子里,我头一回感到,物自身所蕴含的冲击力。我说:"这么大的房子,一个人打扫太辛苦……也算是为秉承艺术观念所做的奉献了。"

周静濂看着我,好像思忖了片刻才明白,她笑了。"你不要听他们瞎说。无论现实意义还是象征意义上,这是我的房子,我更愿意自己来收拾它。当然,我也乐意敞开,随时欢迎朋友们进来玩。"稍顿,她又柔和地开口,"人们对艺术家总是充满想象,有时过度善意地解读,也是一种妖魔化。事实往往很简单。"

沿走廊另一侧的楼梯,我们回到一楼。楼梯的正下方位置,有一间小房间。我只觉此处有异样,便多看了几眼。

"这是家里的储藏室,放杂物和清扫工具,你想看一下吗?"周静濂问。

"不用,只是……"我注意到,周静濂似乎格外青睐长虹玻璃。那是一种高透明度的雕花玻璃,周静濂几乎把它用在每一扇门上,连卧室的门都不例外——也就是说,房子整体通透,没有一间房间是完全封闭的。唯独这间储藏室,被一扇实木的门遮蔽着。浅褐色的门,衬着门框外的米色墙纸,并不显突兀,我却忍不住反复打量它。我说:"……也没什么。"

储藏室的一侧是玄关,另一侧对着露台。周静濂移开门,夜渐被淬炼,飘浮在空中的火烧云也趋于黯淡。户外的气流不再灼热,我们坐在躺椅上,时间以一种更舒缓的节奏运行。

"昨天晚上,我又梦见了我的母亲。我站在山顶,她在山脚。我的手里有一颗红色的火球,一个蜷缩的人那样大。它不安地绕着我滚动,这让我很焦躁。在梦里,我和母亲的距离很遥远,我不可能看清她的形象,但知道她在向我挥手,鼓励我把火球推下山。"怀着思虑,周静濂的声音越来越轻。

"这个梦有什么含义呢?"我问。

"一种持续的焦虑,或者……"周静濂抬起头,语调更为含混,"也可能就是,我想她了。"

周静濂刚成名的那几年,在许多访谈中讲过母亲。她的母亲是一位崩落大家族的小姐,聪颖超凡,但一生与人寡合。周静濂自小父亲出走,跟随母亲长大。母亲对她冷淡、苛刻,她是紧抓着自我怀疑的绳索而成长的。所幸在耳濡目染之下,周静濂拥有天然的艺术直觉,创造成为她的禀赋。创作初期,她总耽溺于天马行空的想象。这种先锋性确实给一部分受众带来过震惊,但瞬间易逝,终无所留。母亲去世以后,周静濂不断地溯回往日,重新体验那些未能与母亲发生的交汇。直到有一天,她忽然明白了死亡真正的意义。时间、命运、存在的形式,焕发了新的感觉,她也由此领悟到飞花针法的精髓——当母亲在刺绣时,自开始到作品完成,每一针绣入后的变化都同时并存于她的心中。时间被拆解为针法,同时涵容了过去与未来,其形态如梦境……不过,可能因为以前说得太多,这几年,周静濂几乎不再公开谈论母亲,媒体也只能反复咀嚼陈旧的信息碎片。

"那么,你的下一部作品,还是会以母亲作为主题吗?"我一心记挂着为周静濂做专访,试着把话题引向一些有效的素材。

"是的。"周静濂怔怔地说,"我无法摆脱那个巨大的影子,很难说,它究竟是有益还是有害的。"

"有害具体是指什么?上一次《New Media》的采访中,你说到对作品失去'真实'的担忧,和这相关吗?"我问。

"谢谢你一直关注我。"周静濂往桌上看去,问我,"你想喝点什么吗?"

我们正准备去拿饮料,有人推开露台的门,热切地和周静濂打招呼。我们这才发现,房间里已聚集了不少来客。周静濂步入女主人的角色,娴熟地招待起来。聚会的规模比我想象的大得多,粗略估算,来自各行业的客人不少于四十个。人们随意地在房子里流动，闲聊或休憩，翻看主人新收入的摆件。有一瞬间，我感到这是一种梦境戏剧的情境复刻。又或许，幻梦本就是人生况味的一种。据他们所说，每周六都会有这样的聚会，人人乘兴而来，尽兴而去。

我跟着人流，在两层楼之间回转闲荡。有一回，我在楼梯口遇见周静濂。她喝了不少酒，和一个女孩并排坐在台阶上。与我照面时，她露出一种罕见的深邃表情。

"你来了，我有一件事想对你说。"周静濂说。

"坐下，坐下，Silence。"她身旁的女孩也已喝醉，拉着她说。

"那一会儿见，我在这里等你。"周静濂说。

然而，当我再次看到周静濂时，她已躺在沙发上睡去。我稍微收拾了一下垃圾，回望她一眼，关上了客人纷纷离去后依旧敞开的大门。

第二天，我收到周静濂的问候消息。在一些日常的交流下，或许多少基于她对我莫名的信赖，我们很快熟悉起来。连续几周，我受邀参加周静濂的家庭派对。尽管我们也聊了不少，但并没有达到预期的深度。于是，我和她约了一次单独拜访。我照着提前列好的纲要，逐一和她对完所有问题。坦白来说，我对采访的结果很失望。周静濂是一个非常好的受访者，坦诚、耐心，但一来因为媒体关注度太高，她讲的内容多已刊发过；二来，她的理念和逻辑过于完美，让我敬佩却兴味索然。我想方设法搜罗更多信息，忽然想起她对我欲言又止的时刻。

"Silence，有一回在聚会上，你说有事情想告诉我。到底是什么事？"我问。

"是吗？"周静濂看起来一派茫然，她想了想说，"不过，最近确实有一件扰人的事，我不知道应该和谁说。"

"你可以相信我。"我说。

"当然……念大学期间，我交往过一个男朋友，前后大约有五年多时间。他专长于表现主义绘画，远比我有才华，是那种纯粹的艺术家。他可以无所顾虑，将自身作为丰沛情感的载体，完全投入创作当中。与此相对，他也有一个很大的缺点：情绪化。毕业后第三年，他去了德国，我们渐渐也就失联分手了。去年春天，他突然联系上我，我才知道原来他早就回国了。你知道，艺术是一份需要外燃力的事业，一旦与外界断裂，就会落入内心晦暗的深渊。总而言之，当时他的处境非常糟糕。"周静濂面露不忍。

"那怎么办？"我问。心想，柔软常是破碎前的第一条裂纹。

"我帮不了他,只能给一些钱。他回来以后,没什么朋友,很多事都会对我说。时间一长,关系超出了我能控制的范畴,变得泥泞而充满幻觉。"周静濂的声音轻颤着,滑向一种未知的危险。

"你是说,他对你纠缠不清?"我追问。

"他从生活里失焦了,有时根本不知道自己在哪里。我跟他说了很多次,时间是一条不可逆的河流,我们都已和过去不同。可他不能明白,而反复划分边界的行为本身,也更加刺痛了他。为了重新使我动容,他用尽手段,甚至自残过。当然这些都没用,我跟他说得很清楚了。"周静濂说。

"冒昧问一下,你现在有男朋友吗?"我打断她。

"没有,我一个人。"周静濂说。

"你不要再见他了。多和朋友在一起,短暂地隔绝他,慢慢都会好起来。"我说。

"我不能。"周静濂沉静地说。

"为什么?"我几乎无法克制惊讶,"我能理解,你天性温和,也许还有敏感,你不能忍受被需要而无能为力,就像无数细针扎在皮肤表面,你必须做什么去阻止这种刺痛和瘙痒混合的感受……不过,人的精神状态自有规律,被摒弃之后,他才会有新生。这你比我知道得更多。"

"我有非见他不可的理由。归根结底，是我软弱。"我们交谈过程中，周静濂一直低头看着双手，这时望向了我。她仍然低落，却比刚才稍好一些。她说："实在不好意思，让你听这些事情。"

"我很乐意替你分担。"我说。

"这里有一个他很久以前做的戒指，你想看一下吗？"周静濂问。

我点了点头，她转身走向白色橡木衣柜。长抽屉如一根被从体内拉出的巨骨，缓慢悬空定落。她弯腰，小心地翻弄。我对他人的隐私很谨慎，下意识地背过身，周静濂见状笑了。

"没关系。"周静濂把我拉到身边，轻按着抽屉的边缘说，"我没有秘密。"

我从没见过如此整齐的收纳空间，衣服依次按种类、颜色分开，叠成统一的长方形。侧放不失为巧妙的方式，没有挤压或遮蔽，每件衣服一览无余。某一瞬间，极度的秩序令我震撼不已。在这清晰面貌的背后，总有什么显得很可疑。

右边放的是首饰，周静濂取出一枚磨砂银的戒指，置于我手心。戒指有些年份了，灯光洒落，如银鳞球灯轻轻地转动。凑近看，指环上的镂花极细，足见制作者的细致、耐性和决心。底部刻了一行很小的字，据周静濂说，是拉丁文中的"永恒"。

"如果有什么事，随时找我。"我把戒指交还到她手中。

接连好几天，我脑中萦绕着周静濂男友的虚构形象：有时是一位莽汉，有时又是一个相当虚弱的亡命之徒。我试图和丈夫探讨周静濂不能从关系中抽身的原因——我以为，这和她的家庭环境相关。男友所呈现的黏稠，恰与周静濂父亲的决绝相对立，这是她童年创伤的一种补剂。与男友的周旋之间，周静濂以另一种方式进入了她母亲的身份。救赎母亲的欲望，更是将她引向泥潭。

丈夫不置可否地听完我的分析，终于没忍住笑了起来。

"你只是做个采访，这些和你有什么关系？"丈夫说。

"我得了解她更多。我想知道，'非见他不可'的原因到底是什么。"我争辩说，"周静濂作品的立足点，是她与母亲之间的某种关系张力。她的母亲已经去世了，我只能从其余的亲密关系里寻求突破口。从精神分析的角度来说，不是这样吗？"

"完全不是。"丈夫摇头，或许我偏航太远，他懒得多作解释。"精神分析远远比你知道的要复杂,现实也是,不要随意猜测别人。"

尽管如此,周静濂谜题般地间杂进我的生活。每周六,我依惯例去周静濂家中聚会。我怀着某种未尽的好奇,悉心观察每一处,发现房子全然运转在女主人严谨的秩序之下。它慷慨地展示自己,却拒绝和任何一位游客发生关联。当我踩着二楼的黑色地砖时,俨然已能感受到,客人散尽后,周静濂如何在空荡荡的房子里逡巡。她独自一人,像一个理应被时代过滤的幽魂,轻轻地从月光剪落的暗影中滑过。

暴雨返潮的日子里,我赶着写一个摄影展的特稿。到夜晚,雨依旧未停,白噪音覆盖着外面辽阔的世界。好几次,我走到窗边,凝视着一触即化的水线落入地面。将近十一点,我忽然接到了周静濂打来的电话,问我能否去她家住一晚。那时,我们的友情已趋平稳,但我仍有些受宠若惊。我连忙换上衣服,简单打包了过夜用品,开车去那座别墅。

我第一次在这样的钟点走进去,雨夜潮湿,半空中似乎多了一层升腾的水汽。周静濂披一条毛巾毯,陷坐在沙发里,茶台上摆着新泡的红茶。我注意到,周静濂捧着杯子的手微微发抖。

"怎么回事?"我坐到她身边。

"我们刚在电话里大吵一架,他扬言要和我同归于尽……"周静濂惊魂未定。

可能因为她毫无妆饰,整个人看起来很憔悴,衰老发酸的气息也悄悄攀上她的脖颈。回想最近的几次相见,我蓦地意识到,周静濂身上的光彩早就开始褪去了。她对很多事都不上心,撞翻的红酒泼了满裙,她也浑然不觉。一切都归因于那个前任男友,我不禁心疼起周静濂来。

"没事的,我们报警,他能拿你怎么样呢?"我安慰她。

"不!"周静濂大声说,仿佛我的提议更刺激了她。接下去,她愈发语无伦次:"我想起来了……那时我想告诉你的事情……后来又忘了……是负罪感……你明白那是什么感觉吗?不可能……只有怀着罪的人才会明白。"

"慢慢说,我今晚都待在这里。"我说,一边引导她调整呼吸。

"我想说,好多年来,我心中一直有一种非常强烈的负罪感。"周静濂像费了很大力量才说出口,言讫是良久的沉默。

"为什么会这样?和很多人相比,你几近完美。"我不能理解,又追问道,"负罪感是因前任男友而起吗?"

周静濂喝了红茶,凝眉思索很久。对我的开解,她不为所动,执着地漂浮于内在的渊池之中。待她再说话时,前一刻的破裂已得到暂时愈合。"不是的。负罪感是一种很特别的感觉,和罪本身的关联并不强。最可怕的地方在于,它会无限扩张人对自身罪恶的想象,以及对于即将被揭露的恐惧……你读过《罪与罚》吗?拉斯柯尔尼科夫分明已经逃过了罪责,可他无法停止怀疑,等待着惩罚降落到他身上。"

"就像风吹水面,涟漪不止。"我说。

"正是由于负罪感,我开始对自己严苛,即使违背心性乔装打扮,也要努力靠近完美。期盼着罪被揭露的那一天,人们可以相对宽容地看待我。"周静濂几欲泫然。

"可是你如今很顺利,拥有成功的事业、许多人梦寐以求的别墅和数不清的朋友,你有什么罪呢?"我为这些抽象的对话而疲惫,又说回了具体的事情,"你深信自己怀着罪,抱着赎罪的心不断地付出,前男友正是看准了你这一点。但这不公平。你应该正视自己,拒绝他任何形式的勒索。"

"我和他的关系很复杂,他是我所有过去的见证者。"周静濂说,"他知道,虽然我创造出各种观念、作品,可它们都是虚伪的。事实上,我是一个内在被蛀空的人。"

雨势在一个微弱的减幅之后，重又变得浩大起来。闪电在混沌的空中刺出光，一种全息式的奏鸣瞬间发生，又消散。自然的威严使我失语，暗想，一个人身上无论背负怎样的罪责，放在更宽阔的维度下，都是微不足道的。

"一件作品最重要的是什么？"周静濂轻声念道。我没有回答。背衬着幽暗的天色，她又问了一遍，然后喃喃说道："三星堆的人物为什么需要巨大的眼睛和耳朵？为了听见一切，看见一切，明白世界的真相。可是，活着人多么有限，能汲取补给往往只有谎言。"

那次见面很古怪，有些超现实。尤其是当我察觉到，周静濂卧室里的座钟早就停摆，它停留在两点整，未知日夜。我们聊了很久，从负罪感到谎言，其间周静濂的状态很不稳定。我们或许还谈到了虚构，虚构是艺术的本质，因为一件事物不管以任何形式被呈现，它都隐藏了一个被从整体系统里分离的过程——经过切割以后，真实已悄然形变。我大胆告诉周静濂，我认为杰出艺术家虚构一切，他能在虚构中搭建自己的生命。周静濂瞪眼看着我，很难揣摩她目光背后的指向；也可能根本没有意义，与负罪感的角逐消耗了她的活力，她不再有所相信。聊到后半夜，我们都精疲力竭，恍惚间睡着了。

自此以后，我和周静濂还见过几次。她每况愈下，所有朋友都觉察到了，但没人问出什么结果。有一天傍晚，我路过演出《卡斯蒂利亚的洞穴》的剧院，惊觉此剧已停演，预告海报也被替换了。原本即将上演的，应是周静濂最新的剧作《归巢》，现在却被一场经典作品改编的传统话剧占场。剧院门口，梧桐树挺举着一身干燥的浓绿，偶有风吹过，扇落一两叶。四时从未停歇，秋天不远了。

由于约稿骤然变多，我也好久没去参加周静濂家的聚会了。关于她的采访稿，一直拖延未成，这也是我不好意思面会她的原因之一。念及周静濂时，我给她发讯息，她回复的次数很少。尽管如此，与她的一段交往，对我而言就像漫游者爱丽丝的一道奇遇。除此以外，也有一种深深的、难以言喻的失落。

最后一次听闻周静濂的消息，着实令我瞠目结舌。那是台风过后的第二天，我和丈夫在桌前吃早餐。凉爽地气旋卷入天幕，流云无声地畸变，地上的街道却意外地宁静。丈夫一边把炒蛋舀入口，一边滑动手机，追赶早新闻。

忽然，他惊诧地叫我。我凑过去，只见一行硕大的标题：知名女艺术家在豪宅被捕，生死不明，凶手正在调查中。往下翻阅，图片是我非常熟悉的房间一角。周静濂，她的名字在被我念出的同时碎裂了。

假如事情就这样结束，我不至于对周静濂有如此复杂的情绪。只是事发当时，我失控了，全然无法置之不理。那天上午，我送走上班的丈夫，独自开车前往周静濂的家中。警察和记者都已离去，现场只剩警戒线和大门上贴的封条。凭借对别墅的熟识，我跳进露台，借一扇可通人的窗户钻入房子里。

一个人都没有。我转过身，依然如此，空寂如一种回声迎面掠过我的身体。我走到客厅，新闻里推送过的角落，此刻显得很平常。没有血迹，没有遗落的凶器，没有女主人挣扎留下的任何痕迹。我用手掌轻抚地面，恍然以为无事发生，甚至我与周静濂的相识也是一场梦。我找出常用的杯子，从胶囊机的余量里攫取一杯咖啡。苦涩上涌，我竭力抓住现实的感觉，但并没有多大的成效。

就在我失魂落魄之际，一声轻微的"咔嗒"从背后传来。我猛地一惊，小心地循声而去。转过玄关，面向露台，出人意料的一幕发生了：储藏室的门慢慢地打开，一个老妇人从里面走出来。她长了和周静濂一模一样的骨架，更瘦、更干瘪。她脸上的皮肤透着黑红，皱纹像被利刃所刻。只有长期经受日晒与劳作，才可能有这样的面貌，我推测她从事过长期的务农工作。她生得一副畸形的面孔，叫人看一眼浑身难受。

我忍受着恐惧，一步步走近她，储藏室的全貌逐渐露出来。里面很干净，沿墙摆了一张不足一米宽的床。床边的小桌子上，有一块正在拆除的刺绣品，绣箍紧绷着的布料上，还剩半株大红色的牡丹——多么俗气的绣品。一个废纸篓贴桌而放，里面落着不少线头。可以推测，她靠刺绣来消磨时间，绣完再拆除。这些积攒的线头，是一种时间的标尺。

刹那间，迷雾从山林间隐退，虚幻的白色日光直照进来。我什么都明白了，这就是周静濂的母亲，也是她不能拒绝前男友勒索的原因。可与此同时，越来越多的困扰被抛向我，艺术作品最重要的是什么？完美又是什么？真实与虚构如何在不为人知之处角力？问题的来势过于汹涌，以至于每一个都滑向虚无的深潭。当我决心转身离开，任由复杂多变的世事自行生长，并装作从未到过此番境地时，我蓦地听见一颗石子落入水中的声音。

白　　　马

那是二十世纪八九十年代交界之际，又或者，比她想的还要再晚一些年，苔城开了第一家国营百货商场。秋天傍晚，她从那条路上经过，两排花篮在尚未正式营业的店门前铺开。隔着鳞状的卷帘门，她往里张望。大门正对一具财神塑像，柜台散布其后，多是黄金首饰，她无需看清它们就能为此心潮澎湃。更远处，旋转楼梯通向二楼，她几乎能闻到雕花扶手上散发的油漆味。一切正沉睡，在这座宇宙般无垠的商场深处，有一粒小到被忽略的按钮。她相信开业以后，会有那样一个人，每天第一个到场，按下按钮——接着灯光复位，香气充盈，所有商品瞬间洋溢起热情。商场就此苏醒过来。

"小姑娘。"有人叫她。

她已经不小了，常因大龄未婚被亲戚议论，但这不重要。顺着声音，她看见一个矮小的老太婆，衣衫破烂，身后拖着装满废品的编织袋。老太婆从花篮里薅到了一捧花——她来晚了，只剩一些烂瓣的康乃馨，聊胜于无。

"你知道,这个地方什么时候开门吗?"老太婆问。

那是一双浑浊的眼神,像流浪许久的猫科动物。她这才意识到,自己正穿着胶底鞋,戴一副印有雏菊的袖套,满身污垢并不比老太婆好多少。她不是来看百货商场的,也不该在此停留。她工作的小饭馆里,有人正等着她买回洗洁精。她的脸颊顿时烧红,一种真实的生活竖立起来,审判着她。她冲老太婆摇了摇头。

"上面没写吗?"老太婆伸手,指着商场门口张贴的告示。

"没有。"她认真地读了一遍告示,"是一份招聘广告,新店招营业员。"

"你再看看?"老太婆示意。

"没有的。"她明知答案,却还是又看了一次。看第二遍时,她心跳加速,仿佛一个强烈的念头在左胸口闪烁。

"骗子,都是骗人的。"老太婆做出一副恼火的样子,也许是她的柔顺给了老太婆信心。老太婆说:"他们就是想骗你的时间,骗你的钱,用一些没人懂的新花样玩弄你。小姑娘,你不要以为自己识字,就什么都懂。我的生活经验比你多太多,到我这个年纪,什么事情都看透了。"

她不同意老太婆的说法。经验与认知，如果能这样直接兑换，那么智慧就属于最长寿的人。当然，影响她判断的主要不是逻辑，也绝非某种关于真相的观察。这些都淹没在她对百货商场涨潮河流似的热情里，显得微不足道。站在商场门口，她想起这些年来听闻的、从电视或报纸上看到的各种商场，头一次感到自己生活的小城并不是孤立的。它和世界上所有的城市都发生着关联，巴黎、纽约、伦敦、罗马、东京、上海，恢宏的现代奏鸣曲正从这些最振奋人心的地方流向这里。而她，罗珍妮，位于一处通往未来的甬道入口。她将变得明亮、耀眼，从局促的环境中获得假释。有一天，人们都会知道这个叫罗珍妮的女人，赞赏她过去未被充分觉察的聪慧、灵巧。

几天后，罗珍妮拿着招聘广告，坐在经理办公室里时，她已完全明白如何克制热望。这不算难，只要切实地想一想自己的处境。面试官是一位蓄胡子的男人，戴方框眼镜，桌上的杂志叠得很整齐。他提出几个常规问题，她回答了，并且巧妙地模仿了他的态度：严肃、谨慎，在此之上又罩一层礼貌性质的友善。最后，他问及她对薪酬的要求。她谦逊地表示，目前只是学习阶段，薪酬都能接受；她相信只要刻苦工作，一定会拿到和业绩相配的工资。经理笑了，露出一种洞悉事物又不愿全部点破的表情。他告诉她，刻苦还不够，任何工作都需要技巧。接下来，他请她带走招聘广告，贴回商场的双开玻璃门上。这不是悬赏榜单，不必携带前来，何况还有很多空缺岗位待招。她连忙道歉，语无伦次。离开办公室的路上，她几乎有哭泣的冲动，很快被一阵轻微的麻痹感压倒，没落下眼泪。在那段插曲发生之前，她还一心以为工作十拿九稳呢。可残酷的事实是，从进门开始，她的愚蠢就袒露在具有裁决权的经理办公室之中。

她浑浑噩噩地回到租来的房子。日已西落，霞光还没接上黑夜，到处细闪着一种暗沉的金色。这是一间十多平方米的单间，两个橱、床、桌子就占了大半位置。五斗橱的最上方，斜靠着几本书，和做菜、毛线编织有关，都是她指望抽空能学会却一直没有开始的事情。书的旁边，有一个不起眼的黑胡桃木小匣，里面放了一副金耳环，一个小时候捡的松塔，一封别人写给她的信。她暗中为自己定过一条苛刻的戒律：所拥有的一切奢侈物品，不能超过这个盒子。那时她还没领会到，这种节制的背后，隐藏着一种非常微妙的祷告。仿佛只要不贪婪，就不会受到命运的亏待。面试回家的夜晚，罗珍妮把地板和仅有的家具擦了一遍，又一遍。她彻底忘记了晚饭，躺在床上，到深夜才入睡。

第二天，她好多了。有时事情看似搁浅在某处，不久却自然地恢复原样，前行的速度比一个人能想象到的更快。罗珍妮回到"陈记小馆"，有什么东西悄悄改变了。她精力旺盛，牢牢盯着整个小饭馆。有客人进来立刻迎接，出餐第一时间端上。她不放过任何一块铺着残羹的桌面，以最快的速度，把桌子擦得锃亮。不像过去，她总是白日梦般站在旁边，等待人们催促她行动。不过，对于她突如其来的勤劳，老板并无嘉奖，反倒觉得她受过什么刺激。夜里，她在后厨洗碗，听见老板对老板娘嘀咕，她准是失恋了。看上什么人，对方不要她，把气撒到饭馆里来了。老板娘小声回应了一句，听不清楚。罗珍妮专注地望着橡胶水管口，水流源源不断，灌进红色塑料桶。在冰冷的水下，油污正从瓷盘表面无声息地消退，来自不同人的口水、细菌、吃饭时欢喜或孤独的心情也被清洗一空。它们又是全新的餐具了，什么都没有留下，她多羡慕。

别人怎么能明白呢？步行回家的途中，罗珍妮慢慢回过神来。在苔城，人们脑子里无非是那些事情：男女、金钱，共享一根过度敏感的神经，要从表面迹象里挖出更深的刺激。这些零碎的猜疑，在一个关于未来的宏大美梦之前，又算得上什么？罗珍妮只感觉浑身攒满了力量，她想要做些什么，必须做，否则她会在这种亢奋之中胀裂。接连几天，她都处在这种非同寻常的状态里，直到一丝微弱的疲惫渐浮上来。回想一周前在百货商场里的面试，不再有神秘的充盈感从体内升起。到这时，她终于发现，自己一直在强撑以便把梦的反照延续得久一些。

信就是在这样的时刻寄来的。

罗珍妮女士：

请于 10 月 15 日上午 9 点，至新新百货五楼会议室报到。

注意：正门暂不对公众开放，请从朝南的后门进入。

新新百货客服部

十一月，新新百货的正门终于开放了。两串鞭炮挂在纤长的竹竿上，噼啪响罢，看热闹的人群涌进了商场。

罗珍妮被分配在日用百货区，是大货柜台，营业员穿白大褂。不像对面的品牌店，他们给柜员发深灰色的西装。秋冬两季，各有一套。刚发制服那天，罗珍妮摩挲着梅慧芬的冬季西装，爱不释手。

"是羊毛的。"罗珍妮低叹一声。

梅慧芬笑而不语，把西装披在罗珍妮身上。两人对着试衣镜摆弄，罗珍妮小心翼翼地调好肩部，衬着内搭的黑色高领毛衣，很好看。大概是为了彰显时髦，店铺里贴了不少好莱坞黄金时代女明星的画报。葛丽泰·嘉宝、玛丽莲·梦露、凯瑟琳·赫本……罗珍妮只认识一部分，最喜欢伊丽莎白·泰勒。她曾在电视里看到过泰勒演的《埃及艳后》。电影很长，她调到频道时，已快结束。惊才绝艳的王后服毒临终前，对着银幕说："人生是一场他人的梦，现在，我要做自己的梦了。"——这句话长久萦绕在罗珍妮心头，每次想起，都有一种说不清的感伤。

"真好看。"梅慧芬仿佛看透了她的心思，"像女明星。"

"我真羡慕你们在品牌专柜的人。"罗珍妮说。

梅慧芬一笑，亲昵地推搡她一下，揭晓了谜底："一件工作西装而已，不是羊毛，是维纶的呀。"

事实上，罗珍妮对自己的岗位也很满意。她常待在洗护用品区，望着柜台里五颜六色的瓶子。小时候，到镇上的文具店去，她曾被一字排开的水粉颜料深深吸引。色彩多么迷人，你能相信吗，大海深处有一种闪着偏光的蔷薇色。但她从未想过占有它们，这是一个省多少早餐钱也攒不够的天文数字。只是欲望以如此隐蔽的方式汲取了那些不可得之物，消融在潜意识之中。时至今日，尽管她已更擅长克制，可每当看到斑斓的货柜，仍不可避免地悸动起来。每天下班前，她悄悄打开某一种沐浴露，深吸一口混着化工气息的香味。她从中找到某种平衡，既不损害别人，又能自我满足。更何况，这可以作为一个小小的仪式，用来庆祝她的新生活。

开业前，商场组织过一次七日培训。两人一桌，罗珍妮的邻座是一个短发的女人。一副笑眼，眉毛有文过又脱落的痕迹，眼下撒了几粒雀斑。女人年龄看着比其他人年长，说话很和气，初见就给罗珍妮留下可靠的印象。彼此交换了名字，梅慧芬说，叫我阿梅就好了。两人聊得投缘，罗珍妮分了心，连课都没怎么听。倒是阿梅有本事，一边和她笑谈，该记的一处不落。后来结课考试，若不是阿梅再口授一遍，罗珍妮恐怕无法过关。第三天，阿梅开始给她带早饭。罗珍妮受宠若惊，阿梅宽慰她，不过是顺手多准备了一份。培训期间要比正常上班起得更早，阿梅见罗珍妮每次行色匆匆，猜到她没时间在家吃早饭。罗珍妮有些不安，长期独来独往，还没能完全适应别人的好意，但依然很感激。一方面，为阿梅对她的细心体贴；另一方面，也为自己能准确地预感到这一切。罗珍妮早就确信，阿梅属于罕见的聪明又良善的人，她比别人更通晓世上的规律，并尽可能以自己的方式照顾每个人，填补他们的疏漏。

不久后的一个早晨，梅慧芬向她介绍了刘梦。刘梦坐在她们前排，其实罗珍妮第一天就注意到她了。这个女孩化着浓妆，戴一条显眼的珍珠项链，打扮相当前卫。在"陈记小馆"打工时，罗珍妮最怕这样的客人。根据经验，他们往往不好相处，似乎很乐意通过挑剔别人来树立自己的权威。梅慧芬和刘梦热络起来，却是出乎罗珍妮预料的。不过，崭新的环境总赋予人更多宽容。罗珍妮想，与任何人交朋友，都不失为一件好事。

从初识到形影不离，费不了多少时间，女孩们有这样的天赋。三人中，阿梅已结婚，有一个念小学的儿子。其余两人，距婚姻都很遥远。刘梦表现得更愤世嫉俗，扬言要潇洒一辈子。只是她还那么年轻，或许并不明白"一辈子"意味着什么。当阿梅得知刘梦比自己小整整十岁时，惊讶得张开双臂，佯装要量出十年的长度。三人大笑起来。

苔城位于浙江内陆，三面环山，清晨常是从雾霭中吐出来的。一到冬季，湿寒刺骨。走在街上，有一种黏稠的冷。

十二月中旬，刘梦披上了皮草，兴冲冲地展示给另外两人看。

"这是水貂毛，我特意托人从老家带的。"

阿梅率先抚摸了皮毛。然后，罗珍妮也伸出手。像在黑夜中探入草丛，被沾着露水的草茎轻轻地划伤，她屏住了呼吸。

"水貂看起来无辜，雪白一只，红色的小眼睛，其实性子可凶了。我老家有一个水貂养殖场。小时候，我上那儿玩。那阵子，蛇刚好出洞，来了好几条。水貂一沾上就拼命咬蛇，一条接一条……"刘梦一边比画，盎然说道，"就像我们平时吃面条那样。"

又一个谎言，为了某种戏剧性，罗珍妮心想。那时她已有些了解刘梦，但没忍住，脱口而出说："怎么可能。"

"千真万确！"刘梦瞪大眼睛。

"你家在北方，怎么想到来苔城定居的?"阿梅接过话，"还过得习惯吗?"

"都好多年了。我一个婶婶到浙江做生意，她带我出来的。她这人心肠歹毒，偷我的钱，还扇我巴掌。我当时就发誓，只要有机会，不管用什么方法，都得逃出来。后来阴错阳差，就来苔城了……"

真真假假。有些人愿意活在故事里，随手从回忆里掏出一串彩灯，攥住观众的注意力。他们根本不在乎，这些关注之下，是否有怀疑的目光微微泛起。只要舞台足够光鲜，他们从不恐惧。所以，很多事情，罗珍妮听过也就忘了。

至少她有了朋友，不再孤身一人。

午餐成为一种令人期待的时刻。三人端着饭盒，坐到一起，百无禁忌地闲聊。刘梦精力丰沛，有无尽情绪要抒发。阿梅总能知道一些冷门的消息，比如造商场时的各种纠纷，三楼收银台的失窃事件。而罗珍妮，自诩是一个不错的倾听者，也乐于附和。有段时间，她们议论最多的是刘梦同柜台的一个女孩。

百货商场有一个隐形规则，凡是相貌出众的女孩，多被分到首饰柜台。或许由于产品昂贵，商场想借营业员的美貌来增益品牌价值。刘梦五官立体，再有装扮相衬，自然派去了施华洛世奇专柜。早在二十世纪七十年代，这些高精切面的人造水晶制品，就已进入中国市场，如今算是知名品牌。与刘梦搭班的女孩中，有一位个子高挑，很引人瞩目。那女孩说不上多漂亮，但人们一看到她，忍不住去想她和哪个明星相像。因其身形细长，刘梦给她起了个绰号，"扫帚"。"扫帚"确实有异于常人之处，顾客进店，都喜欢让她来挑选、搭配。与"扫帚"配到同一班时，刘梦几乎拿不到业绩，更别提"扫帚"一贯目中无人。可想而知，接下去就是关于"扫帚"的流言，刘梦绝不错过每一条。

"我今天看见她了。午休时候，她钻进一辆小汽车，半小时才出来，手里还拿着一束红玫瑰。你们知道吗，她没把花带回来。看到汽车开走以后，她直接丢在门口。"刘梦一撇嘴，以一种低沉的调子说，"肯定有什么见不得人的事。"

"她离过婚，有个孩子。我听楼下的人说的，不知道真假。"阿梅说。

"天下哪有不透风的墙。"刘梦冷笑一声，继续说，"还有，她用的东西，毛衣、围巾、化妆品，都是高档货。凭我们这点工资，怎么可能买得起，也不知道钱从哪里来的。"

"同事一场，尽量不要卷入是非。"阿梅安慰道。

"阿梅姐，我这个人心直口快。有什么看不过眼的，我就要说。"刘梦一副凛然的样子。

"你想，我们才来多久，谁背后有什么关系，现在都还不清楚。出来上班嘛，本来只是为了挣一份工资。如果有聊得来的朋友，是意外之喜，但得罪人是没必要的。"

阿梅淡淡一语，另外两人纷纷点头。刘梦起了活泼的性子，摆开架势，模仿"扫帚"补妆的样子。她用食指点着嘴唇，极尽矫揉造作，竟也有几分喜剧色彩。很快，楼道里传来嬉笑的回声。

即使多年以后，罗珍妮回想这段日子，眼前冒出的仍然是明快的色彩：鹅黄，青绿，闪着银光的紫色。也有一点浅灰色的部分，比如总感到羞愧，原因五花八门。有时，是为自己对刘梦存有的芥蒂。她们是截然不同的人，她无法真正放开自己，去达成那些刻薄的共识。有时，她对被贬损的女孩感到抱歉。尽管风浪微弱，且涌向乐趣，她还是觉察到一种抽象的暴力。更多时候，却是为自己的平庸。她们告诉她那么多事情，她从来无以为报。那时，她有一种热烈的愿望，想自己也说出一些能让她们惊讶的消息——不是某种自尊心上的较量，而是回报。

有一次，刘梦提议，每人说一件隐秘的事情，好让彼此相交更深。

刘梦说起她高中时住校，寝室里有个不受欢迎的女孩，五个室友决意联合捉弄她。当时临近夏日，农田为防止蚜虫、白粉虱，到处都在用辛硫磷混合剂。有一个同学，从家里偷来一小罐，要倒进她的饭里。

"我想，这人虽讨厌，但要是死了，谁都逃不了责任。我就偷偷换成了普通的番泻叶水，让她拉几天肚子得了。"刘梦爽利一笑，把故事带向了另一种结局。

"真吓人，性命攸关，你们是开玩笑的吧。"阿梅说着，松了一口气。

"那可指不定，当时年纪小，不知天高地厚，说不定也就真干了。"刘梦说，转头反问阿梅。

"我儿子得过脑膜炎，六七岁的时候。病发的时候，整个人有点痴呆，医生说可能是阶段性的，以后有机会恢复。好好一个孩子，到现在反应还是迟钝。上学以后，成绩一直在下游，我真不知道怎么办……托了很多朋友，到处询问，说多存钱，未来也许能研发出新药。"阿梅一反常态，失了稳重，几近哽咽。

"阿梅姐，你人这么好，老天不会让孩子出问题的。"刘梦安抚道，又补了一句，"所以我想得很清楚，孩子多麻烦，我绝不会生的。"

"我不怕麻烦。"阿梅拭过眼眶，抬头说，"就算真的智商坏了，我也要养他一辈子的。到底是我的孩子。"

轮到罗珍妮时，她还沉浸在阿梅残留的低落氛围中，不知如何开口。另外两人几番催促，沉默仍然横亘在罗珍妮面前。她不断地回想，一边忍不住分神，为两位伙伴的等待而焦虑。良久，她抛出一个看似潦草又无奈的答案。

"我是一个想很多的人。"罗珍妮垂下了眼睛。

"这算什么？"刘梦难以置信，一种同时兼具轻蔑与好笑的神情浮上来。

阿梅也忍俊不禁，鼓励她重新说。毕竟其他人都讲了真材实料，她怎么能敷衍过关。然而，罗珍妮又如何让她们明白，即使只是说出这一点，也费了勇气。她拿出来的，是一条自我审视后的罪。她想告诉她们（不止她们，所有可能理解她的人），为此，她忍受着何种孤独，连最细小的事物都可以啃噬掉她一块。

刘梦和阿梅逗引了一阵，见她不愿松口，便也扫兴不再问。眼看就要结束闲聊，回到工作岗位，罗珍妮一慌乱，蓦地想到可以说的内容。

"我本名叫'罗娟'，'罗珍妮'是后来去改的名字。"

但另外两人已经兴尽。刘梦随意地点点头，阿梅笑了，顺口赞她的本名同样好听，就像颁发一个微不足道的安慰奖。然后，她们转身走了，罗珍妮木讷地站在原地。她实在找不到值得一说的事情，并且她已经知道，她们并不在乎——虽然峰峦没有露出真正险峻的一面，一些友善的雾气尚且缭绕着。但那种渗入发肤的恐惧，在少女时代曾久久支配她，此时又一次盘旋而来：她的脑中回荡着各种声音，但她从来不知道如何与真实的人相处。在心灵深处，她无法与任何人靠近。

春天快结束时，一位陌生的顾客走进新新百货。根据第四次人口普查数据，苔城人口已接近八十万，况且百货商场客流量大，眼生的面孔没什么稀奇。来客穿一件挺阔的蓝衬衫，外面套了褐色菱格马甲。同色系长裤，新款皮鞋，连皮带都有品牌。一眼望去，格外讲究，不像本地人。

客人似为挑女装而来，一路询问的服饰，都是女款。他对面料、版型都很了解，有时只需用手指轻轻一捻衣角，就皱眉走出店门。到了梅慧芬的店铺里，他饶有兴致地看了许久。一抬头，发现店里空荡荡，营业员不知所往。那天，梅慧芬恰有位旧友路过，两人外出吃点心去了。出于朋友之间的默契，当罗珍妮听到顾客喊人时，赶忙跑向了阿梅店里。

"她去卫生间了。有什么可以帮忙的？"罗珍妮说。

"我想看看米色的开衫，就是模特身上那件。要小号。"客人说。

罗珍妮拉开抽屉，手忙脚乱，半天才找出他要的款式。她小心地拆开塑封，把衣服展开。客人看了水洗标，又综合考量一番，朝她摇了摇头。

"这件缩水率太高。而且作为开衫，领子开得太低了。披上身，衣领处会不平整。"

"里面那件翠绿色的套衫呢，要不要看一下？卖得很好的。"罗珍妮积极地问。

"不用，她不喜欢太鲜亮的颜色。"

客人说着，移到一排夏装前，拣选起来。"她"——亲切、带有轻微的占有欲，从语气看，应该是他的妻子或恋人。一份精心准备的礼物，罗珍妮心想。这时，她才开始打量这位挑剔的客人。他中等身材，脖颈处因松弛而显胖，看上去大约四十岁。他有一种极为严谨的气质，使人很容易慎重地对待他说的每一句话。客人兀自挑着衣服，为了化解沉闷的气氛，罗珍妮试图和他聊几句。

"是从哪里过来玩的吗？"罗珍妮问。

"出差来的，今天就回去了。"客人说。

"老家在哪里？"

客人没有马上说话。罗珍妮自以为讨了无趣，正难熬，传来了回答："上海。"

"上海？"罗珍妮惊呼一声，难怪这个客人穿着如此周正。一瞬间，她变得兴致勃勃。"我小时候跟一个亲戚去过上海。我们好像报了一个旅游团，我记不清了，反正一队里有不少人。我们去了城隍庙，我第一次看到外国人。那个老头拿出几颗糖，分给队伍里的小朋友。我以为也会给我，但他到最后都没给。你知道吗，别人都有的。"

"没准那是迷药呢。"客人终于笑了，回看了她一眼，补了一句说，"真的，那时候拐卖案件很多。"

他们相互都放松许多。由于常来串门，罗珍妮对店里的货品相对熟悉，应要求推荐了一些。客人接受的不多，但很客气。结账时，他问她是否愿意一起吃晚饭，感谢她将近半小时的陪伴。

事后，罗珍妮回想起来，她是很勉强才拿定主意赴约的。当他们在店里相谈甚欢时，罗珍妮忽然意识到，自己正穿着一双非常难看的红袜子。上一个本命年买的，已有四年多，到处都起球了。她一贯不注重打扮，何况有长裤遮盖，袜子并不显眼。可在这位得体的客人面前，她不禁计较起扮相来，暗自祈祷他不要低头，以免自己的缺陷暴露。他或许不会说什么，但必在心中嗤之以鼻，而他们刚建立的审美交流也将垮塌。然而，她根本无法拒绝这样的邀请。那人是从上海来的——"上海"到底是怎么样的，罗珍妮不知道，仅有一些非常抽象的想象：新颖、时尚、魅力、风情……已经足够了，她再次感到一种浩瀚的召唤，着魔似的，要往旋涡深处走去。

迫不及待地，她把这件事告诉了梅慧芬和刘梦。

"我早就说了，罗珍妮才是我们中最漂亮的。"阿梅抿嘴笑了。

"不是的。"罗珍妮连忙纠正，生怕言语间发生什么误解，"只是吃一顿饭，聊的都是很平常的事。"

基于一种城建的互文，新新百货竣工之际，附近也开发了一条美食街。罗珍妮带路，他们去了一家本地餐馆。席间，她得知他姓宋，是上海一家刃具厂的销售经理。此次来苔城，也带着打通市场的目的。她问他，刃具有哪些。他从高碳钢原料说起，讲了几句，笑着停下来，说她不会感兴趣的。接着，他谈到了妻子。他每到一个地方出差，都会给她带礼物，他不知道这件事还能做多久——因为，她身患重病。从他的词语碎片中推敲，罗珍妮认为那是一种血液相关的疾病，听起来是致命的。

"他钱包里有一张她的照片。可能时间长了，粘在了PVC塑料套上，看不清楚。肯定是好看的，有一种非常古典的气质。"罗珍妮想，现在她应该瘦多了，所以他买的衣服都是最小号。

"给你看这干什么？这男人心思真多，你最好当心点。"刘梦皱着眉说。

罗珍妮点头，却暗暗相信，宋先生不可能是坏人。

"他还说什么吗？留下联系方式了吗？"阿梅问。

"没有。他说，还会再来的。"罗珍妮如实回答。

"八成是觉得老婆快死了，想找一条后路。不过，怎么可能找你呢？你也别抱指望，他回去想想就清醒了，一点都不现实。"刘梦说得胸有成竹，末了冷笑一声，"哼，上海人。"

多雨的九月结束前，罗珍妮又见到了宋先生。这一回，他穿得没那么正式，一件浅蓝色的夹克衫上落了斑驳雨迹。他胖了些，比春天时更显年龄，但依然风度卓绝。打开手提包，里面有一盒刃具产品，每一小格都认真编了号码。还有一个米老鼠万花筒，是送给她的。罗珍妮接过礼物，惊喜令她不知所措，甚至忘记向宋先生道谢。

这次他留出更多时间，所以他们能沿着古城墙散步。那时，人们对城墙还没什么保护意识，一些楼房借墙而建。炊灶的烟雾日日熏染，久而久之，有些石砖变成了黑色。罗珍妮以前从没注意过，寻常人生活的微小痕迹，竟如此荒诞地拓入历史。

他们登上一座谯楼，沿着延伸的墙垣而行。黄昏近了，金色蝴蝶晏晏栖于水面，远处的护城河显得平静。

"重吗？"罗珍妮指着他的包问。她一直担心他负累，下意识地，怕他与她在一起时有些微不愉悦的时刻。

"没关系的。"宋先生没在意手中的提包，转而说，"跑了中国那么多地方，还是最喜欢浙江。将来退休了，我就来这里买一间小房子，安安心心地养老。"

实际上，他的祖籍也在浙江，这算是他们之间隐秘的联结。抗日战争时期，他的父辈逃难到上海，从传闻中光怪陆离的洋场里捞到一份生计。很艰难，但只要立住脚，别的都会慢慢好起来。他们家族有一种故乡情结，所以他当年结婚，也找了祖籍为浙江的女孩。

"我几乎不旅行。我们是做一休一，休息日就待在家里。"罗珍妮说。

"你愿意再去上海看看吗？"宋先生问。

他就是这么问的。听上去魔幻又真实，像一场触手可得的梦。那究竟是什么意思，一个简单的邀请还是一种模糊的试探，罗珍妮捉摸不透。她想起刘梦的断语，难道他真的在物色妻子的替代品吗？罗珍妮一时语塞，呼吸夹杂着剧烈的心跳鼓点。摒除这些干扰性的念头，她当然愿意去上海。去年冬天，她在新闻里看到，横跨黄浦江的南浦大桥正式通车。荧幕里人山人海，一道道由热气球拉起的标语竖立在桥上。哪怕未曾身处其中，仅是看到这样的景象，都激动人心。

罗珍妮点了点头。

"有机会我来安排。"宋先生说。

那一阵，刘梦新交了男友。男孩有一辆摩托车，专为她配了一顶粉红色的头盔。有时还没到下班的钟点，刘梦就打扮妥当，被载往消夜摊。恋情赋予她一种明媚的神采，她的精力全花在男友身上，不再关注"扫帚"的举动。只是偶尔地，当她说到男友的少年风发之气时，宋先生被拿来作了比较。所幸，她说得不算刻薄，何况她全心沉醉于恋情，三人相聚的时间也少了。

与梅慧芬单独相处时，罗珍妮尤其松弛。她们可以聊任意话题，来往交汇，总是协调。比起其他人，阿梅了解她多一些。有一回，她们在楼梯间喝茶。阿梅盯着她看了一会儿，忽然开口。

"我在想，你真是一个很聪明的人，只是有一点倔。"

罗珍妮感激这样的判断，嘴上却忍不住辩驳，她和聪明无关，从小成绩普通，也无其他所长处。她强迫性的谦逊被梅慧芬制止，阿梅说，那种聪明不在于智力，也不在于人情世故的计算，而是一种接近天然悟性的东西。

"你不属于这里。"最后，阿梅说。

罗珍妮为此一震，加倍详细地讲述了她与宋先生的关系。

那时，虽然行动上还没有实质的进展，但两人几乎已达成默契，只要他妻子去世，她就跟他到上海去。宋先生向她坦言家中情况，他是幺子，父母均已不在世，凡事可自己做主。他和妻子生育晚，如今儿子年幼，尚离不开照料。这就是她即将继承的家庭，一张密布责任的网暗织其中。当然，还有更多未知的部分，全然超越此刻的想象，但生活本不就是如此吗？人们在欲望中顺流而下，很少在真正的风险发生之前考量它。

她开始买一些新裙子。战战兢兢地付钱，取回一堆找零硬币。相比过去在饭馆打工，百货商场的收入要高几倍，所以她有挥霍的空间。衣橱日益丰隆，她设想，将来要怎么把这些服饰运到上海。在那个历经重构的家中，她又要怎么划分她和他妻子的空间。当她发现，自己正在假设一个生者已死，并且此人还与她存在着微妙的利害关系时，她旋即生出一种不安的感受。罗珍妮不希望他的妻子死去，至少，那场死亡应当彻底与她无关，只属于病人自身的命运。

罗珍妮的愿望以一种古怪的形式实现了，完全出乎她的意料。尽管她和宋先生还在定期会面，但带来的消息却是，他的妻子一天比一天健康。据宋先生说，如今她和一个兴趣组的组长交上了朋友。每到周末，她们聚集在福佑路的一家工作室，用水晶珠串起各种立体图形。那些别出心裁的制品，会被小摊收购，卖到需要布置的房间里。前来报名活动的，多是中老年女性，抱着兼职赚外快的目的。也有年轻人，甚至中学生。他们更侧重于寻求体验，往未知的池子中丢一块瓦砾，探测它所激起的波纹。

"她和我不一样。她有一种让人喜欢她的能力，不单单因为她是个病人，人们迁就她。"宋先生说，露出感叹的神色。

那已经是他们相识的第四年了，相互了解更多，也几近敞开。罗珍妮低下头，仿佛在尽力消化这条信息，把它背后的每一丝褶皱都反刍明白。

"那样的话，对你来说也是一件好事。"罗珍妮说。

"我不知道。今年，我们单位的效益也差了很多，基层三个月发不出工资。再拖下去，恐怕要卖掉房子给她治病了。"宋先生说。

罗珍妮吃了一惊。如今她知道，他是那种忠于责任的老派男人。只要妻子有生机，他无论如何都会采取积极的行动。假如妻子决心拖垮他，他也会毫不犹豫地走向毁灭，直到彻底无能为力。罗珍妮又怎能责怪他，另一种生活，本就不属于她。她为自己要面临的损失痛苦，火焰灌入胸口。在故事的最后，那条获得双腿的小美人鱼终究化作了泡影。可她没法真的憎恨谁，要不是基于某种强烈的责任感，宋先生也不会长久而稳定地与她保持联系。

"你今天涂口红了。"宋先生很快从精神风暴中恢复，转了话题。

"对。"罗珍妮顿时羞赧起来，"我一个同事送的。

她的亲戚去巴黎旅行,带了一套三支,我们三个关系近的一人一支。"

"不适合你。"宋先生定睛看,又含糊地说,"这两年,出国很流行……"

吃饭的全程,她都小心翼翼地擦拭嘴唇,想把那泛着荧光的颜色去掉。

还有一些更糟糕的事。

口红是阿梅送的。她本想选大红色,但另两人都说,玫红更衬她的文静气质。于是,选择松动,她很快改变了主意。那几天,刘梦刚失恋,再次回到愤世嫉俗的状态。她所选中的大红色贴在嘴唇上,如蛇信子钻出,莫名带有一股潮湿的凶险。

因此,当罗珍妮在商场的茶水间听闻关于自己的传言时,率先想到的,就是这张鲜艳的嘴唇。仿佛一块金属不断在体内下沉,她站在茶水间门口,只觉得浑身冰凉而沉重。她当然不能进去质问,却也无法转身逃离。世界丧失了它的流动性,逐渐凝成固态,每一件外物都露出锋利的棱角。她被嵌在这个瞬间之中,动弹不得。

她们是怎么说的?

"看不出来,原来是这种货色,和已婚顾客搞在一起。""哦,那个老女人。"……无尽的讪笑,令人牙齿打颤,唯有尽快把那些词语赶出大脑,全部忘记。罗珍妮反复说服自己，这只是一些最平淡的闲言碎语。如果主人公不是她自己，甚至不值得停下脚步去细听。然而，她控制不住耳膜嗡嗡作响。

没有什么可解释的，也不知如何开口。罗珍妮和同事们交往本就不深，流言愈加阻碍了他们之间的关系。她沿着扶梯走下台阶，感觉自己身处丛林，四面都是闪着贪婪红光的豹的眼睛。

刘梦离职的那天，百货商场的同事们举办了一场欢送会。傍晚时分，会议室里传来嬉笑。隔着磨砂玻璃，罗珍妮看见五彩气球吸在天花板上。窗户用白色喷雾造出动物之型，不均匀的边缘模拟了雪的痕迹。重新围排过的会议桌上，摆着零食、干果，一次性杯子里装满可乐或红酒，像是圣诞提前来临了。可这一切，都与她无关。她们已经不再说话了，罗珍妮几乎确信，流言的源头就是刘梦。而她随后的离职，更佐证了这一点。反正无须再乔装友谊，现在，她可以尽情伤害她了。

罗珍妮本不想主动再提这件事，但不久后，梅慧芬找到了她。两人稍谈几句，互相察觉，彼此对罗珍妮的处境都非常清楚。

"不要把这些放在心上。人生在世，哪有不挨人说的。"梅慧芬干脆捅破纸，试图安慰她。

"凭什么？"罗珍妮说着，抑制不住眼泪上涌。"我从来没有乱说过别人的事。即使知道，也都咽在肚子里。"

"这和你怎么样是无关的。"梅慧芬轻声说，"是人性呀，你都知道的。你现在只有过好自己的生活，别在意任何人说的话。如果哪天你真去上海了，这些人就算心里不服气，也会好言好语来送你的。"

"也许我去不了上海呢？"罗珍妮喃喃自语。

"那也不要紧。不过，你一定要吊在这一棵树上吗？"梅慧芬问。

"是的。我答应过他，我会再等一等。"罗珍妮说。

"那么你一定能去成的。"梅慧芬说。

"为什么？"

"公道。"梅慧芬叹一口气，斩钉截铁说。

很长一段时间里，只要想到阿梅这句"公道"，罗珍妮就险些落下泪来。

几个月后，新新百货启动了翻修更新工程。雕花楼梯拆掉了，一律替换成德国进口的电梯。那具在门口守护多年的财神，被搬进了常年不见光的储藏室。取而代之，一对抽象的琉璃雕塑竖在大门两侧。重修以后，百货商场的整体风格简洁明亮。穿行在商场中，人们感受到史无前例的轻盈。

百货商场统一装了广播，大量流行情歌，流向商场四处。罗珍妮最喜欢毛宁的《晚秋》，熟悉的前奏响起时，便如有雨水簌簌落在梧桐叶上。

心中藏着多少爱和愁/想要再次握住你的手
温暖你走后冷冷的清秋/相逢也只是在梦中
怎么说相爱却又注定要分手/怎么能让我相信那是一场梦
情缘去难留/我抬头望天空/想起你说爱我到永久

爱——她想过这个问题，但始终说不清，她和宋先生的关系之中是否有爱。出于他严肃的天性，他们之间甚至没有肉麻的言语，更不用说爱的表达。何况，什么事情都说不准。这几年来，宋先生飞速地衰老了。有时罗珍妮想，有没有一种荒诞的可能，宋先生比他的妻子先去世呢？又或者，谁也料不到，最先去世的是她自己？总之，不是那个已被死神标记过的女人，没有那么简单。

至于爱，在游戏般胡乱缠绕的命运之中，究竟承担着何种意义。

有一把可以解答所有问题的万能钥匙：时间。

它不提供解析，但只要沿着它下行，总有一刻，一切困扰都会变得不再重要。比如二十年后，当罗珍妮夫妇和梅慧芬坐在半岛酒店的咖啡厅时，没有人再在意，爱在此刻是否扮演着某种角色。

梅慧芬六十出头，年前经历过一场小中风。重新获得语言能力后，她决意游玩一番，顺便拜访各地的老朋友。自罗珍妮结婚以来，她只在电话里听过梅慧芬的声音。虽聊不长，但从旧日飘荡过来的气息，总能使她安心。每一次，她们都相约，等梅慧芬有空就来上海玩。时隔多年，这项约定终于兑现了。罗珍妮一咬牙，预订了平时舍不得消费的景观式下午茶。

梅慧芬染过深红的发色，效果不持久，而今新生的白发如杂浪翘涌。她的皮肉塌软了，五官被挤得很细小，肤色也暗沉下来。是好天气，日光穿透她紫色的雪纺裙，衣衫褶皱的阴影投到她若隐若现的皮肤上。让罗珍妮诧异的是，眼前的梅慧芬判若两人，没有一处还残留过去的痕迹。一些更精微的地方也变了，或许根本原因在于，罗珍妮看待她的视角也发生了变化。她无法再像从前那样，以艳羡的目光，将梅慧芬安放在姐姐的位置。她曾经多么需要阿梅，沉稳、知书达理、越过众人辨认出她的独特，那些光线一度充盈她的生命——难道这都是虚妄的吗？现在她面对着梅慧芬，心中有一种近乎道德的声音，唆使她忽视阿梅身上芒刺般突起的细节。尽管她竭力地阖拢双眼，梅慧芬的特质依然粗鲁地撞入她的感知体系：浓烈的庸俗。与此同时，罗珍妮心一软，而这足以让她以示好的面目与梅慧芬相处。

为了制止梅慧芬喋喋不休地描述自己的病症，罗珍妮说起了往事。

"阿梅姐，说出来你可能不信，我到上海那么多年，梦里还经常回到新新百货。最近一次，梦见你店里有个女客人，把镜子打碎了。我们就蹲到地上，把碎片一块一块捡起来，用胶水拼贴回镜框里。"

"哎，当营业员没有前途，服务别人大半辈子，每天站得腿都要断了。还是你好，碰上宋先生这段缘分，彻底熬出头了。"梅慧芬讪笑，看了宋先生一眼。

"以前开心，真的。"罗珍妮梦呓一般。

"你心好，能想着那些事情。"梅慧芬说。

"阿梅姐，你还记得吗？有一年，你送给我一支巴黎带来的口红。玫红色的，涂到嘴上会发亮，我到今天都在用，二十多年了。"罗珍妮感叹。金色外壳，膏体有一股高雅的脂粉香。她后来学会了搭配技巧，每逢喜庆大事，就淡淡地涂上一层。

梅慧芬一愣。不知是忘记这回事，还是没料到罗珍妮如此认真，她的眼中闪过诧异，又快速消散。接着，她轻轻地笑起来。她喝了一口加糖的咖啡，喉咙里有一股黏稠化开。待把余味也咽下去，她饶有兴致地对宋先生夸起罗珍妮来。

"宋先生，新新百货那么大，我最看好的还是小罗。我们小罗虽然不太懂时髦，也不爱说话，但长得可算是'商场一枝花'。人群当中，一眼注意到的就是她。我印象很深，单位里组织过一场职工旅游，我们都报了名……"

罗珍妮立刻想起那场旅行，那几乎是她来上海的前夕。当时，宋先生的妻子终于病危，住在ICU里，而罗珍妮已等了七年。她插嘴道："对，呼伦贝尔！之前从没旅游过，一下子跑到很远的地方。"

"是啊，光火车就坐了两天一夜，但是所有人都很激动。八月天，不怎么热了，草有小孩的小腿那般高。草原上的云，叫人永远都忘不了，倒映在把草地分开的水渠里面。那时候，拍照还是用胶片机的，哪像现在方便。我想省着点拍，可忍不住就拍了很多。要是没记错，我们应该是从莫尔格勒河景区出发的，一路上，大巴开过好多个观景台。"梅慧芬进入回忆，如身临其境。

"我们还买苔藓，喂了驯鹿。苔藓卖得贵，我们自己吃饭都舍不得点饮料。"罗珍妮补充说。

"最后一天顶痛快，单位出钱，安排我们去骑马。"

梅慧芬太过沉浸，无意间变了音调，"哎呀，看了好几天群马奔腾，跑得那么快。让我自己骑马，肯定有点怕的。下车以后，我们被带到一个马场，每人挑选有眼缘的马。篱栏旁边，站着一匹马，浑身雪白，美得像一朵云。我们都围过去看。"

"我记得的。领队说，那是一匹小马，却已展露出千里马的特质。我当时心里想，它不应该被人养来做生意。要是能回归草原，自由驰骋，完全是不一样的命运。"罗珍妮说。

"是啊，你了解它，所以这匹白马非你莫属。"梅慧芬又转向宋先生说，"小罗一直是最特别的，单位里所有人都认可，我们由衷欣赏她。"

"阿梅姐，哪有你说得这么好。而且，骑白马的不是我，我现在早忘记是哪个人了。"罗珍妮纠正道。其实梅慧芬说得完全不对，没有人欣赏她，没有人在意她愣愣地站在人群里。

"最后是你骑了那匹白马。我怎么会说错，撒谎有什么意义？"梅慧芬哈哈大笑，嗔怪罗珍妮记性不好。

"我骑的是一匹棕色的马，额头上有一块白斑。我胆子小，所以特意选了一匹瘦马，我自己更不会记错呀。"罗珍妮觉得没有必要，仍然作了解释。

"你那时意气风发，一望相中了白马。我们虽然都喜欢它，可是想到你马上要去上海了，以后没什么机会见面，也就催着你选白马。说实话，那么好的白马，只有你配得上它。"梅慧芬说，柔和而确凿无疑。

"不可能，根本不是我。"罗珍妮不自觉放低了声音。熟悉的迷雾弥散开，通过呼吸钻进她的肺，她逐渐迫近窒息的状态。

这时，宋先生问起梅慧芬在上海的旅途见闻。梅慧芬一笑，接受了这种调解。她说到前几天坐游轮，横跨黄浦江。两岸灯光把水面染得五彩纷呈，船舱的四壁吸纳了波浪的二次反射，无助而兴奋地一路闪耀。慢慢地，罗珍妮也回过神来。淤肿从边缘开始溶解，她们重新承担起久别重逢的老友角色。

他们本欲招待梅慧芬晚餐，但她百般推辞。再三挽留，梅慧芬才坦言，这次来上海并非孤身一人，还带了她的儿子。儿子离不开她，要及时赶回才行。宋先生不知情，要请她儿子一起吃饭。梅慧芬慌忙抓起包，一副就要走的样子。等她站起来，罗珍妮发现她比过去矮了。更多斑点落到她的锁骨皮肤上，像一粒粒幽暗的浆果。她的手抬在腰间，痉挛不止，有一些身体内部的小齿轮被时间破坏了。

告别的时候，她们约定明年再见，或许每年都可以见一次。然而，她们都察觉，这当中有极为敷衍的部分。

她闻到枕头里荞麦的气味，钟的指针把每一秒勾勒出声响。鬼使神差地，她的心思总在草原上驱驰。呼伦贝尔草原何其开阔，天地相去甚远，又彼此相连。万物沐泽于浑然之中，生活在那里的动物，每一只都得到了充溢着神性的祝福。

罗珍妮从来不受睡眠困扰，见梅慧芬那天，却怎么都无法入眠。半夜，宋先生迷迷糊糊地起身去卫生间。待他回来，罗珍妮忍不住问他。

"你有没有觉得阿梅哪里很怪？"

"没有，你们不是聊得很高兴吗？"宋先生含混地说，"快点睡吧。"

可罗珍妮忘不了那次会面。她被一种源自往日的荫翳迷住了，第二天，乃至很久以后，她都在思索那些和苔城相关的事。

其实，几年前，她回去过一次。那家标志着小城发展巅峰的百货商场，许多年来一直保持与时俱进。跨进旋转门，一股白花调的香味就殷勤地扑来。所有的格局，都和记忆中的相异。她绕了几圈，无法找到自己当年的柜区——这与地理区域无关，只是有些东西竟然可以消失得那么彻底。新招的女店员都很漂亮。在二楼的走廊里，她见到了"扫帚"，尽管"扫帚"没有认出她。白西装很适合"扫帚"，英挺自如，立在水中独木上的白鹤也那样伸展脖子。如今，新新百货的商业事务由她主理。回想过去对"扫帚"的孤立——刘梦拉拢了不少人，可"扫帚"从来不在乎。有一回，她和梅慧芬去柜台找刘梦聊天。她们一致认为，施华洛世奇是一个奢侈的品牌，因为它有一部分毫不实用的产品。比如各类摆件，以及那些小小的挂饰，顶部拴一根彩色缎带。要多有钱，才会在家里挂那种五角星、小铃铛、带树叶的小信封？她们极尽嘲讽的时候，与刘梦搭班的"扫帚"走过来，告诉她们，那是外国人用来装饰圣诞树的。她说得平淡而温和，没有额外的意图，反而显露一种难以言喻的诚恳。罗珍妮很难否认，哪怕在附和刘梦的攻击时，她对"扫帚"也是相当钦佩的——为她身上超乎环境的高贵。

另外一场相逢，也让罗珍妮意外。熙熙攘攘的菜场里，她遇见了原来"陈记小馆"的老板娘。她在那里打工的日子，老板娘一贯对她很照顾。老板挑刺，便由她护着罗珍妮。私下相处时，老板娘总劝她，一定要趁年轻，找个好人结婚，否则老了会很苦。她明白老板娘是替她着想，从不抗驳，感激地点头。但是现在她知道，老板娘说得并不对。一个人真的老了之后，未必感到孤苦，她会转头忘记所有的事情。就像她多次和老板娘打招呼，对方始终没有想起她是谁。

那么，为什么没有去找梅慧芬呢？

她们曾经是多要好的朋友。那些暗无天日的梦里，她们共同抚摸过一块块神秘的曜石，最后丢入河流，让它们缓慢地沉到水底。她能听见最幽微的返声，水草轻移，无数泡沫从极小的气孔里一路飘上来。此刻，黑暗中静默无言的梅慧芬，又在想些什么？

接连好几周，与梅慧芬见面的场景，像热门电影似的反复播放。但它并不真的受欢迎，坦白而言，只让罗珍妮感觉不适。一次次重返其中，起初带着反思的意图——从自己身上挑问题，不仅给她一种能掌控的安全感，也是她最擅长的。拷问自己，让真正的行凶者逍遥法外，那样就能回避战斗，不再需要撕开敌人的坚甲利兵以夺取他应付的代价。在她还是少女时，这种性格倾向无疑更严重，但婚姻多少教会了她武装自己。

无论如何，罗珍妮最早找到的是一种羞愧。当他们非要梅慧芬把儿子叫出来吃饭时，罗珍妮蓦地想起，那张圆润、呆滞、五官失衡的男孩的脸。任何时候见到他，他都在轻轻地摆头，像在攀附一种风中的节奏，也像在反复砍断常人无法看见的织线。罗珍妮不知道他长大后什么样子，更顽固，不过至少不会像他母亲那样绝望。康复的可能性业已闭合，他成了冬河边一片无人问津的冰。

然后，她才恍然大悟，那位母亲其实多么抗拒这场见面。罗珍妮提及那支用了二十多年的口红，本以为梅慧芬会高兴，可她露出的是什么表情？现在，罗珍妮反应过来了，是轻蔑。许多悬置的谜语慢慢破解了，她终于理解，关于白马的故事究竟意味着什么。恨、嫉妒，除此以外，还有更重要并且她过去从来不知道的，一个破碎的人如何强打精神，想从她并不信任的世界上赢得一些东西。什么都可以，什么都会让她更好受一些。

罗珍妮记得，她深受非议时，与梅慧芬推心置腹地聊过一次。梅慧芬皱眉俯下身，轻轻地问她。梅慧芬说，你可以告诉我真话，你们到底到了什么地步？有没有……我不会和任何人说的。罗珍妮告诉她，没有。可她分明有一种想呕吐的冲动，那是屈辱。梅慧芬惊讶地抬起眉毛，娴熟地说了劝慰的话。也许她转身进入另一丛同事，添油加醋，把罗珍妮的故事传播开来。她毫无疑问地掌握了虚构的权力。权力，那是她想要的，润物细无声地影响别人。

不是刘梦，是她。罗珍妮收缩了所有感官，向内陷落，直到被黑色的浪潮彻底淹没。她封闭的躯体形成一个小小的、具有审判功能的神坛。不会错的，就是她。

也审判自己。那种天真的无知，难道不该碰壁吗？为了赢得朋友的喜爱，她多么盲目地维持着自己的天真，甘愿冒风险献祭秘密。友谊的幻觉，使她得以短暂地抵抗孤独。循环往复，这就像一种不良的瘾。但这不是真的，只是相对表层的部分。如果她在意梅慧芬，为什么离开苔城时没有丝毫不舍，反而觉得如释重负呢？为什么在真正到上海去之前，一想到大城市，想到拥有更多豪华商场的地方，她的内心就由衷地舒展呢？

是梅慧芬告诉她的，"公道"。她曾经不明白，也许梅慧芬自己也没明白，"公道"就是稳稳地站在这里，直视此刻的一切存在。黑暗之中，渐渐有雪落下来，光芒四射的柔和颗粒，从极为遥远的地方到来。接着，那匹白马也来了。通体浑然，带着黄铜般触地之声，远看俨然一把明晃晃的剑。当它靠近，那浅棕色的眼球里才展露一种温顺的召唤。这一次，她已经过漫长的历练，再也不会逃避或抗拒它了。

隐　　　　　者

为了避开假期高峰,天还未亮透,我们就驾车上了高速。后备厢塞得殷实,有足够来回几趟的餐饮,有悉心准备的礼物。有一沓用彩笔添满批注的稿件,当我全神贯注地开车时,好几次幻听到风吹翻稿纸的声音。还有一束妻精心选配的冬青枝、唐菖蒲、奥斯特红玫瑰,鲜植的气息荡在车里,驱散了一些梦境残存的边罽。

我们去探访一个叫马明波的人。几年前,或许是听闻我在出版行业工作,他托人给我带了一份复印版的手稿。在一场春季发布会的茶歇,我潦草地读完,惊讶于那些写得极为工整的字迹。他仿佛提着一口气,任四面的玄静缓缓注入笔中,每一画都饱蘸虔敬。相比之下,内容倒是不值一提。数日后的夜晚,我与妻在附近公园散步。园中有一潭浊池,貌甚深隽。无论何时路过,水面总是纹丝不动,波澜似被一只浓绿的手捏在底部。那晚我们经过时,我竟听到一记水声。说不清是从上滴落,还是从下冒出,但我猛地想到了马明波的笔迹,它们刺破了我敷衍的惯性，从中散溢出一种愧疚来。第二天，我请助理把他的手稿录入电脑，打印下来，仔细地又读了一遍。标题是《消失术》，以一九七七年山东农民原地消失案为原型，写一个普通人如何千方百计地想从世界上消失。这类题材的作品，不足为奇，远未达到出版的标准。出于往日情谊，我还是认真校对了稿件，附上一封言辞恳切的修改意见，请助理寄往他留在稿件末页的地址。然而，辗转多日，信件最终为未知原因被退了回来。

春节长假将尽，气温持续在低处攀爬，沿途植被也透着一种冷色调。妻喜欢公路，我们把两侧车窗摇下一条缝。穿堂风灌入，妻新剪的短发纷飞。她伸手撩开碎丝，露出一张回荡着笑意的圆脸。她有一种冷门的天赋，结婚十年，始终葆有孩童式的纯真。这次去找马明波，也是她的提议。我们搜索了他的住处，发现那是南昌近郊的一座山里。沿沪昆高速出发，即使不堵车，自驾也需九个小时。一切准备妥当，妻率性地合上拉杆箱，一声清脆的"走"乱入黎明时分的鸟鸣之中。

"太前卫了，那时候就下决心不工作。"妻兴奋地说，"每个人都这样想过，他却真的去做了。我欣赏行动派！"

"世界上的事情，哪有那么简单。"我含混地说。

"生年不满百,一个人自由地选择他的生活,有什么问题吗?"妻忽然较真。

"以我对他的了解,我并不认为那是'自由'。我甚至觉得,这是他最后的退路,再过几年他就会无处可去。这也是我愿意帮他改稿子的缘故,必须有一个契机,让他重新回到人群里,面对那些曾灼伤他双眼的现实。"我一边开车,一边断断续续地说。

"一会儿当着他的面,你可别这么自以为是。我们这次去找他,就是要见识一下这种生活的可能性。"妻睁着浑圆的眼睛,感叹说,"闲云野鹤,多好啊……"

妻比我小六岁,名校硕士毕业不久,就同我步入婚姻。出于某种浪漫的天性,她不看重自己的学历,对社会规则也多不屑一顾。前些年,她在外企上班,常因职场所暴露的人际暗面而受挫。许多次,她中途打电话给我,在另一端泣不成声。我几乎给不了她什么安慰,只能在她每有辞职的心意时,反复承诺会保障她的生计。如此一来,她频繁地换了八九份工作,最后还是赋闲在家。为消耗过量的自由,她报了各种兴趣课程,每两周带回一幅复刻得东倒西歪的名画。最近,她误入一场"以物换物"的环保活动,认识了一群自由职业的女孩。她们把她拉入一个兼职群,里面定期发布一些日结的工作。妻曾花了半天在奶茶店排队,结算了三十元的报酬。后来再有人相约时，我劝她别去做了。

"如果没有你，我也能过上那种吉普赛人的生活。"妻抱怨说。

"那是不长久的，难道你打算一辈子打零工吗，等你老了该怎么办？"我半是逗她，半和她说理。

"她们只是按自己的节奏，为自己而工作。比如森森会给人算塔罗牌，其他也有各种摆摊的，卖自己手作的首饰，或别的小物件。即使只是做兼职，也很自在。小白上次接了一个替人开会的兼职，连续三周，每天早上开始坐在那里，什么都不用做，甚至可以玩手机。结束的时候，领了两千元，她说能花一个月呢。"妻认真地清点着。

"这点钱还不够你学画画。"我忍俊不禁。

"你还不明白吗？"妻撇嘴，做出一副要哭的神情，"如果没有身处家庭之中，我根本不需要学什么东西。我可以整天在路上，毫无顾虑地去体验。哪天累了，就像马明波那样，搬到山里，靠耕种自给自足，简单地度过一生。"

"你说得太理想化了，马明波一开始不是这样想的。"我不自觉放低了声音，也许听起来就像喃喃自语，"后来……就没人知道了。"

大约是被我引起了兴趣，妻瞬间忘记了原先的低落情绪。好奇在她胸口跃动，如鹿般清亮的眸光向我投来。妻问："马明波到底是什么样的人啊？"

于是，我勉力回溯，缓慢地穿过时间之溪上的云遮雾罩。距离我与马明波相识的起点，如今已有二十年。比照我们各自的命运，这二十年呈现出完全不同的形态。对我而言，时间只是按照规划，在原本空荡荡的个人城市中增建了一些高楼。但在马明波身上，二十年似乎非常漫长，足以掀起沧海桑田般的变化。

事实上，马明波是我的一位大学老师。我们学校位于上海松江区的大学城，整个学校以法学学科为主。马明波教的是大学物理，只有极少数专业纳入课程，属于比较边缘的科目。马明波显然不以为意，反而多少享受着自己的不重要。教我们那一届时，他三十岁出头。开课第一天，他站在讲台上。个子极高，很瘦，头发因没打理而更显蓬松。已入秋季，他还穿着一件蓝白相间的条纹短袖，颇有流浪水手的气质。他讲课有自己的风格，行云流水，几乎不停顿，也从来不向台下的学生提问。只要下课铃响，无论讲到哪里，他都会立刻缄口不语，仿佛迅速地拉上一条拉链。如先前所述，我们的课程无需培养物理人才。马明波以自己的速度，大约花了三分之一学期通讲了一遍教材，之后便开始在课堂上放

《神探伽利略》。

学生之间，流传着许多马明波的逸闻。有人从学校的官网上查到，马明波是北京大学物理系毕业的博士。那么，他怎会来我们学校，栖止在价值有限的通识课上？有人打探到他是上海人，试图在下课期间用方言与他交流。马明波脸红了，磕磕绊绊地以普通话回应——一种标准的语言，此刻就像隐藏自己的工具，使他得以退缩到众人之中。当然，那些热衷于花时间讨论他的，多是女学生。我当时的女友也很喜欢他，故作神秘地告诉我，马明波之所以选择《神探伽利略》，并不是因为剧中涉及用物理知识破案，而是因为他本人就长得像男演员福山雅治。她说了以后，下一堂课我更留心观察。其实他们两人根本不像，不过我察觉了另一件事，即使学生再殷切地追寻马明波的目光，他也绝不会和学生对视。

到了十二月，郊区率先入冬。雾霭清冷，晨昏常升起。有一天晚上，我从校外回来，远远望见湖边昏暗的路灯下，有金属在细细闪光。走近，才看清楚是一辆自行车，正被一个人扛着走。只从身形判断，我就认出了马明波。发现是我，他连忙放下车，同我打了招呼。他的车锁出了故障，要搬去自行车摊修理。我那天没什么事，就替他抬起后轮，让他推着前轮慢慢行进。路上，我怀着恶作剧的心告诉他，老师，我们班很多女同学喜欢你。这一次，马明波没像课堂上那般羞赧，只是低声说，替我谢谢大家。私下相处时，马明波自如许多。我们聊到 NBA。当时，休斯顿火箭引入了新成员与新的战术打法，排出全明星阵容，许多人看好姚明在这一赛季带队夺冠。前几天还有一场常规赛，"甜瓜"安乐尼在第三节独自拿下 33 分，追平了之前由乔治·格文所保持的 NBA 单节得分记录。我兴冲冲地和他复盘，马明波也看了那一场，但他最期待的还是圣诞大战里凯尔特人对战湖人的比赛。他喜欢科比，还有 76 人的老队员阿伦·艾弗森，这完全出乎我的预料。这两人打球都很"独"，极具攻击性，与马明波的性情截然相反。我趁机说，老师，我经常见你一个人在操场投篮，下次我们打球，叫上你一起吧？马明波说，好啊，不过我是随便练练，打得不好。

后来，我叫过他几次。只有一回，他穿一件单薄的卫衣，和我们打了近半小时。我见过他自己投三分，可谓例无虚发。然而，他在场上非常谨慎，即使有机会投篮，也会轻易地把球传给别人——说实话，他和科比毫无共通点。散场后，他给我们买了氨基酸饮料。

那年期末，马明波布置的考试题目是：为《神探伽利略》写不少于两千字的观后感。他没想为难我们，无论写成什么样交上去，都有个不错的成绩。整学期翘课的人，无需求情，就能在马明波手里得到合格分数。

和马明波日益熟悉，反而是结课以后的事。他虽然不爱和我们打球，但有时会插着手在旁边看。兴致好了，也会大声指点一番。结束以后，假如他没事，通常和我们一起聚餐。马明波有个不好的习惯，喜欢背着我们提前结账。我们把钱算给他，他怎么都不肯收，说哪有学生还和老师AA的规矩。几次三番下来，有一部分人默认了由马明波来付钱，剩下的人即使仍想分摊，说了几句无人响应，也只好接受了。

接触越多，我越感到马明波是一个非常有意思的人。他博览群书，通晓各个方面的知识。他轻易不外露，除非有人触发了相应的话题，他便能滔滔不绝。有一回，我们在一家川菜馆喝酒，有个咸阳的同学号召大家暑期去他家玩。话题一转，说到唐代帝王凿山为陵。为九嵕山究竟是太宗还是高宗的陵山，两个同学争执不下。马明波劝解不开，当即问服务员要了一张纸。只见他随手定一条中轴线，标下唐太祖李虎的永康陵与遥遥相望的长安城，接着分六组，画下唐代各帝陵的分布位置。他一边手绘，一边向我们解释唐陵排序的"昭穆"制度。条理清晰，一气呵成，颇有他教大学物理的气势。还有一回，他给我们科普文艺复兴，讲到美第奇家族。他崇拜洛伦佐·德·美第奇，不仅因为他一掷挥毫，资助大量年轻艺术家，以致《维纳斯的诞生》与《春》都是波提切利为洛伦佐的别墅墙面作的装饰画，更为洛伦佐的勇气，他是被命运推搡着穿越风波而从不回头的人。提到洛伦佐，马明波异常兴奋，绘声绘色地给我们讲述了一四七八年佛罗伦萨主教堂刺杀案。我们听得津津有味，转眼也就忘了。

得知我们与马明波相熟，不时有女生起哄，让我们打探马明波是否有女友或妻子。然而，在我印象里，马明波从未提过自己的私事。唯独一次例外，是我碰巧下课遇见他，他请我一起去吃饭。那天，他显得比平日高兴，挑了学校附近最好的一家西餐厅。我问他缘故，他朗朗一笑说，我在松江买了期房，今天交房。我调侃说，看不出来，马老师这么富有。现在松江房价很贵，听说单价都快破万了。马明波说，我是置换的。原来家里在静安寺有套房子，到学校通勤太远了。父亲去世以后，我就把房子卖了。我头一次听他说家里的事情，不知该怎么回应，便故作成熟地说，真不得了，剩下的钱存个定期，每年还能吃利息。马明波笑了，伸手轻拍了一下我的头。他说，小小年纪，经济头脑倒是不错。我对钱没什么概念，平时也花得多，就这样先放着吧。我们点了白葡萄酒，服务员在一旁介绍它的年份与口感。

我喝不出门道，只知道很贵。酒过三巡，马明波提到已故的父亲。马明波说，他死后的清晨，尸体摆在沙发上。有些亲戚朋友收到消息，就来瞻仰遗容。有一件事挺好玩，我家楼下开了一家全家便利店，每个上来的人，几乎都去全家买了一袋早餐，结果绿色的袋子堆满门口。我陪着讪笑，只觉那些场面难以想象。马明波深吸一口气，忽然用一种神秘的语调继续说，当时我从土耳其回来不久，在一个叫阿拉恰特的小镇上，我看到一块纹理极美的大理石，还摸了它。我以为可以带来好运，后来才发现它是一块墓石，这大概也是一种征兆吧。我安慰他说，马老师，那都是封建迷信，根本不是你的问题。来，喝酒喝酒。马明波点头，一手端起杯子，念祝酒词似的说，好几年前的事了。现在我已经想通，浮生如梦，只有回到最具体的生活里，每一天都自由地度过，才是最重要的。

我跟跟跄跄回了寝室，未及洗漱，就躺到床上。那天是周末，寝室里只有我与另一位室友。他一贯睡得早，独留我在深邃叵测的黑暗中。宿舍楼外似乎还热闹，微亮的光线映到天花板上，像一股不安窜动的火苗。我想到马明波，猜测他并没有女友。他的外形与经济条件都不错，但不知什么原因，我总觉得女孩接近他后，就不再容易喜欢他。

我们法学专业有一句俗语，"平时养老院，考前疯人院"。临近期末，我整天背着书往图书馆跑。有一天，竟在自习桌前见到了那个瘦高的身影。我起了恶作剧的心思，故意绕到他身后，拍了拍他的肩膀喊，嘿，马明波。他慌忙站起来，我自己也吃了一惊。鬼使神差地，我直接称呼他的名字，连老师都不叫了。我硬着头皮问他，马明波，你怎么在这里？他笨拙地合拢书，一行红色正楷大字摊在眼前：司法考试（卷一）历年真题。我说，你看这干吗？和你专业又没关系。马明波说，反正接下去暑假没什么事，考一个试试。我问，你以前考过吗？他说，第一次。我说，真的想考，你得报个班才行，不过你考了也没什么用啊。马明波说，不用，我就随便考考。我开玩笑说，我差点忘了，你可是北大的学霸，考这还不是小菜一碟。马明波笑了，似谦逊又似不以为然。我蓦地想到学院里的传言，说马明波早些年得罪了系主任，所以一直停滞在讲师的岗位，系里的重要活动从来不请他。长此以往，在学校也没有出路。我思忖，假如他能通过司法考试，以他的聪明才智，一定能有新的机会。

学年的最后几天，酷暑已烧到了大学城。考试前暂停了三周，此时篮球队进入了报复性集训。以衣袖为界限，皮肤明显地呈深浅两种颜色。刚过中午，我们就像来不及绞干的拖把，潮湿且带着酸味。

由于马明波请客多次，我们商议，离校前集体请他吃一顿饭。到了约定的日子，我们提前回宿舍楼洗了澡，三三两两抵达常约的川菜馆。马明波最后一个来，提着两个大袋子。一袋是给我们的礼物，里面装满NBA近几赛季发行的球星卡。都是折射卡，单独配有卡砖，比我们请客的饭值钱多了。另一袋，竟是泥土。我们问马明波怎么回事，他指着袋子，笑说，我住一楼，有个几平方米的小院子，这是要带回去种花的。我们七嘴八舌说，老师还有这一手，太讲闲情逸致了吧。有人随口问，养了些什么花。那时，智能机还没流行，马明波无法立刻拿出照片。于是，他详细地描述了一番院子里的三角梅、茉莉、马齿苋花，以及他如何悉心给牵牛搭了一个花架。院子中间摆一张木桌，黑胡桃木，二手市场淘来的。下一步，是装一个可伸缩油布棚。如此一来，雨天也能坐在院子里喝咖啡。座中有人露出不耐烦的神情，那种生活离我们过于遥远——既不在现实中，也不在所认同的价值体系里，我完全能理解，马明波无休止的输出对有些人而言无异于一种冒犯。然而，马明波毫无觉察，甚至盛情邀请我们，下学期找时间去他家里玩。

除了篮球队以外，我大学时代参加过的另一个社团是诗社。我对诗歌兴趣有限，入社主要为陪伴当时的女友。诗社活动通常在教学楼楼顶，整个校区最接近夜空的地方。郊外的灯火相对稀疏，往下可以看见泼了橙汁似的路面，往上则是遥远的星空。诗歌朗诵会开始，一群人席地而坐。轮到读自己的诗歌，就用一盏手提露营灯照明。我没有作品可读，多是坐在幽暗之中，等待星星在长久的凝视中慢慢显形。坦白说，我与诗社中的一部分人合不来。他们夸夸其谈，徒有姿态，内容却空洞乏味。他们很擅长在言谈中建立自己的权威，凡是与他们意见相左，就会受到轻视或孤立。

那年冬天，诗社终于分成了两个派别。女友所在的一伙打算退出诗社，重新注册一个社团。经过几次商讨，新社团取名为飞岛社，介绍只有言简意赅的一句：停止在虚幻中漂流——它将与真实、自由、创造相关。不限于诗歌，任何艺术创作都在社团内受到欢迎。他们想找一位老师来担任名誉社长，细数一圈，最后竟想到了马明波。女友知道我和马明波关系近，让我去和他说。我不觉得有这个必要，问她，为什么是他？女友一贯欣赏马明波，不假思索地说，马老师很真实，不像别人装模作样。我没有说话。女友问，你说他会答应吗？我如实说，我不知道，大概会吧。女友看出我心不在焉，不满地说，你不是说他人很好吗？我说，他只是有点讨好型人格。

我站在马明波办公室里时，窗口的水杉已几近光裸。上一次来，突然意识到植物样态的变幻，使我发现了时间。马明波复习司法考试期间，更加深居简出。平时除了上课，多在图书馆自习。下班后，同事离去，就在办公室的一角翻书。十一月底，分数公布，马明波竟然以418分高分通过。谈起这件事，他表现得轻描淡写，只说在法律院校待久了总会受到一点濡养。我和他闲聊了一阵，慢慢说到社团的事。还没等我说完社团的理念，马明波一反温和的常态，打断了我。马明波确凿地说，这个，我不行。说来有趣，我原本并不想掺和这件事，可马明波清晰的拒绝反而让我迅速站到了女友一边。我紧追他问，为什么？大家讨论下来，最合适的就是你。马明波沉默了，半晌挤出一句，我不喜欢管别人，带不了学生的。我解释说，只是名誉社长，不用真的做什么。哪天你闲来无事，来看大家活动就行。马明波摇头，他的视线失去焦点，散落在空无处，不再看我。我接着说，我们从诗社独立出去，是为了反抗那些形成了权力体系的野心人士，捍卫创作的纯粹性。我们要找到内心真正的语言，以真与美为唯一的标准。无论结果如何，都想凭努力试一试。你和大家的接触不算多，但你从来不在乎学院的权威，其实我们很敬佩，心里都是支持你的……我以为这样说万无一失，没想到马明波忽然坚决起来。他的声音更低，似有一些碎金属溶解其中。马明波说，真实当然好，自由也是，可是它们能在一群人之间实现吗？至少我不相信，我不会加入任何团体，我只想回到自己的生活里。

这是他第二次提到"回到生活里"，严肃而慎重，我不得不将手伸向他所建立的这堵墙——"生活"的边界究竟在哪里？马明波用以拒绝的又是什么？他的桌上有一本克尔凯郭尔的《恐惧与战栗》，因风吹而频繁翻页。我顺手抓起，恰好见到了那一页上的划痕：弃绝并不要求信仰，因为在弃绝中，我得到的是我的永恒意识，而那是一种纯粹哲学上的跃迁……我有所领会，很快又落入一片恍然，一圈微不足道的波纹缓慢荡开。好多年后，我跳槽到出版行业，无意间重读了这本书。那时，克尔凯郭尔的标准名已改为"基尔克果"。很多事物都已流失，我才明白，原来当年马明波也不过是触摸到了一道影子——它被重重幻象、用错的勇气、多变的挣扎所困。

那次见面以后，我开始筹备实习，在学校的时间更有限了。与马明波的交往，也自然地平淡下去。几年后，同学聚会返校。谈及此人，辅导员说他已离职。以他的条件，完全无需为生计苦恼。我们刚工作不久，正逢奔波而少薪的阶段，纷纷对这样的境遇羡慕不已。又过好些年，听说马明波把松江的房子卖了，定居到浙江的一座小城市里。再往后，机缘巧合，我转向了自己更感兴趣的出版业。它与法律行业有相似之处，数据收集、分析、观察，以及精准的预判能力，都属于重要的部分。此外，还能发挥一些创意才华。我在新工作上发展得很顺利，短短几年，做出不少畅销书，其中不乏现象级的作品。就在我升职的第二周，收到马明波寄来的信件。单位地址想必是查询得来的，但他还记着我的名字和手机号码，清楚地写在了收件人栏目里。至于他的信息，我一时没有细看，直到出发前才发现，他已移居江西南昌西郊山脉中的某一处。

离开溧宁高速的服务区之前，妻已从后备厢里拿出了马明波的稿件。我踩上油门，缓缓加大力度，汽车在冬日冰凉的路面上滑动起来。我还想着马明波，他像一个闭环，我只能眼看他日益缩小，却无法真的走入其中。已是下午，枝叶与围栏的倒影洒下来。衬着不均匀的光线，妻翻阅马明波的小说。有时，小声念出其中的词句。

他做过许多梦，梦见他的真名只是一个化名。

梦见树消失了，梦见自己彻夜无眠，梦见可以把握方向的双手失了明。

"虽然有的地方有点别扭，但还是挺有意思的。"妻嘟囔说。

"别看太久，对眼睛不好。"我快速瞥了她一眼。

"要你管！"妻娇气地打断我。她思索了一番，放下稿纸，问我："那你跟我讲讲，后来都发生了什么？"

"这个故事很简单。写一个叫李明的农民，想要从世界上消失。他吃药，练习各种法术，尝试每一个偏方，但绝大部分都是被骗了。有一次，他终于如愿消失了。他的'灵魂'在村子里飘荡，不知过了多久，他发现这只是一场梦。第二次，他真的消失了，但仅仅是一种隐身的状态，三天后又变回了原样。他偷了一笔钱，趁势逃去城里，想冒险一次。钱很快花完，他又回到村里。小说的结尾是，在众目睽睽之下，他消失了。"我说。

事情发生在一个普通的下午，正值农忙，村民们都在为农活忙碌。上一年，村中的田地刚改建为适应机器耕作的大寨田，秋收产量剧增。那一阵，李明已经有点疯了，队里给他分派的任务是捡拾地瓜，分拣装箱。他怎么都不配合，一会儿说腰疼，一会儿在地瓜上撒尿。村民知道他疯，也不去管他。忽然，有人说起前几天丢了一只羊的事情。李明曾自告奋勇，要去废弃的矿井找羊。那人问李明，羊呢，怎么也没消息？李明哈哈一笑说，羊没了，我也马上要走了。问他去哪里，他也不说话。大约又过几分钟，有人尖叫起来。随着他手指的方向去看，李明已经变成半透明的了。天还是蓝天，地穿过李明的身体显出颜色，比实际上的要更深一点。再往后是浓得暗淡的植物。没人敢上去抓他，只是一个接一个地目瞪口呆，紧紧注视着这个奇观。李明的嘴在说话，但声音也像形体一样，被减弱了大半，传到耳朵里就像一串混乱的密码。村民们惊恐万分，李明看上去却很高兴。这个过程非常长，持续了十分钟左右。最后三十秒，李明影子的边缘几乎和整个空间融合了。在光天化日之下，李明就这样完全消失了。

这个结尾，于我而言太熟悉了。为了修改它，我读过许多遍，但无从下手。出于一种职业嗅觉，我感到它存在着问题——有些东西并没有说清楚。如此一来，"消失"所蕴藏的力量也大为折损。在为妻讲述的过程中，我猛地越过了语言，抵达往日的那个马明波。

"我知道了。"我的心怦怦直跳。

"知道什么?"妻问,一边低头无序地翻着后半部分的稿件,"我觉得还不错,没你之前说得那么糟糕。"

"李明这个人物,我认为塑造得不真实。他几乎违背了男人的天性,不愿意和任何侵占他的人对峙,对女性也毫无兴趣。他唯一想要的,就是消失。"我稍作停顿,整理好语言说,"但我现在想通了,这就是马明波本人。借由李明,我总算看到了马明波的欲望。就在出发的时候,我还以为他的欲望是'过平静的生活',或是'远离人群,不被任何关系所困'。那只是表象,他真正的欲望是:不存在。"

"很可疑,欲望怎么会是消极向的呢?"妻不理解。

"其实毕业的时候,我和马明波的关系并不好。他身上有一种非常懦弱的东西,我们篮球队很多成员都不喜欢他。这都怪他自己,他畏惧权力。在和任何人的交往中,他都会一步一步把权力转交给对方。对男性来说,这无异于饲虎,你明白这种感受吗?后来,当我靠近他,会不由自主地想要打倒他。"我尽力解释,一种绝望四下盘桓。

"可是听你说起来,他明明是一个很好的人呀。"妻说。

"和人的好坏没关系,这就是规则。"我继续说,

"而且，马明波总说'回到生活里'，根本就是自欺欺人。只是因为他家里条件好，他可以忽视很多事，那么自洽地应付我们。这当中难道没有傲慢吗？"

"如果你真的那么讨厌他，为什么还愿意帮他改稿子？这么冷的天，开这么远的路去看他？你现在还把他当作一个老师吗？"妻率真地问。

妻的一连串问题，让我措手不及。本想开个玩笑逗她，却已莫名其妙地进入了紧绷的状态，怎么都放松不了。或许，这趟旅程并不该发生。"马明波"这个名字，已经多少年没有出现在耳边了。

"怎么不说话。"妻半撒娇地抱怨。

"某种程度上，他帮了我。"我说。

妻卷起一撮头发，饶有兴致地盯着我。

"我的信心，是从他那里夺来的。"我说。

事实上，我早就听说，马明波把松江的房子卖了。当时，他未必已经起了搬去浙江的念头，只觉得一个人住这么大房子，过于浪费——"浪费"，这是他的原话。说来感慨，马明波到底允许自己占有多少东西呢？只要超过那个范畴，他就会开始丢弃，哪怕所弃之物在世俗意义上非常重大。如我所言，马明波是一个无法承受权力的人，当他成功丢弃一点权力，他就会想丢掉更多。因此，他愿意占有的范围总是在缩小。

过去，我从未清楚地想过这些，但我的直觉始终引领着我。

最早是大四上学期，有一回我们约了饭。他从怀里摸出一个破旧的手表，银色的，表带已锈迹斑斑。他解释道，这是刚从一位老太婆手里高价买来的，据说是她祖父留下的，我当即反应说，这肯定是骗局，同类案例派出所很多的。谁知马明波丝毫不在乎，他声称自己的生活需求非常低，钱对他而言，没有太大意义。聊到后来，他垂下眼睛，坦言真正触动他的原因：那个老太婆看上去太可怜了，即使是骗子也没关系。

时至今日，当时的情境依然完整地保留在我的记忆中。我感到愤怒，那个存在于尊重与轻视之间的空间坍塌了。失去了平衡，轻视满溢出来。我坐在那里，沉默不语，审视着眼下的一切。无疑，马明波已经把我当作朋友了。然而，如此近的距离只让关系变得更难忍受。最重要的是，我深知自己的内心有一部分很接近马明波。摇摆、懦弱、害怕失败而不敢追逐机会，还有权力，它以一种绝对的形式逼近我。我既想抓住它，又因恐惧而无数次想转身，任由它击溃我。我渴望胜利，每多一次失败，就离死亡近一点点。可我不知道该怎么获胜，在至关重要的时刻，我永远只能发挥出低于正常的水平。所以，在篮球队里，我也是常年被支配的角色。

只有和马明波一起时,我体验到了不同的状态。

　　一开始,只是尝试。有一回,我与朋友在衡山路附近散步,见到一位落魄的老画家摆地摊。他的画几乎都属同一个主题,背景是十六世纪的风景画,画面中央又有霓虹灯、立交桥、打扮时尚的人等现代元素。两者生硬地结合在一起,散发出一种荒诞离奇的气息——与其说来自作品,不如说是画家本人的状态。即使我这个门外汉,都有所感。画家过时了,用一些低级又无望的方法来掩饰这一点。鬼使神差地,我当即想到了马明波,我想他会有兴趣。于是,我们付了微薄的押金,以替他卖画为名,借走了这一批画。我们设计让马明波无意中撞见我和那位朋友。在接下来的谈话中,我告诉马明波,那位朋友的父亲刚去世,债主追到家门口,他不得不卖掉一批父亲的藏画。这些当然都是虚构,不过,这位一同散步的朋友外表矮小瘦弱,很适合扮演这个角色。不出所料,马明波表示愿意去看一看这批画。那种使我触动的神秘力量,在马明波这里发挥了更大的作用。他花了近二十万元,买下其中的三幅。我们给了画家五千元,足以让他喜出望外。剩下的钱,我与朋友七三分账。那时,我还没正式工作,这对我而言无疑是一笔巨款。实施前,我以为"钱"在这件事中不重要,显然是误判。当我真的拿到钱,并切实地花出第一笔后,我清楚知道了它意味着什么。

马明波有个习惯,备用钥匙会藏在门口的地毯下。毕业前夕,我止不住地想这个细节,萌生了一个疯狂的念头。马明波的租住处离学校不远,要知道具体在哪里,绝非难事。那是一个二十世纪九十年代初兴建的老小区,最高六层,马明波住在顶楼。他的一部分植物搬到了天台上,其余的——大多数都死了。这固然与夏季相关,但马明波本身也不是一个好的花匠。他养死的植物何其多,当他以拎着泥土的形象出现时,我们差点被他骗了。他家的门外没有地毯,我顺着门框摸了一遍,在靠近内侧的地方找到了钥匙。确认这一切后,我选定了一个马明波在学校开例会的日子。

坦白而言,我非常忐忑。本想找两个网吧认识的朋友同行,又怕人多引人瞩目,最终还是独自去了。打开门,马明波所谓的"生活"出现在眼前:一套六十多平方米的房子,两室,由一个小小的客厅连结。每个房间都很脏乱,衣服、书、笔、杂物四处堆放,地上还有没扫干净的纸巾。照理说,一个人住绰绰有余,马明波的家却显得很逼仄。在疑似书房的房间里,我看见熟悉的三幅画,潦草地垫在一堆书底下。我一惊,世上万物,在他眼中究竟是什么样的价值?

我花了近两个小时,把他家里翻个遍。每个抽屉都被打开,所有东西倒在地上。冬季大衣有一股尘螨的气味,集邮册都是久远的藏品,霉味厚实。我在各个角落找到钱,不多。但与计划不同,钱已经不是我的目标了。他的房间有一股颓唐气,令我深受震撼,几近窒息。形形色色的物品都被他占有,但没有哪一件真的和他相关——有一瞬间,我猜想,那是一种关于"死"的形式。

我带走了一些无关紧要的东西:一副带链条的眼镜,一本画满数学符号的草稿本,一只陶瓷鸭子。临别前,我又去天台看了一眼。正午烈日如灼,晴空开阔,反复展示着生活的可能性。任何人站在如此艳阳下,难免被晒得皱起眉,但他们的心绪与外表不同。或许也有人像我这样,体会到由衷的平静。

大约一周以后,我离开了学校。此后很长时间,再无马明波的消息,也不知道他如何看待我留下的作品,是否报过警。但我相信,他大概率还是会沉默。转身,忘记这件事,逃亡到更狭小的"生活"中去。当我两年后因同学聚会返校,听到有人问及马明波时,竟有恍如隔世之味。

"天呐……"妻的感叹飘荡在车厢里,闪烁着于事无补的轻盈。我们早已形成了惯常的相处模式,玩笑、嬉戏、耍弄,妻总像小猫轻挠似的。可在这一刻,原先的模式被破除了。我们都感到一种更沉重的东西，并被迫意识到，在游戏般的松弛之下，暗藏着事物诸多锋利的面目。而我们避免去看它，只是因为无能为力。

妻说不出话来。我安慰她说："你不明白，这是一个过程……我现在是个好人了。"

"我不明白。"妻喃喃，又重复一遍说，"我是不明白。"

"你还记得《海上钢琴师》吗？"我说，忽然想到我们刚认识时，一起看过的一部电影。

"有印象，怎么？"妻问。

"马明波就像那个钢琴家，他选择了自己的路。我对他做过什么，其他人又做过什么，其实都不会真的影响他的命运。没有我，他也会到那里。"我说。

"你在推卸责任。"妻打断我说。

"不是的……我真心感谢他，现在回想，也觉得很愧疚。"我说。

"那你会帮他出这本书吗？"妻问。

"我得先和他聊了才知道。"我说。

"《消失术》，我觉得这个标题有点枯燥，不够吸睛，现在已经不流行这种了。"妻说着，眼神慢慢亮起来，"到时候，还可以把他的经历拿出来做宣传。一个人怎么从大学里辞职，最后独自住在山里，媒体肯定感兴趣。"

"他的经历，确实会对营销有帮助。如果作者有流量，书会好卖得多。"我点头说。

"中国版《立体几何》，献给所有想要逃离的人。"妻笑说，"你看，文案我都信手拈来。"

"要是经费充足，还可以做周边，设计一个手账本。"我说。

然而，我对马明波作品的水平非常清楚，并没有把嘴上的话当真。

断断续续的闲聊中，我总是走神。落日慢慢西移，冬日黄昏，天空吞咽了鲜艳色彩。一层介于蓝与紫之间的薄翳，如山间雾似的环罩上来。日轮也是冷的，散着微亮的红色荧光，看上去沉静、柔和。我们进山时，天色已向黯淡偏去。

山中信号不好，我们偏航了几次。眼看还有三千米的距离，山路忽然到了尽头。我们只好折返，重新寻路。孰料南辕北辙，地图上显示离目的地越来越远。就这样过了一个多小时，我们始终在山间徘徊。妻有些急躁了，要下去透口气。于是，到一处相对开阔的路边，我停了车。

妻套上褐色的羽绒服，挽着我闯入深山里的夜。寒冷使我猛地醒来，五感畅通无滞，眼前的景象似被擦洗过一遍，四处闪着清辉。山中幽暗，全靠月亮与山下灯火的掩映。穿过影影绰绰的枝叶，我们看见远处有一些微弱的光线。妻兴奋地打开地图，只见我们离目标定位的距离只有不足八百米。

"不会就到了吧。"妻欢欣地说着，加快了脚步。我犹豫未定，但也随她而去。

走近了，原来是一座古庙。星点微光下，只见一块木制的红色匾额，上书"神水宫"三字。里面是一个很大的庭院，被疏朗的灯笼照亮。妻数了一下，一共二十一盏。仅此一进，两座小殿堂并列在前方。抬头一望，塑像并非常见的菩萨或尊者，而是陌生的造型。中间一位威仪堂堂，两侧有女眷迎立。她们头戴花旦盔帽，一粒粒红丝绒球缀在顶上，点翠过的流苏垂在耳边。这些造型，倒像每年元宵灯会上，被人撑着游街的皮影。另一殿，所供的人物微有差别，但气息亦是如此。黑暗中，盘绕的香火味将我们拉入其中，妻脖子边的汗毛竖了起来。

"可能是阴庙，不要随便许愿哦。"妻小声提醒。

我们背过身，在手机里查询我们的位置。刚才明明显示是这个方向，走过来了，却离目的地更远了。我们不敢回头看两座大殿，绕着庭院走了半圈，想看看是否有人可以询问。但庙里除了两座大殿，别无处所。忽然，一声怪叫划破寂静。我们才发现，原来大门一侧有一个露天围起的栅栏，里面有一只白孔雀。

"是孔雀呢。"妻很高兴，刚才的恐惧因眼前真实、具体的生命而稍有扫除。

"真漂亮。"我说。

孔雀面朝我们，疑惑地踱着步。我们仔细一看，围栏里还有另一只蓝孔雀，正趴在它们窝棚的铁皮屋顶上。妻玩性大发，让我用两个手机的灯光照着她，在孔雀面前随性跳舞，想逗弄它们开屏。没几分钟，妻累得喘气，口中呼出白雾。两只孔雀丝毫不为所动，与我们面面相觑。

"孔雀在冬天不会开屏的。"我忽然想起来，"电影里说的。"

"真的吗？"妻问。

"是啊。"我说，却又一次言不由衷。在那部电影的最后，来看孔雀开屏的人悻悻离去，孔雀却开了屏。我心有所动，再次感到语言的虚缈，以及世事无常。

"我们还能找到马明波吗？"妻转向了正题。

"不知道。"手机屏幕黯淡下去，象征终点的红色也消失于镜面般光滑的黑影中。妻靠向我的肩膀，就像一颗松果轻轻掉落过来。冬日里，冰将锋芒赋予许多大地，但另一些事物却出奇地松软。我说："也许他会来找我们，有什么关系呢。"

来客

一九九六年冬至，叔叔从农场回沪。父亲早备酒菜，大部分买自熟食店，又手炒一盘响油鳝丝。老房子不避寒，等待更教人发冷。瑟瑟之际，天黑下来，突然一记敲门声震亮房间。来客蓄一字胡须，眉眼偏浓。蜡黄的头颅后，短硬的发丛根根立起。父亲接过两桶自酿白酒，摆在缝纫机踏板上。又回头看叔叔，他正小心地脱迷彩解放鞋。动作时，玄色棉服微微发抖，几粒没化的雪子滚到地上。

房间总共十平方米出头，带半个阁楼。抗战初期，祖辈逃难至此落脚，无意间开辟一爿新的苦难生活。父亲兄弟共三人，分别取名立、行、超，暗含渐进寓意。到某一年，叔叔私自改了名，叫李青。此番回上海探亲，打算顺道去一趟宁波，祭扫祖坟。宁波尚有各路亲戚，父亲久未回去联络，一念愧疚之下，决意带我随叔叔一同前往。

我躺在沙发上，紧盯叔叔一路入桌坐下。父亲小声示意我,快叫人。我说,叔叔。叔叔将脸转向我,露出一种古怪的笑。他的嘴像一条被拉开的拉链,竭力向上延伸,我不禁一愣。叔叔问,几岁了?父亲说,开春就满五岁了。叔叔问,叫什么名字?父亲说,李道顺,当时想破脑袋,后来还是选了个最简单的。叔叔说,好。父亲望我一眼,语调忽转热切,你叔叔得高人指点,学过一些方术,快让他看看你以后会怎样。叔叔笑说,农耕时占卜节气的东西,不值一提。这时,我才察觉叔叔的眼神瘆人。它没有焦点,网似的向四面撒去,我只觉面孔黏稠。

第二天傍晚,我们三人赶往十六铺码头。当时沪甬跨海铁路还没修成,两边往来多靠轮渡。人们惯于买夜票,悠悠睡一晚,次日便滑入一片新的江域。我们买的是四等舱,价格实惠,客舱两边都有门通向船舷。行李摆放在侧,多少侵占些他人的位置,但落下便算安全。

我们闲来无事,回到甲板上。火柴轻轻一蹭,他们手中的香烟复活似的呼吸起来。天顶处,夜已开始塌散。灯光在万国建筑间烧开,橙色波频跳得愈发密集。黄浦江对岸,东方明珠新造不久,孤绝地直指暗云深处。父亲浸在上海的宏阔之中,想到自己住的弄堂何其狭促,一时无言。叔叔忽然开口说,大哥放心,你很快能享受单位分房福利,大概是三年后的初秋。父亲一惊,这你能知道。叔叔说,在黄浦卢湾交界的地方,小高层,有独立卫生间。父亲开玩笑说,那时道顺已经念书了,你能看出他成绩好坏吗?叔叔不说话。十二月已揭去大半,天冷得剜人筋骨。叔叔叹气时,一层白雾在他面前缭绕不止。我望得出神,徐徐感到船底浪纹幻涌,我们仿佛站在一座晃动的岛屿上。一两分钟后,海关大楼顶部的大钟响起《东方红》。

就在这时,船上忽然来了两个中年男人。一高一矮,面貌有些相像,额头与眼尾尽是皱纹,似北方农民。两人都穿黑衣服,衣料单薄,当此时令让人看得发凉。他们一上船,风势里便挟带一股介于香火与硫磺之间的气味,不知发自他们身体,还是发自他们背后的竹筐。两人各背一只竹筐,筐体巨大,俨然能装下一个蜷曲的人。行舟自有怪客,旁人心中疑虑,却也不好过问。唯独叔叔脸色一变,当即上前拦住那两人。

叔叔说,两位同志,回去吧,这趟船你们不该上。矮个子笑起来,开口果然一派北方口音,但说不清具体方言。矮个子客气地说,我们连夜排队买了票,哪有不让上船的道理。叔叔问,是吗,你们去哪里?矮个子答,跟船走便是。叔叔说,你们上错船,到不了要去的地方。两个黑衣人对望一眼,矮个子一拱手说,我们兄弟俩初次南下，不懂道上的规矩，您是哪位朋友？

　　甲板上渐攒起一批看客，也有一些人装作小声聊天，实际上都往叔叔与两个怪客这边偷觑。客船十五分钟内起航，水手已跳到拴船桩边，娴熟地松开缆绳。双方僵持不下，矮个子不顾叔叔阻挠，背紧竹筐欲往里闯。叔叔双手张成弧形，向外一驱赶，两个黑衣人随之后退一步。叔叔说，快走。围观的人群里传出各种评议，多是指责叔叔霸道，却没人敢上前。见两人踌躇不动，叔叔笑道，也好，我跟你们说个明白。他快步走到矮个子身边，抓起他的手——那只手和他身体截然相反，灰指甲嵌贴在无肉的手骨上，像一张深秋断了茎的枫叶。叔叔快速在他手心写了一个字，稍作停顿，再度下笔，如此往来共三次。高个子在一旁看得真切，不等叔叔写完，两人均已面无人色。转身下船时，几乎落荒而逃。高个子走得踉跄，竹筐里掉出一些中指大小的木盒。我赶紧跑过去，数来木盒共七个，便拾起一个查看。盒子雕得精致，各种叫不出名字的花聚在盖子底部，往上是两个带翅膀的人，似接引使者。父亲向我手中扫罢一眼，慌忙将它们从我手中打落。父亲说，这是棺材，真晦气。

　　船不久开动，我们便回到舱中。父亲是造船厂的工人，见过许多新船下水，对航道也稔熟，说好等一个小时后去吴淞口看入海。同舱乘客颇多，有几个见识了叔叔甲板上的表现，知其有几分异术，不禁与他热情攀谈起来。一时间，起航声、饭菜香、嘈嘈切切的话音在船舱里炸开。因有人问起黑衣人的后事，叔叔说，他们上隔壁的船了，作孽。父亲早早爬向上铺床位，只听他们讲话，一声不发。待船驶入东海，也没有要出去看的意思。

到半夜，父亲以为我已入睡，小声地叫醒叔叔。叔叔改名多年，父亲仍称他的旧名。父亲说，阿超，你老实告诉我，道顺的命到底怎么样？叔叔应了一声，只是不回答。父亲说，没关系的，除了生死，别的都是小事。叔叔依旧不说，沉默映衬出某种剧烈的事物，又终将其淹没。父亲忽然一哽咽，对叔叔说，阿超，我当年没让你回来落户，你是不是还在记恨我？叔叔忙止住父亲的话，大哥，你不要瞎想，是我自己不想回来的。

第二天上午，客轮抵达三江口码头。我们随人群流出闸门，走进红漆的公用电话亭，给宁波亲戚报了平安。闲聊几轮，父亲总提不起精神。由于时间不早，我们打算先吃早午餐，再去亲戚家安顿。叔叔挂念宁波的咸齑年糕汤，就近找了一家当地风味的早餐店。

我们靠柜台而坐，老板一边整理账目，一边看对面那台黑白电视机。他调了几个频道，都不满意，又按回最初的电台。我正盯着电视机发愣，父亲突然问我们，昨天夜里，隔壁那条船是不是去江西的？我想起在码头曾听到旁人闲谈，忙叫起来，是，他们去南昌。父亲表情僵硬，仿佛他是一盏被吹灭烛芯的走马灯，如今剩下的只是一具空壳，灰青烟气久久罩在他四周。他缓缓说起昨晚的事。他几乎一夜无眠，凌晨迷糊之际，做了一场噩梦。梦里，他看见一艘由上海驶往江西某处的客轮突发火灾。四周是颤动的深海，浪尖铺洒一种蓝色晶状体，幽幽闪烁——而大火很快让它们黯然失色。父亲说，他有个模糊的印象，当时乘客几近丧命，但有七名幸存了下来。不知为何，父亲一说，我似乎也有类似的知觉，确实是七个人。那种近乎真实之物，在一片混沌之中悄然耸立，当你试图凝视时却隐迹消失。

我们吃完出店时，已过十点半。那日宁波的天气很好，太阳渐升，日照慢慢辐射开，将干冷的街道熏出一些小晴。我随手摘了一枝蒲公英，跟他们去公交站等车。父亲不时望着我出神，似欲言，最终什么都没说，只有一些叹息落在我身上。到车站座椅边，他瘫散下去。

我只能和叔叔说话，听他讲农村的生活。河塘、稻畦，秋天的果树擎一身金色的雨。叔叔说，等时节适宜一些，让父亲带我去玩。我冲他点头，一低头蓦地发现，手中的蒲公英徒留一根空荡荡的秆——那些毛茸茸的花絮，早在我不注意时全然飘逝，不知所踪。

后记

好人不回头

我们都听说过那个不幸的女人。她本该一路出奔，逃离即将毁灭的家园，永远不留恋。可鬼使神差地，她回头看了一眼，于是，她变成了一根盐柱。"回头"这一行为，有太多晦昧不明的可能性，后人毫不吝惜地为此添加了许多种解读。或谴责，或怜惜，或试图从中翻出更多细节，以拓展理解的边界。在《罗得的妻子》里，诗人辛波斯卡更是为"回头"织造了丰富的心理动机。但这个故事中，最打动的我的，却是那根盐柱在风中消散的景象。它是如此决绝而感伤，暗含着一种不可自控的情感力量。

这不禁使我想到另一个回头的人。为了追回死去的妻子，俄耳甫斯下到地狱，用他的七弦琴打动了众亡灵。冥王予他承诺，他可以带妻子走。但是，在走出冥界大门之前，无论发生什么，他都不能回头看。很遗憾，俄耳甫斯也没有经受住考验，最终因为回头而永远失去了妻子。我小时候刚听说这个故事，一直以为它说的是忠诚与勇敢。以及如果言而无信，就会受到惩罚。稍长一些，有一天在外散步，重新想到俄耳甫斯。我忽然意识到，也许他的妻子欧律狄刻根本不在他身后，从来都不在——爱就是相信她在那里，并且永远不要回头确认。一旦欧律狄刻露面了，爱就会瞬间落到俗常的层面，直到消失。而这才是冥王真正的考验。

《长河》是我的第五本中短篇小说集，收录的是二〇二二年至今的最新篇目。如今回看，上一本小说集《晚春》聚焦于"死"，是为舅舅之死、为往事之死、为世上形形色色的死所书写的挽歌。死生亦大矣，恸哭高歌，然后带着见过"死"的眼睛重新回到生活之中。《长河》则是关于如何"存在"的——是的，它离真正自由的"爱"还有一些距离。但在这个阶段，那种长久以来漫溢于我心中的爱意宽慰了我。它是朝向世界的，朝向不堪与艰险。唯有在爱的照拂下，我才能一次次地被生成，去面对"存在"的恐惧。

在小说《隐者》中，我几乎揭露了自己儿时的一种古怪的欲望：我想从这个世界上消失。我想躺在这条河流上，随它到尽头，不再醒来。一个人如何为自己的"存在"而与那些下落的力量博弈？最简便的方法，是以克制、理性、相对冷漠的状态去面对世界。然而，还有一些远远优于此方法，使人获得真正的力量。在文学中，我所得太多，也希望能借助小说集安慰到大家。

写完这本小说，我曾希望自己不要回头，不再恐惧，就像一个版本更完美的俄耳甫斯，因怀有确凿的爱而勇往直前。只是人类是那么有限，我深知自己多有回头的时刻。即使如此，成为罗得之妻也没什么关系，那是一种残缺的、属人的爱的形式。

在《晚春》的后记中，我写到，要成为"一个相对明白的、体谅的、对世界的真相始终抱有热望的人"。至少在今天，我依然想成为这样的人。

2025 年 7 月 25 日

图书在版编目（ＣＩＰ）数据

长河 / 三三著. -- 上海：上海文艺出版社，2025.
ISBN 978-7-5321-9316-5

Ⅰ．I247.7

中国国家版本馆CIP数据核字第20258MQ699号

本书入选上海文化发展基金会2024年度第二期资助项目

责任编辑：江　晔　余　凯
装帧设计：付诗意

书　　名：	长河
作　　者：	三三
出　　版：	上海世纪出版集团　上海文艺出版社
地　　址：	上海市闵行区号景路159弄A座2楼　201101
发　　行：	上海文艺出版社发行中心
	上海市闵行区号景路159弄A座2楼206室　201101　www.ewen.co
印　　刷：	上海盛通时代印刷有限公司
开　　本：	1092×787　1/32
印　　张：	9.875
插　　页：	3
字　　数：	167,000
印　　次：	2025年8月第1版　2025年8月第1次印刷
ＩＳＢＮ：	978-7-5321-9316-5/I.7308
定　　价：	59.00元
告　读　者：	如发现本书有质量问题请与印刷厂质量科联系　T: 021-37910000